길을 가다가
때로는
뒤를 돌아볼 필요가 있다

길을 가다가 때로는
뒤를 돌아볼 필요가 있다

초판 발행일	2019년 12월 1일
지은이	신경섭
펴낸이	김민희, 김준영
편집	김준영
교정	강민철
영업 마케팅	김영란
제작	더블비

펴낸곳	두사람
주소	서울특별시 마포구 월드컵로 14길 24, 302호
팩스	02-6442-1718
메일	twopeople1718@gmail.com
출판등록	2016년 2월 1일

ISBN 979-11-90061-07-0 (03810)

두사람은 여행서 전문가가 만드는 여행 출판사, 여행 콘텐츠 그룹입니다.
독자들을 위한 쉽고 친절한 여행서, 클라이언트를 위한
맞춤 여행 콘텐츠와 서비스를 제공합니다.
Published by TWOPEOPLE, Inc. Printed in Korea

이 도서의 국립중앙도서관 출판예정도서목록(CIP)은
서지정보유통지원시스템 홈페이지(http://seoji.nl.go.kr)와
국가자료공동목록시스템(http://www.nl.go.kr/kolisnet)에서
이용하실 수 있습니다.(CIP제어번호: CIP2019046854)

길을 가다가 때로는 뒤를 돌아볼 필요가 있다

글·사진 신경섭

두사람

목차

내륙의 물줄기를 따라가는 추억 여행

바람이 지나는 길

동해안과 제주도의 자전거 여행

수평선을 벗 삼아

그땐 미처 보지 못했던 것들

바다를 따라 또다시 길 위로

들어가는 글

그렇게
시작된 여정

충청남도 시골 벽촌에서 출생해 (광천김과 토굴새우젓으로 유명한) 소도시 광천에서 중학교를 졸업한 나의 어린 시절은 번잡한 도시의 생활과는 거리가 멀어도 한참 먼 생활이었다. 그러던 내가 수원 수성고등학교로 진학하고, 재수를 거쳐 서울 중앙대학교로 진학하면서 비로소 도시다운 도시와 '서울'이라는 대도시도 친숙한 곳이 됐다. 난생처음 전철과 지하철도 타보고, 또 시내버스도 타볼 수 있었다. 이제는 첨단의 발전을 거듭하는 현대 도시의 모든 것을 지켜보고 있다.

환갑을 앞두고는 서울 여의도 KBS 본사에서 20년째 근무하며 방송 프로그램(영상앨범 산)을 제작해 전 국민이 내가 만드는 방송을 시청할 수 있는 영광도 누리고 있다.

대전방송총국 편성제작국장(2009.1.1~2010.12.31)을 마치고 본사로 다시 올라오면서 새벽 한강을 달리는 것과 퇴근길 한강을 따라 걷는 것이 하루의 중요한 일과가 됐다. 아침과 저녁에 한강을 따라 달리는 기분이 그렇게 상쾌할 수가 없다. 서울에 올라오면서 내 생활에 많은 변화가 있었다. 우선 대전방송총국에 근무할 때부터 해오던 달리기가 2007년 3월의 한강마라톤 하프코스(21.0975km) 완주를 계기로 풀코스 달리기로 전환됐고, 다져진 체력 덕분에 남들은 마음먹기도 힘들어하는 자전거 국토종주와 전국일주를 수월하게 할 수 있게 됐다.

이후 원주방송국장으로 일할 때는 마음에 품고 있던 방송과 관련된 일을 하나하나 추진해 많은 성과를 거두었고, 주변에 사는 고등학교 동창생들을 만날 수 있어 새로운 계획을 실행해나가는 계기도 됐다. 당시 원주와 충주에 고등학교 동창생 3명이 있었는데 원주에서 군軍 생활을 하던 김진준 대령과, 육군 중령으로 예편하고 군 부대 식자재 납품을 하던 Hoo, 그리고 인근 충주교통대학교에서 교수로 있던 Loo였다.

우리는 장소를 바꿔가며 모였다. 군에 있는 친구는 군 부대 복지회관으로, 충주교통대학교에 근무하는 친구는 분위기가 좋고 야경을 즐길 수도 있는 탄금대로 초대하기도 했다.

이들 세 친구 중 나에게 가장 많은 영향을 미친 친구는 원주에 있는 제1군수지원사령부 부사령관으로 있던 김진준 대령이다. 고등학교를 졸업하던 해 육군사관학교에 진학한 김 대령은 임관 후 대령으로 진급할 때까지 줄곧 선두를 유지했던 친구였다. 당당한 체구에 진중한 태도, 군사분야 지식과 지휘통솔능력 등 모든 면에서 '장군감'이라는 수식어가 따라붙으며 대령까지는 무난히 진급했으나 그 뒤로는 지독히도 운이 없었다.

그런 친구가 내게 대단히 중요한 제안을 했다. 회사에서 지원하는 복지지원금 50만 원으로 산악자전거(MTB)를 구입해 시간이 날 때마다 원주천을 오르내리고 있을 때였다. 내가 마라톤을 했다며 화려한 42.195km 풀코스 완주 이력을 늘어놓고 있는데 김 대령이 때마침 4대강사업이 완료돼 자전거길이 잘 갖춰져 있으니 국토종주와 4대강종주에 도전해보라는 것이 아닌가?

인천 정서진正西津에서 출발해 아라뱃길-한강-남한강-새재길-낙동강을 거쳐 부산 을숙도의 낙동강하굿둑에서 끝나는 국토종주 633km와 여기에 대청댐에서 출발해 군산까지 금강을 따라가는 금강종주와 담양댐에서 영산강을 내려가 목포 영산강하굿둑까지 가는 영산강종주를 마치면 국토종주 및 4대강종주 인증서와 함께 인증메달을 보내준다는 것이었다.

그러나 2014년 8월 11일의 급작스런 발령으로 나는 본사로 출근하게 됐고 국토종주를 위한 자전거 여행은 뒤로 미룰 수밖에 없었다.

마침내 2015년 8월 2일 새벽, 양평행 전철에 자전거를 싣고 자전거 국토종주 대장정을 나섰다. 인천 정서진에서 양평까지는 장거리 주행 리허설을 겸해 수차례 왕복해본 터였다.

종주수첩에 들어 있는 지도를 따라 처음 나선 길에서 우리 국토의 진면목을 돌아볼 수 있었다. 곳곳에서 이전에 본 적이 없던 진귀한 풍경에 내 스마트폰 카메라는 잠시도 쉴 틈이 없었다.

모두가 힘겨워하는 문경 이화령 5km 구간에서 느꼈던 고통, 길을 잘못 들어 50km나 되는 거리를 돌아왔던 대구 금호강의 악몽, 악명이 자자한 창녕 박진고개와 영아지고개, 건너지 않아야 할 삼랑진 다리를 건너 잘못 들어선 김해 무척산의 타는 목마름 등 고난의 연속이었다. 그렇지만 짧은 기간에도 불구하고 나는 그해 국토완주 11개 코스를 모두 돌아볼 수 있었다.

자전거를 타고
우리나라의
아름다움을 따라

긴
여정의
시작

정서진에서 시작하는 아라뱃길

한강의 일출(행주대교와 행주산성)

첫 번째로 소개할 자전거길은 인천 정서진에서 남양주 밝은광장까지의 한강자전거길(약 77km)이다. 한강과 서해를 연결하는 운하인 아라뱃길, 여의도 국회의사당과 서울의 고층건물지대를 지나, 2천 년이 넘는 우리 민족의 역사와 문화가 서린 서울을 관통하는 자전거길이다.

우선 아라뱃길이 서해로 연결되는 아라서해갑문이 있는 곳은 서울의 서쪽에 있다 해서 정서진正西津으로 불린다. 강릉의 정동진正東津, 전남 장흥의 정남진正南津과 같은 개념이다. 정서진에는 자전거 국토종주 633km 구간(인천 정서진-부산 을숙도 낙동강하굿둑)의 시작점이자 도착지라는 것을 알리는 표지와 함께 아라서해갑문인증센터가 있다. 또한 인천국제공항으로 가는 고속도로와 전철이 통과하는 2층 다리인 영종대교와 청라국제도시가 바로 옆에 있으며, 풍력발전을 위한 거대한 풍차 두 개가 돌아가는 풍경을 볼 수 있다. 또한 인천 정서진과 김포 아라한강갑문을 왕복하는 아라뱃길 유람선도 여기서 출발한다.

정서진에서 20여 분 주행하면 시천교를 만나는데, 시천교 남쪽에는 서해5도 주민들이 잡아온 수산물을 맛볼 수 있는 회 센터와 편의점이 있고 북쪽에도 몇 개의 식당과 편의점이 있다. 가을이 되면 다리를 중심으로 아라뱃길 남쪽과 북쪽 강변에서 축제가 열린다.

시천교에서 조금 더 주행하면 아라뱃길 북쪽 김포시에 만들어놓은 아라폭포를 지난다. 겨울을 제외하고 시원스러운 물줄기를 쏟아내는 아라폭포는 위쪽으로 올라갈 수 있도록 계단이 있다. 위로 올라가면 아라마루에서 스카이워크를 즐길 수 있고, 주변에는 카페와 식당도 있다. 아라폭포에서 5분 정도만 주행하면 새로 지어놓은 정자 수향루水鄕樓를 만나볼 수 있다. 수향水鄕, 물의 고장(고향)이라니 아라뱃길과 잘 어울리는 이름이다.

다시 20여 분을 한강 방면으로 주행하다 보면 김포 굴포천이 합류하는 지점을 지나면서 하늘로 날아오르거나 땅으로 내려오는 비행기들을 목격할 수 있는데, 인천국제공항이 문을 열기 전까지 우리나라의 관문關門 역할을 하던 김포국제공항이다. 지금은 국내선이나 가까운 일본과 중국 노선 정도만 취항하고 있다지만, 연신 뜨고 내리는 비행기의 굉음에서 세계로 뻗어나가는 우리나라의 국력을 느껴볼 수 있는 곳이기도 하다.

김포국제공항에서 3km 정도를 더 주행하면 아라뱃길 남쪽에 화물을 싣거나 내릴 수 있는 김포터미널물류단지가 있고, 북쪽에는 많은 요트가 정박해 있는 김포 아라마리나에 도착하는데, '우리나라에 요트 인구가 이렇게 많나?' 하는 의문이 들게 하는 항구다.

항구에서 전호대교를 건너면 아라뱃길이 한강과 연결되는 아라한강갑문이 있고, 그 옆에 자동판매기와 화장실 같은 간이휴게시설이 있다. 그리고 아라한강갑문인증센터가 자리잡고 있어 여기서 한강자전거길 종주를 두 번째로 인증할 수 있다.

이곳 아라뱃길은 사실 우리 역사에서 옛부터 운하를 계획했던 장소이기도 했다. 중국이 고대로부터 화남의 풍부한 물자를 화중이나 화북으로 나르기 위해 장강과 황하를 연결하는 대운하 건설을 시도한 것처럼, 우리나라는 서해의 관문인 인천과 서울을 연결하는 운하가 필요해서 조선시대에도 꾸준히 굴포천을 따라 운하 건설을 시도했다. 물 흐름이 빠르고 물살이 거친 강화해협과 임진강 합류 지점을 통과해서 한강을 통해 삼남의 풍부한 물산을 운반하기에는 위험부담이 컸기 때문이었을 것이다.

아라한강갑문에서 약 1km 정도 떨어진 신행주대교를 건너 한강

북쪽으로 난 자전거길로 주행하다 보면, 임진왜란 당시 권율 장군의 지휘로 백성들과 군졸이 힘을 합쳐 10배가 넘는 숫자의 왜군을 물리친 행주대첩의 현장 행주산성幸州山城에 도착한다. 우리 역사 속 피와 땀이 서린 행주산성에는 당시의 충혼을 기리는 행주대첩비가 산 위에 서 있고 국방과 관련한 전시물들이 라이더를 맞이하고 있다. 행주산성 인근은 이제 장어구이와 어탕국수, 각종 국수와 통메밀막국수 등 식도락을 즐기기에 더할 나위 없는 장소로 변모했다.

위 – 국토종주 633km의 출발선
아래 – 수향루

아라자전거길

코스정보	[출발] 검암역 – 아라서해갑문 – 아라한강갑문 – [도착] 방화역
전체거리	21km
예상시간	1시간 30분
난이도	★★☆☆☆

국토종주 자전거길의 시작인 아라자전거길은 2011년 생긴 아라뱃길을 따라 조성되었다. 서해와 한강을 연결하는 아라뱃길을 따라 조성된 21km의 길로, 자전거 라이더들에게 '환상의 자전거길'로 불린다. 아라서해갑문에서 아라한강갑문까지 이어지는 아름다운 구간이다.

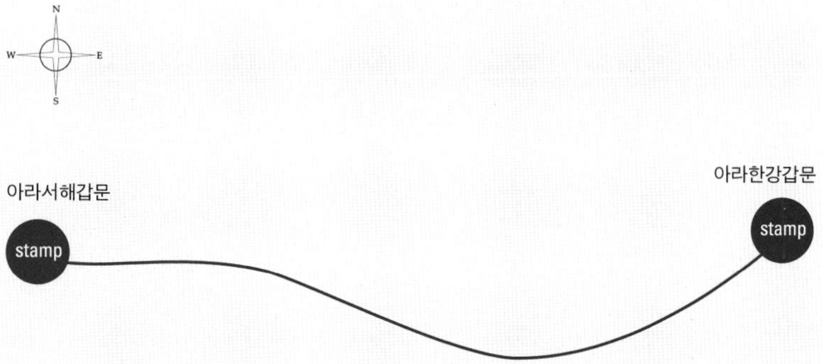

서울의 시간은 한강과 함께 흐른다

여의도 국회의사당

신행주대교를 지나면 호주 시드니 항에 있는 하버 브리지Harbour Bridge 처럼 생긴 아치 형상의 다리가 있는데, 인천국제공항과 고양시를 연결하는 방화대교다. 낮에도 아치의 조형미가 유려하지만 특히 밤에 조명을 밝히면 야경이 아름다워, 방화대교는 한강의 수많은 다리 가운데서도 아름답기로 손꼽히는 다리이기도 하다.

방화대교 밑에는 초등학교 때 바른생활 교과서에서 배운 '의좋은 형제' 이야기인 투금탄投金灘 이야기를 재현해놓았다. 투금탄은 형제가 길에서 금덩이에 주웠는데 동생이 자꾸만 형을 미워하는 마음이 생기자 주운 금덩이를 강물에 던져버렸다는 이야기로, 『양천읍지』에 전한다고 한다.

그리고 또 들러볼 만한 곳으로 한강 남쪽 여의도 바로 직전에 있는 선유도仙遊島가 있다. 과거에는 정수장이 있었으나 지금은 옛날 정수장 시설을 활용해서 공원으로 조성해 인근 영등포구민뿐만 아니라 서울시민의 사랑을 받는 곳이 되었다. 조선시대 선유도는 겸재 정선의 그림에도 등장하는 풍광이 아름다운 섬이었다.

또한 선유도에는 우리나라에서 가장 오래된 시가詩歌인 '공무도하가公無渡河歌'의 무대이기도 하다. 『양천읍지』에 따르면 '공무도하가'는 고조선 때 양화현(현재의 영등포구와 양천구 부근)의 진졸津卒인 곽리자고의 아내 여옥이 지었다고 한다. 다음이 공무도하가의 내용이다.

公無渡河 공무도하 님이여! 그 물을 건너지 마오!
公竟渡河 공경도하 그대 그예 건너가다가
墮河而死 타하이사 끝내 물에 쓸려 돌아가시니
當奈公何 당내공하 가신 님을 어이할꼬!

이렇게 한강을 주행하다 보면 서울의 가장 발전된 모습을 볼 수 있는 여의도에 도착한다. 본래 여의도는 '아무런 쓸모가 없으니 너汝나 가져라'라는 의미로 '너섬'으로 불렸으나 한자로 표기하는 과정에서 '너 또는 아무나'라는 뜻으로 여의도汝矣島가 됐다고 한다.

여의도는 본래 사람이 거주하던 인근 밤섬이나 선유도와 달리 모래벌판이었던 섬으로, 1960년대 후반에 밤섬을 폭파해 그 흙으로 윤중제를 쌓고 여의도를 개발하면서 비약적인 발전을 시작했고, 지금은 '서울의 맨해튼'으로 불릴 정도로 우리나라의 경제중심지가 됐다.

여의도 초입에서 라이더를 맞이하는 건물은 민의의 전당이라고 하는 국회의사당이다. 원래 세종로에 있던 국회의사당이 여의도로 이전하면서 우리나라 대의민주주의를 상징하게 됐다.

이렇게 한강을 따라 발달한 서울의 유구한 역사를 알고 있는 사람은 사실 그리 많지 않다. 한강 유역에는 고대 역사유적이 많은데, 백제시대에 축조된 것으로 밝혀진 풍납토성과 오늘날 올림픽공원으로 조성된 몽촌토성 등이 대표적이다. 큰 강 유역에서 수렵과 채집을 하던 신석기시대 주거지인 암사동 선사유적지도 있다.

서울의 역사를 조선 600년으로만 아는 사람이 많은데, 실제 서울의 역사는 2천 년이 넘는다. 서울이 우리 역사서에 처음으로 등장하는 시기는 서기전B.C 18년으로 거슬러 올라간다. 김부식이 편찬한 『삼국사기』 백제본기 온조왕조에는 백제의 건국을 전하는데, 고구려 동명성왕의 아들 '온조가 (어머니) 소서노와 함께 부아악(負兒岳, '아기를 업은 형상의 바위산'을 뜻하며 오늘날의 북한산이다)에 올라 남쪽에 넓은 평야가 펼쳐진 것을 보고 그곳에 도읍을 정하고 위례성慰禮城이라 했다.'라는 대목이다. 위례성이 도읍이 된 지 2037년, 오늘의 한강에는 여전히 우리 민족의 역사와 생활이 도도하게 흐르고 있다. 우리나라의 등뼈 태백산맥의 작은 연못에서 물길을 시작한 한강은 한반도의 중심을 흘러 내려오면서 수많은 역사를 쌓아가고 있고, 오늘도 우리는 한강과 함께 우리의 역사를 만들어나가는 주역임에 틀림이 없다.

그 이후에 신라 진흥왕은 백제와 협공해서 고구려를 물리친 후, 백제까지 쫓아내고 한강 유역을 차지해 당나라와 교역로를 확보함으로써 삼국통일의 기틀을 마련할 수 있었다. 한강 북쪽으로 서울과 구리의 경계를 이루는 아차산 지역에는 고구려의 성채城寨 유적지가 다수 있으며, 특히 이곳은 고구려 장수왕이 침공해서 포로로 잡은 백제 개로왕을 참수한 곳으로 알려져 있기도 하다.

고려시대에도 한강 유역은 남경南京으로 지정해 중앙에서 관리할 정도로 중요시했고, 마침내 1392년 조선이 건국한 다음에는 수도를 개경(현재의 개성)에서 한양漢陽으로 옮겨, 서울은 비로소 왕도王都의 모습을 갖추어가며 본격적으로 발전하게 되었다. 이처럼 삼국시대 한강 유역을 차지하기 위해 달리던 전사戰士들의 말발굽 소리가 울렸고, 새 왕조의 왕도 건설이라는 희망으로 넘쳐나던 때가 있었고, 망해가는 왕조의 명운을 애처롭게 바라보며 절규하던 민초들의 함성이 넘쳐났고, 전쟁의 폐허에서 잘 사는 나라 건설을 위해 모두가 열심히 땀을 흘리던 곳도 이곳 서울이었다.

또한 순수 우리말인 '서울'의 어원이 '서라벌'이라는 것을 아는 사람도 많지는 않을 것이다.

다시 자전거길로 돌아와 여의도의 북쪽 마포에는 구한말 천주교 박해 때 많은 신자들이 순교한 절두산성지가 있다. 당시 마포와 영등포 일대는 양화진으로 불렸는데, 특히 양화진 북쪽의 절벽에 천주교 신자를 결박해 눕혀놓고 배교背敎를 강요하다가 끝까지 배교하지 않는 신자들의 목을 베면 머리가 한강으로 굴러떨어져 절두산切頭山이라는 이름이 붙었다 한다. 지금 천주교 박해 현장에는 절두산성당이 들어서 있어 박해에도 굴복하지 않았던 초기 천주교 신자들의 치열한 신앙심을 증언하고 있다.

절두산성지에서 약 1km쯤 상류로 주행하면 용산역과 한강대교가 있는 곳에 새남터가 나온다. 우리가 잘 아는 사육신死六臣이 처형된 장소이기도 하고, 천주교 박해 때는 김대건 신부를 비롯한 천주교도의 처형지로 지금은 순교 성지로 조성돼 있다.

한강 상류인 잠실에는 우리나라의 발전상을 상징하는 건축물들이 있다. 1988년 서울올림픽이 열렸던 잠실종합운동장 주경기장과 함께, 뒤로는 무역센터를 비롯한 고층빌딩이 스카이라인을 이루며, 얼마 전 완공된 롯데월드타워도 우뚝 솟아 있다.

또한 한강 곳곳에는 강서, 선유도, 여의도, 반포, 잠실, 뚝섬지구, 광나루자전거공원처럼 곳곳에 시민공원이 마련돼 있고, 광나루 맞은편에는 6.25 전쟁 때 낙동강 방어선을 지켜 우리나라를 구한 미8군 사령관 월튼 워커 장군의 이름을 딴 워커힐이 있으며 워커힐호텔이 자리하고 있다. 계속해서 천호대교, 광진교, 암사대교를 지나 한강자전거길의 유일한 경사로 구간인 고덕고개(강북은 수석고개)를 넘어서면 경기도 하남과 구리에 이른다.

위 – 방화대교 야경
아래 – 방화대교 투금탄 이야기 조형물

한강자전거길

코스정보 [출발] 방화역 – 아라한강갑문 – 여의도 – 뚝섬 전망콤플렉스·광나루 자전거공원 – 팔당대교 – [도착] 팔당역
전체거리 56km
예상시간 3시간 40분
난이도 ★★☆☆☆

백제와 조선을 통틀어 천 년 이상 수도인 서울의 역사와 함께 흐르는 한강은 대한민국의 젖줄이다. 한강자전거길은 오르막이 거의 없고, 노폭이 넓어 초보자도 편안하게 라이딩을 즐길 수 있다. 한강을 따라 24개의 교량과 빌딩의 스카이라인, 야경이 아름답다.

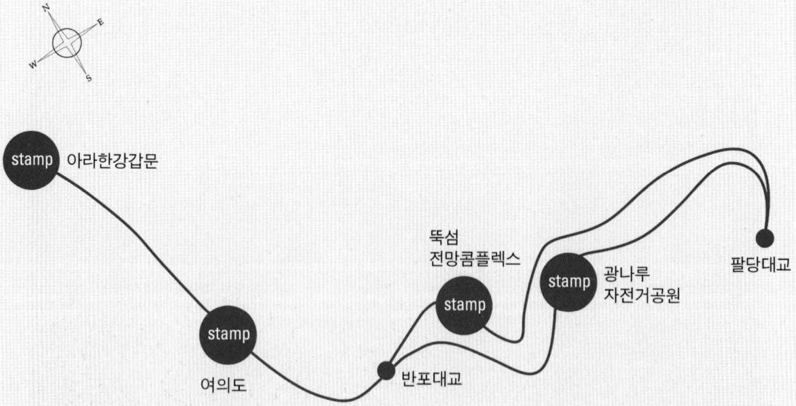

역사가 흐르는 길

팔당댐

인천 정서진을 출발해 아라뱃길을 지나고, 한반도의 심장 서울을 가로지르는 한강을 거슬러 올라가 팔당대교에 이르면 한강자전거길이 끝난다. 여기서 팔당댐과 팔당호, 두물머리(양수리), 양평, 여주, 원주를 거쳐 탄금대를 지나고 목행나루를 지나 충주댐까지 남한강자전거길(132km)로 이어지는데, 굽이치는 남한강의 수려한 풍경을 감상하는데 부족함이 없는 구간이다.

국토종주를 하거나 자전거를 타는 사람들이 흔히 간과하기 쉬운 것이 그 길에 대한 지식이다. 우리의 국토를 돌아보는 만큼 그 길의 역사나 그 길에 스며든 사람들의 삶 등을 살펴보는 여유를 가지는 것도 필요해 보이나, 왠지 모르게 길 위에 올라서기만 하면 여유라고는 모두 다 팽개치고 앞을 향해 달려 나가려는 자신을 발견하게 되는 것은 드문 일이 아니다.

팔당대교에서 충주댐에 이르는 남한강자전거길도 그렇다. 한강 물줄기가 태백 검룡소에서 발원하여 정선 아우라지를 거치고 영월 동강과 서강, 단양, 제천을 거쳐 충주에 이르러서야 비로소 남한강이라는 이름을 얻는 남한강자전거길에도 많은 이야기들이 스며들어 있다.

그중 첫머리인 팔당대교에서 양수리 밝은광장까지는 15km 정도에 불과한 거리지만 찬찬히 살펴보면 볼 것도 있고 의미 있는 장소도 있다.

우선 북한강이 남한강 줄기에 합쳐져 한강이라는 이름을 얻는 양수리, 즉 두물머리가 있다. 여기서부터 과거 강원도의 관문이었던 양평까지는 중앙선 철로를 새로 개설하면서 옛 철길을 자전거길로 재탄생시켰는데, 여덟 개의 터널을 통과하면서 느끼는 독특한 경험과 함께 남한강의 풍경을 따라가는 아름다운 길로 잘 알려져 있다. 길가의 카페와 함께, 옛날 강원도의 관문으로써 누리던 상업도시의 면모를 양평해장국과 지평막걸리에서 느껴볼 수 있는 곳이기도 하다.

한강수계(북한강과 남한강)의 마지막 댐인 팔당댐은 두물머리에서 만난 남한강과 북한강이 큰 물을 이루어 흐르는 목인 남양주와 하남의 검단산 사이에 댐을 쌓아 물을 가두었다. 댐으로 인해 생긴 팔당호는 그 유역이 북한강으로는 대성리까지 이르며, 수도권 2천만 명이 넘는 국민의 식수원이 되고 있다. 그리고 호수와 주변 풍경이 너무도 아름답고 경의중앙선 전철을 이용해 접근하기도 쉬워 휴일이면 수도권 시민들의 휴식처가 되기도 한다.

이곳 팔당호반 자전거길은 자전거가 지나갈 때 열차가 철교를 지나가는 듯한 소리를 내도록 설계해 마치 열차를 타고 여행하는 기분을 느낄 수도 있어 더욱 운치가 있는 구간이기도 하다.

팔당댐이 강북과 연결되는 지점에 터널이 하나 있는데, 이 터널을 통과하면 연꽃이 피어 있는 아담한 연못 위로 철교 소리가 나는 다리를 지나고 오른쪽에 다산茶山 유적지가 있다. 이곳은 실학을 집대성한 다산 정약용 선생의 출생지인데, 한 번쯤은 들러 선생의 애민정신과 실용주의 학문에 대한 열정을 느껴봄직하다. 개인적으로 강진의 다산초당茶山草堂은 남해안 종주길에 한 번 들른 적이 있었지만, 이곳 다산 유적지에도 언젠가는 꼭 한 번 들러 선생의 숨결을 느껴보고 싶은 마음도 있다.

다산 유적지를 지나 예전 능내역이 있던 곳에는 옛날 간이역의 아기자기한 특징을 재현해놓아 좋은 구경거리가 된다. 여기는 자전거 대여점과 함께 간단한 식음료를 취급하는 식당들도 몇 곳 있어 지나가는 라이더가 목을 축이거나 원기를 충전할 수도 있는 곳이다. 여기에 능내역인증센터를 만들어놓고 인증을 하도록 한 것은 주변의 풍광을 즐기며 쉬고 가라는 배려가 아니었을까?

능내역에서 휴식을 취하고 5km 정도만 더 주행하면 남한강자전거길이 북한강자전거길과 갈라지는 밝은광장인증센터에 도착한다. 이곳은 자전거 종주를 인증할 수 있는 유인인증센터이다. 국토종주 인증(구간별, 국토종주, 4대강종주, 국토완주 그랜드슬램)을 하려면 유인인증센터에서 확인을 받아야 하는데, 이곳 밝은광장이나 정서진, 구미보, 부산 낙동강하굿둑, 광양 배알도수변공원, 서천 조류생태전시관, 공주보 등에서 인증확인과 등록을 할 수 있다.

밝은광장인증센터에서 인증을 마치고 오른쪽으로 자전거 전용다리로 개조된 북한강철교를 건너 양평으로 방향을 잡으면 양수역, 몽양여운형기념관, 국수역, 아신역, 오빈역을 지나 양평군립미술관인증센터까지 30km에 이르는 예전의 철길을 지나게 된다. 양평군립미술관 인증센터로 가는 이 길은 특별히 LED 램프를 이용해 조성한 빛과 예술의 터널을 통과하는 맛이 있는 곳으로 여름엔 시원하게 땀을 식혀주고 겨울에는 따뜻하게 몸을 녹여주는 느낌이 그만이다.

양평읍내를 벗어나 후미개고개를 넘으면 개군면을 지나게 되는데, 여기서부터 본격적으로 남한강을 거슬러 올라가는 남한강자전거길이 시작된다. 원래 개군면은 여주 지역이었으나 양평에 땅을 내어주고 지금은 이포에 이르러서야 여주의 이름을 되찾는다.

4대강사업의 한강수계 첫 번째 보洑는 이포보이다. 이포보를 멀리서 바라보면 7개의 엔진을 가진 비행기가 날아오르는 모습을 하고 있는데, 비행기 날개 앞 엔진 형태의 구조물은 해오라기의 알을 모티브로 했다고 한다.

이포보 옆 천서리에는 오전 11시가 되면 영업을 시작하는 막국수촌이 유명하고, 신라 파사왕婆娑王 때 쌓았다는 파사산성婆娑山城도 있다.

여주보를 앞두고는 거대한 저류지(貯留池, 홍수로 넘치는 강물을 빼내어 수위를 낮추기 위해 설치한 저수시설)의 무너미 제방을 지나는데, 이곳은 공군훈련장으로 사용하기도 한다.

이포보를 지나면 다음은 여주보인데 구조물은 세종대왕 때 발명한 측우기 형상을 하고 있다. 이곳에 측우기 형상의 구조물을 설치한 것은 여주가 세종대왕과 관련 있는 곳이기 때문이다. 여주보를 지나면 시내로 들어가기 전 양섬羊島 직전 오른쪽에 영녕릉英寧陵 안내판을 볼 수 있는데, 영녕릉이란 바로 세종대왕이 잠들어 계신 영릉英陵과 효종대왕의 영릉寧陵을 말한다. 자전거길에서 약 1km 정도 떨어진 세종대왕릉英陵과 세종대왕릉에서 500m 정도 떨어진 효종대왕릉寧陵을 한꺼번에 돌아보려면 표지판을 따라서 잠시 국도를 지나면 된다.

영녕릉에 들렀다가 관찰데크로 올라가 남한강을 벗어나면 시내로 들어서는데, 여기에서 뒤로 돌아 여주대교를 건너면 남한강변에 그림처럼 자리한 신륵사新勒寺가 있다. 신륵사는 남한강가의 고찰로도 유명하지만 독특하게 벽돌을 구워 쌓은 전탑塼塔을 구경할 수 있는 곳이기도 하다.

얼마 전 시로 승격된 여주는 명성황후 민씨 생가도 있고, 민물매운탕과 민물장어, 여주경기미쌀밥이 유명하다.

여주보 다음으로 돛단배 형상을 한 강천보를 건너면 강천섬을 지나게 된다. 강천섬은 남한강에서 손꼽을만한 큰 섬으로 넓은 풀밭에 캠핑을 즐기는 사람들을 위해 야영장을 잘 조성해놓았다. 특히 강천섬을 이채롭게 보이도록 만드는 것이 말라죽은 고사목枯死木인데, 말라

죽은 나무가 한두 그루도 아니고 섬 곳곳에 앙상한 가지만을 사시사철 보여주고 있어 매우 기묘하다.

강천면의 또 다른 이색적인 장소는 강천섬 지척에 있는 대순진리회 종단이다. 이른 아침 대순진리회 종단 앞 도로를 지나다 보면 단정하게 한복을 입고 도로 청소를 하고 있는 아주머니들의 모습과 출입을 통제한다는 표지판을 곳곳에서 볼 수 있다. 또 강천면은 강원도 원주시 부론면으로 건너가는 길목이기도 한데, 섬강蟾江이 남한강으로 흘러드는 섬강교蟾江橋를 건너면 잠시 강원도를 스쳐지나게 된다. 섬강교를 건너기 전 정남이고개 오르막에 있던 식당의 두부요리와 찌개종류가 먹을만했다. 최근에 메뉴를 바꿔 추어탕집이 새로 문을 열었는데 주 메뉴인 추어탕과 돈가스가 먹을만하다고 한다.

섬강교는 평창 태기산에서 발원한 섬강이 원주와 횡성을 돌아 남한강에 합류하는 지점으로, 예전 이곳에는 남한강을 거슬러 올라온 배들이 짐을 풀던 포구와 흥원창이라는 큰 창고가 있었다. 또한 노산군으로 강등된 단종이 영월 청령포 귀양길에 배를 내린 곳이라는 얘기도 전한다.

섬강교를 건너 흥원창지와 부론면을 지나면 충주권으로 들어서는데, 첫 번째 도착 지점은 비내섬이다. 비내섬은 충주시 앙성면에 있는 비교적 큰 섬으로 곳곳에 습지가 발달하여 철새도래지로도 유명하다. 강 한가운데 있는 습지의 특성상 갈대가 무성하게 자라 때로는 군사훈련장으로 쓰이고, 때로는 사극과 현대극 등 드라마와 영화 촬영지로도 인기가 많다고 한다. 인증센터 옆에 마련된 휴게소 앞에는 이곳에서 촬영한 드라마와 영화의 포스터가 줄을 이어 전시되고 있다.

비내섬을 지나고 한 굽이를 돌아 어렵게 올라온 조대釣臺고개를 내려가다 보면 왼쪽 논둑길 옆으로 자전거길 표시가 이어진다. 자전거길로 들어서지 않고 도로를 따라 100m쯤 직진하면 오른쪽에 앙성온천지구 온천장 건물과 함께 간단한 편의시설을 볼 수 있다. 앙성온천은 탄산을 다량으로 포함한 온천수가 그리 뜨겁지 않아 잠시 피로를 풀고 갈만하다. 앙성면에서 해마다 온천 이름을 걸고 마라톤 대회를 개최할 정도로 홍보를 위해 애쓰고 있는데, 초가을에 개최되는 마라톤 기념품을 대개 지역의 특산품으로 지급하는 것도 특이하다.

앙성온천에서 1시간 정도를 주행하면 다목적댐인 충주댐의 홍수조절 기능을 보완하기 위해 건설한 조정지댐을 건너게 된다. 조정지댐 건설로 상류인 탄금대 주변에는 탄금호가 생겼고, 탄금대와 탄금호는 충주뿐만 아니라 전국적으로 유명한 관광지가 됐다.

조정지댐에서 직진해 입석리와 탑평리에 도착하면 중요한 역사유물 두 개를 만나게 된다. 입석리立石里에는 충주고구려비(예전 중원고구려비)가 있고, 인근의 탑평리塔坪里는 중앙탑으로 잘 알려진 통일신라시대 탑평리칠층석탑이 웅장한 자태를 뽐내고 있다. 중앙탑 주변의 식당에는 오리와 닭요리가 유명하고 메밀막국수도 맛있고 막걸리 한 사발도 시원하다.

중앙탑에서는 탄금대로 향하는 길과 오던 길을 잠시 되돌아, 조정지댐을 건넌 후 강 북쪽으로 주행해 충주댐인증센터를 들른 뒤 탄금대로 내려오는 길로 나뉜다. 조정지댐을 건너 탄금호 좌안을 따라가는 길은 목행교에서 다시 강을 건너와 충주댐으로 향하게 되는데, 중앙탑을 거쳐 탄금대인증센터를 지나 충주댐으로 주행하면 지름길이 된다.

충청도라는 지명의 발상지인 충주 또한 역사의 고장이다. 탄금대

彈琴臺는 신라 진흥왕 때 가야伽耶 왕국이 병합되면서 가야 유민들과 함께 충주로 이주당한 악성 우륵于勒이 고향을 그리며 강변 언덕에 올라 가야금을 연주했다고 해서 이름이 붙여졌다.

그런가 하면 우리나라가 수난을 당했던 역사의 현장이기도 하다. 임진왜란 때 1592년 4월 왜장倭將 고니시 유키나가小西行長에게 패한 신립 장군과 8천 병사가 문경새재의 험준한 지형을 이용하지 않고 이곳 탄금대에서 배수진으로 맞서다가 순절殉節하는 운명을 맞았다. 혹자는 신립 장군의 전술을 폄하하기도 하지만 요즘 사학계에서는 '기병 중심의 신립 장군 대군이 넓은 평야지대(지금의 건국대 충주캠퍼스 부근)에서 기병전으로 맞선 것은 적절한 전술이었다'는 평가가 이루어지고 있다고 한다.

탄금대에 오르면 우륵이 가야금을 연주했다는 열두대와 신립 장군 순절지, 해방 후 전몰군경이 봉안된 충혼탑, 향토시인 권태응의 감자꽃노래비 등을 둘러볼 수 있다.

위 – 여주보
아래 – 충주 중앙탑(탑평리칠층석탑)

남한강자전거길

코스정보 [출발] 팔당역 – 팔당대교 – 능내역 – 북한강철교 – 양평군립미술관 – 이포보 – 여주보 – 강천보 – 비내섬 – 목행교 – 탄금대 – [도착] 충주공용버스터미널·충주역
전체거리 132km
예상시간 8시간 50분
난이도 ★★☆☆☆

남한강자전거길은 한강팔경 중 제1경인 두물머리를 비롯한 자연 명소와 다산 정약용의 유적지를 만날 수 있다. 특히 팔당에서 양평까지 27km의 폐철도 구간은 전국에서 가장 아름다운 자전거길로 꼽힌다. 간이역의 낭만은 물론 탄산 성분의 앙성온천에서 온천도 즐겨보자.

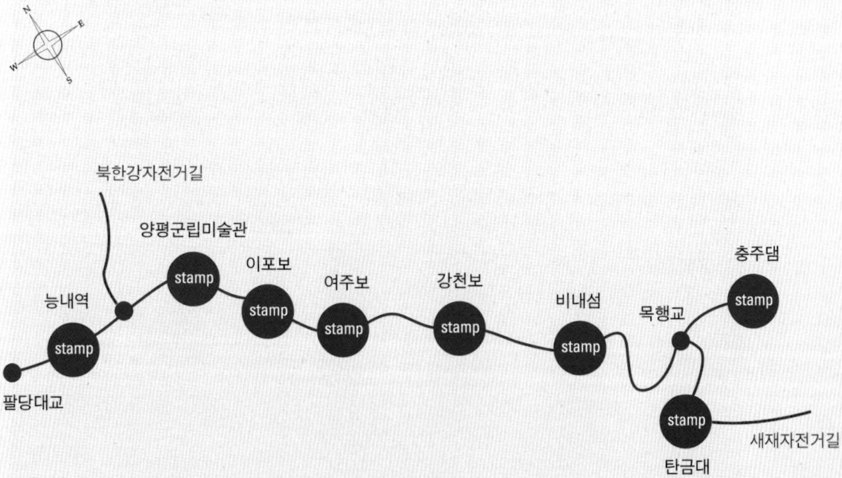

글 읽던 젊은이들이 청운의 꿈에 넘던 새재 고갯길

이화령 고갯길

경상도 말로 친한 남자들끼리 또는 보통 허물없는 남자들 사이를 '문둥이'로 부르고는 한다. 얼핏 옛날에 한센병 환자를 일컫던 표현으로 상상하기 쉬우나 다른 의미도 있다고 한다. 바로 '글 읽는 아이'라는 의미의 '문동文童'을 가리키는 말이라는데, 진의는 알 수 없다. 그 '문둥이'들이 청운靑雲의 꿈을 안고 넘던 고개가 조령鳥嶺, 즉 문경새재다. 경상도 안동을 기반으로 하는 선비들이 괴나리봇짐에 짚신을 매달고 넘던 고개인 것이다.

충주 탄금대를 출발해서 이화령을 넘어 상주 상풍교에 이르는 100km의 새재자전거길은 우리나라 12개 국토종주 자전거길 중 라이더가 가장 힘들어하는 구간이기도 하다. 비교적 평탄한 수안보까지는 그렇다 치더라도 수안보에서 오천자전거길이 시작되는 괴산군 연풍면 행촌교차로 구간은 '작은새재'라는 소조령小鳥嶺을 넘어야 하고, 이어서 행촌교차로부터 본격적인 오르막이 시작돼 그 거리가 5km에 달하는 이화령을 넘어야 하기 때문이다.

충주 탄금대를 출발해 한 30분을 주행하고 달천疸川을 지나서 방향을 바꿔 옛날 도로를 따라가다 보면 수주팔봉에 도착한다. 이곳은 수려한 여덟 개 봉우리를 배경으로 독특하게 산을 끊어 만든 폭포瀑布가 있는 곳이다. 이곳에는 '일제가 쌀 증산을 위해서 물길을 돌리려고 산을 끊었다'는 말이 전하는데, 사실은 1960년대 쌀 증산을 위해 산을 돌아나오는 달천의 허리를 끊어내고 물길을 돌림으로써 비옥한 강바닥을 논으로 만들어 사람을 위해 자연의 일부를 개조한 것이다. 지금은 관광자원이 됐는데, 산줄기를 빙 도는 자전거길을 따라 반대편에 가면 물줄기 위로 새로 놓인 현수교를 통해 팔봉八峰으로 이어지는 산행도 할 수 있다.

수주팔봉과 달천의 멋진 조화를 감상한 뒤 중앙경찰학교 앞을 지나 언덕길을 오르고 도로를 횡단하고 달천의 지류인 석문천을 따라가면 수안보온천이 나온다. 수안보는 조선시대부터 이름을 날리던 온천이다.

조선 전반기 왕실에서 피부병 치료를 위해 왕들이 수안보온천을 다녀갔다고 하는데 주로 거론되는 왕은 세종과 세조로, 진천의 초정약수, 보은의 정이품송正二品松 전설과도 연결이 된다. 이곳에서는 꿩 요리를 맛볼 수 있고 백두대간의 깊은 산촌山村인 만큼 산나물 음식들도 관심을 끈다.

수안보에서 휴식을 취하고 출발하기 전에 물과 간식거리를 충분히 준비하는 것이 좋다. 수안보에서 이화령 정상 휴게소까지는 제대로 된 매점을 구경하기가 어렵기 때문이다.

수안보를 출발하면서 곧바로 시작되는 가파른 언덕길에 올라서면 옛날 성황당을 재현해놓았다. 성황당을 지나고 소조령의 작은 오르막과 내리막을 몇 번 반복하다 보면 행촌교차로 조금 못 미쳐 내리막길 오른쪽에 원풍리 마애이불병좌상磨崖二佛竝坐像이 있다. 바위 벽면에 두 좌의 불상을 조각했는데, 불상이라기보다는 머리띠를 질끈 동여맨 친근한 이웃집 농사꾼 아저씨를 대하는 것처럼 느껴진다.

원풍리를 지나 내리막길을 조금 주행하면 행촌교차로에 도착한다. 행촌교차로부터는 본격적인 이화령 오르막의 시작이다. 경상북도와 충청북도를 연결하는 이화령은 소백산에서 지리산 방향으로 갈라지는 백두대간 줄기를 넘는 고개 중의 하나로, 새재鳥嶺가 사람들이 발로 걸어서 넘는 고개라면 이화령은 차량이 오르내리는 고개였다.

행촌교차로에서 5km(문경 쪽에서는 6km) 정도 되는 이화령 고개는 경사도가 6~8%에 이르지만 자전거를 타고 국토종주에 나서는 사람들이 극복해야 할 길이다. 앞 기어를 저단으로 유지하고 뒤 기어를 2~3단으로 바꾸어주면 웬만한 사람들은 조금만 힘을 들이면 무난하게 오를 수 있다. 이화령을 단숨에 오를 수도 있겠지만, 이왕 오르는 김에 중간중간에 마련된 쉼터나 조망대에서 힘들게 올라온 자전거길의 풍경을 되돌아보며 오르는 맛도 좋다. 이화령은 실제로 오르다 보면 악명에 비해 그리 어렵지 않은 고개라는 것도 잘 알 수 있다. 정상의 휴게소에서 식사와 휴식이 가능하다.

일제가 이화령에 도로를 개설하면서 우리의 민족정기를 훼손하기 위해 백두대간을 절단했다는 말이 있는데, 사실 여부는 알 수 없지만 소백산맥으로 잘 뻗어나가던 백두대간의 산세가 이화령 정상에서 절단된 것만은 고갯길을 오르면서 직접 눈으로도 확인할 수는 있다.

몇 해 전 정부에서는 이화령 절단부인 고갯마루에 터널을 만들어 산줄기를 이어주고, 그 위로 야생동물들이 왕래할 수 있는 생태이동로를 복원했는데, 그럼에도 불구하고 아직 많이 부실하다는 느낌을 받는 것도 사실이다.

이화령 정상 휴게소에서 충분한 휴식을 취했으면 문경 방향으로 내리막길을 나서기 전 한 번쯤 생태복원 터널을 왕복하며 북쪽 괴산 방향과 남쪽 문경 방향의 풍광을 감상해보길 권한다. 예전 경상도 선비들이 청운의 꿈을 안고 넘었을 이 고갯길의 남쪽과 북쪽의 풍광도 풍광이지만, 수많은 이야기들이 서려 있음직한 상서로운 산세와 경치가 예사롭지 않다.

그리고 이화령을 넘어 문경시내까지 내리막길은 무척이나 조심할 필요가 있는 길이다. 경험으로 본다면 이화령 내리막길은 자전거로도 시속 50km 이상까지 가속이 되는 구간으로, 어렵사리 5km나 되는 이화령을 오르던 생각에 자칫 과속을 하다가는 구절양장九折羊腸 내리막길에 사고를 당하기 십상이기 때문이다.

구불구불한 이화령 고갯길을 내려가면 이제부터는 영남의 초입인 문경이다. 첫 번째로 도착하는 곳이 약돌온천지구인데 여기서 왼쪽 새재 방향으로 조금만 올라가면 조령 제1관문인 주흘관主屹關과 KBS 대하사극 촬영 세트장을 구경할 수 있다.

오미자와 사과가 유명한 문경은 4월 말이나 5월 초 주흘관과 세트장에서 문경 찻사발축제를 여는데, 찻사발과 찻잔 같은 다기茶器는 물론이고 맛 좋은 오미자 막걸리도 맛볼 수 있다. 특히 약돌온천 쪽으로 내려가다 보면 초입에 작은 간판이 걸린 도광요陶光窯가 있는데, 고향 후배인 도광 김경선 군이 문경 찻사발의 명맥을 잇기 위해 노력하고 있는 가마이기도 하다. 약돌온천 한우고기는 좀 비싸기는 하지만 이곳에서 즐길 수 있는 식도락이다.

약돌온천을 지나면서 조령천鳥嶺川을 따라 내려가다 문경시내를 벗어나면 얼마 지나지 않아 벌판이 나오는데 이곳을 지날 때는 한 번쯤 뒤를 돌아다볼 것을 권한다. 문경을 멀리서 감싸안고 있는 새재와 진산인 주흘산의 아름다운 풍광을 즐길 수 있다.

시내를 벗어나 내려가면 산세가 점점 험해지며 고모산성이 있는 진남유원지 근처에는 풍광이 뛰어난 자전거길이 이어지는데, 고모산성은 신라와 백제가 각축角逐을 하던 고성古城이다.

진남유원지를 크게 돌아나가면 불정역에 도착하는데, 한때 영화를 누렸던 문경탄전이 있었던 곳으로 문을 닫은 불정역에 옛날의 자취가 조금 남아 있다. 불정역 폐역사는 기념물로 보존되고 있는데, 새롭게 단장하고 관광지로 개발해 여행객들의 시선을 끌어모으는 이런 폐역사는 철도노선이 개량되면서 전국에 산재한다. 불정역 맞은편에는 두세 곳 식당이 있어 식사를 할만하다.

불정역을 지나면서 새재자전거길은 여전히 조령천을 따라 내려간다. 영강유원지를 지나 점촌을 지나면서 높아졌던 산봉우리가 키를 낮추고 안동댐에서 회룡포와 삼강주막을 거쳐 흘러내려오는 낙동강 자전거길과 합류할 준비를 한다.

충주 탄금대에서 출발했다면 여정을 100km 정도인 점촌에서 일단 멈추는 것이 좋다. 여기서 하류로 더 내려가면 상풍교를 지나 상주로 들어가거나, 낙동강 맞은편의 예천군 풍양면으로 들어가 숙박을 해야 하나 숙박시설이 잘 갖춰진 점촌만은 못하다.

강변 체육공원에서 오른쪽 제방으로 올라 철도 건널목을 건너면 점촌시내로 진입할 수 있다. 숙박시설 주변에는 다양한 식당도 있어 숙식을 해결하기가 주변 어느 지역보다 편하다.

위 – 이화령과 주흘산 풍경

아래 – 불정역

새재자전거길

코스정보	[출발] 충주공용버스터미널·충주역 – 탄금대 – 수안보온천 – 이화령 휴게소 – 문경 불정역 – 상주 상풍교 – [도착] 점촌역·점촌시외버스터미널
전체거리	100km
예상시간	6시간 40분
난이도	★★★★☆

국토종주의 중심이자 한강과 낙동강을 이어주는 새재자전거길은 체력과 인내를 요구하는 구간이다. 해발 548m의 이화령, 애달픈 사연이 깃든 탄금대, 배나무가 많이 이름 붙여진 이화령, 퇴계 이황을 비롯해 수많은 선비들이 청운의 꿈을 안고 넘었던 문경새재까지.

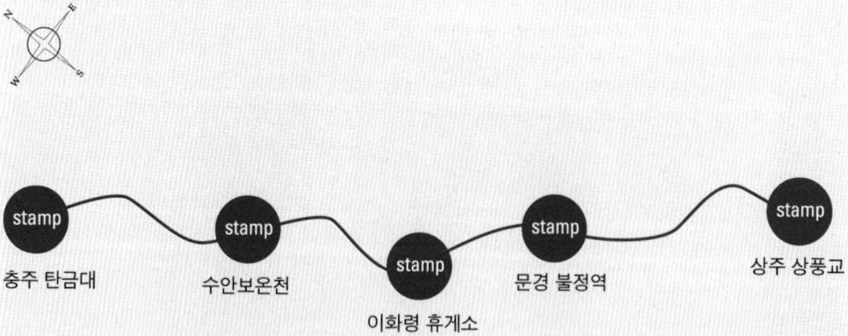

옛 선비들의
문향文香이 흐르는 땅

안동댐 월영교 산책로

인천 정서진을 출발해 아라뱃길, 한강자전거길, 남한강자전거길을 거쳐 새재자전거길 이화령까지 넘었다면, 잠시 숨을 돌리면서 낙동강자전거길을 따라 역사와 문화, 풍광에도 눈을 돌려보는 여유를 가져봤으면 한다. 우선 낙동강자전거길의 출발점이자 종점인 안동을 찾아보기로 하자. 강원도 백두대간의 황지연못에서 출발한 가느다란 물줄기가 구문소 바위구멍을 통과하고 승부와 분천을 휘돌고, 영주 땅 풍기와 소수를 거치면서 넓어진 물줄기가 비로소 강江의 모습을 갖춘다. 안동시내에서 13km 정도 올라가는 안동댐 주변은 유원지로 개발돼 휴식처를 제공하고 있다.

안동은 퇴계 이황으로 대표되는 선비의 고장으로, 많은 역사문화 유적이 산재해 있기도 하다. 국도 옆으로 조성된 자전거도로를 따라 내려오다 보면 철길 옆으로 임청각臨淸閣이라는 안내판을 볼 수 있는데, 바로 일제강점기 초기에 전 재산을 팔고 만주로 건너가 신흥무관학교를 설립한 석주 이상룡 선생이 살던 종택이다. 일제는 철로를 내기 위해 본래 99칸이던 임청각의 많은 부분을 훼손했고 지금도 그 철로는 그대로 임청각 모퉁이를 돌아서 나가는데, 머지 않아 원형대로 복원할 예정이라고 하니 그때쯤 임청각의 본래 모습을 살펴보는 것도 괜찮을 것 같다.

낙동강의 상류나 본류를 가다 보면 유난히도 서원書院을 많이 볼 수 있는데 그 시작은 영주의 소수서원紹修書院과 안동의 도산서원陶山書院이라 할 수 있다. 둘 다 조선시대 선비를 길러내던 교육기관이라고 하지만 소수서원은 최초의 사액서원賜額書院으로서 이름을 드러내고, 도산서원이야 굳이 설명을 하지 않아도 될 이름이다. 서원이 어떤 분을 모시고 있던 간에 조선시대에 거대한 학문의 줄기를 이룬 도도한 흐름이었음을 부정할 수는 없을 것이다.

임청각을 지나 강물이 합류하는 곳에서 왼쪽으로 잠수교를 건너 자전거길을 따라 내려오다가 큰 고개를 두 개 넘으면, 서애 유성룡 선생을 모신 병산서원屛山書院과 하회河回마을을 지난다. 하회마을은 3,000원 입장료를 내고 들어가 걷거나 자전거로 마을을 돌아볼 수 있는데, 저녁나절에 도착하면 마을에서 운영하는 민박집에서 정취 있는 하룻밤을 보낼 수도 있다.

안동시내에서는 안동 특유의 향토음식을 맛볼 수 있는데, 바로 손님들을 대접하던 헛제삿밥과 제사상에 올렸던 안동국시, 이동삼 간잽이로 잘 알려진 안동 간고등어가 유명하다. 각각의 음식의 유래는 차치하고 모두가 맛볼만한 음식인데, 안동댐 같은 관광지보다는 시내에서 전문으로 취급하는 식당에서 먹어보는 것도 안동을 제대로 느끼는 방법이다.

안동의 멋과 맛을 즐겼다면 이제 예천과 의성의 수려한 풍광을 즐겨도 좋다. 이렇게 안동을 지나온 물길은 다시 하회마을을 돌아나가고 삼강주막마을에서 봉화와 영주, 그리고 회룡포를 돌아나온 내성천, 그리고 문경새재에서 흘러내려 문경을 돌아나온 금천과 합류해 비로소 낙동강으로 흘러내려간다.

자전거길을 따라 내려오다가 옛날 다리를 자전거길로 사용하는 의성 지인교에서 다리를 건너지 않고 직진해 예천 회룡포回龍浦를 찾으면 물길이 크게 돌아나가는 것을 볼 수 있다. 큰 용이 용틀임을 하는 형상이라 해서 회룡포로 부르는데 우리말로 물돌이동이다. 이곳에서는 가수 강민주의 노래 '회룡포'를 들어보는 것도 좋다.

회룡포를 구경한 뒤라면 안동을 거쳐 내려온 강물이 내성천과 합류해 낙동강으로 흐르는 지점인 예천군 풍양면 삼강리의 삼강주막三江酒幕을 들러보자. 낙동강을 터전으로 삼은 뱃사람의 애환이 서린 삼강주막의 막걸리 한 잔도 꽤나 운치가 있다.

상풍교에서 삼강주막에 이르는 풍양면 지역 자전거길은 자칫 길을 잃기가 쉽다. 길이 갈라지거나 꺾일 때마다 자전거길 표시인 파란색 실선을 확인하면서 가는 것이 좋다.

가던 길을
잠시 멈춰야 할 때

구미보 상류 강상(江上) 데크 자전거길

국토종주 중 낙동강종주 시 안동에서 출발했다면 낙단보 인근의 낙단보들꽃민박이나 주변의 자칭 '이화령여신'이 운영하는 상주보민박 같은 게스트하우스를 이용해보는 것도 좋다. 상주나 점촌, 구미, 왜관 같은 도시의 모텔을 이용하는 것이 편리할 수도 있으나, 이들 게스트하우스나 민박집들은 대개 1박을 기본으로 2식을 제공하는 데 비용이 3만 원 정도로 저렴하다.

점촌과 태봉숲을 지나 하류로 낙동강자전거길을 10여 km 주행하면 함창제咸昌堤의 낙동강칠백리 표지석이 나타난다. 흔히 황지연못으로부터 하구에 이르기까지 낙동강의 길이를 1,300리라고 하는데, 낙동강칠백리 표지석이 있는 상주 함창부터 본격적인 낙동강이라고 볼 수 있을 것이다.

낙동강은 함창제를 기준으로 상류와 하류로 나눌 수 있다. 상류는 태백에서 발원한 낙동강이 굽이굽이 흘러 안동댐에서 한숨을 돌리고, 이 물줄기는 다시 의성, 예천을 돌아 점촌 부근 삼강주막에서 내성천이 합류하며 낙동강 본류로 흐르기 시작한다.

낙동강자전거길의 또 다른 특징은 낙동강칠백리 표지석이 있는 함창읍에서 시작되는 기나긴 제방堤坊을 들 수 있다. 상고시대부터 낙동강 연안의 농지를 이용하기 위해 쌓아온 낙동강 제방은 낙동강 본류가 시작되는 함창제에서 시작해 밀양 하남읍 수산제守山堤까지 꼬리를 물고 이어진다. 2~5km 정도의 짧은 제방이 있는가 하면 무려 17km가 넘는 거대한 제방도 있다. 기껏해야 삽이나 가래 정도로 그 많은 흙과 자갈을 긁어모았을 그 노력의 결과물을 보면서 인간의 무한한 가능성을 느껴보는 길이기도 하다.

제방을 주행하다 보면 물이나 간식을 보충할 수 있는 매점이나 슈퍼가 전혀 없는데, 그도 그럴 것이 농사짓는 사람과 자전거 타는 사람밖에는 통행이 없기 때문일 것이다. 그래서 낙동강을 갈 때 매점이나 슈퍼를 보면 무조건 물과 간식을 충분히 준비하는 게 좋다.

상주에서 하룻밤을 머물고 출발해 상주보를 지날 때면 자전거박물관을 들러보는 것도 좋다. 자전거박물관에서 지식을 쌓고 체력도 충전한 뒤 잠시 내려가면 상주 사람들이 즐겨 찾는다는 경천대驚天臺가 있는데, 이름 그대로 경치가 하늘을 놀라게 할 정도라고 한다. 그러나 경천대를 지나갈 때마다 드는 생각은 '무슨 경치가 그리 아름다운가?'였다. 소나무 숲 사이로 난 오솔길을 주행한다는 느낌밖에는 별 생각이 들지 않는 것은 내 감정이 무뎌져서인지도 모를 일이다.

경천대를 지나 내려가면 도남서원道南書院이 있다. 서원을 살펴보고 조금 주행하다가 아래쪽 낙단보를 건너면 강 동쪽에 낙동강을 내려다보는 2층 누각인 관수루觀水樓가 있다. 이곳 관수루 아래 식당에서 식사를 하고 물과 간식을 보충할 필요가 있다.

낙단보를 지나면 잠시 산길로 접어들었다가 다시 제방을 따라 내려가게 되는데, 구미를 지나면서 옛날 구미공단을 조성할 때 낙동강가 제방에 세운 기념비를 볼 수 있다. 구미에서는 시내로 들어가야 식사나 숙박이 가능하지만, 남구미대교를 건너 강변으로 접어들기 전에 식당과 편의점이 있어 편리한데 이 식당은 국밥과 돈가스가 특화된 식당이다.

구미보를 지난 다음은 칠곡보와 호국의다리가 있는 왜관에 접어든다. 왜관은 6.25 전쟁의 상흔이 깊게 남아 있는 지역이다. 호국의다리는 원래 경부선의 철교였는데 6.25 전쟁 당시 미군이 북한군의 남진을 저지하기 위해 두 번째 경간을 폭파했다. 그래서 지금도 다리의 두 번째 경간은 다리 상판을 매달아 지지해주는 트러스나 아치가 없이 다리 상판만을 복원해놓았다. 이 호국의다리 옆 다른 철교는 몇 년 전 녹과 부식으로 일부 경간이 자연 붕괴되기도 했다. 잠시 호국의다리를 건너며 나라를 위해 분투했던 참전용사들을 떠올려봐도 좋을 일이다.

다시 강과 제방을 따라 하염없이 내려가면 대구의 초입인 강정고령보에 다다르게 된다. 강정고령보에서는 자전거길을 헷갈리지 않도록 주의해야 한다.

내가 국토종주를 처음 나섰던 2015년 여름, 점촌을 출발해 120여 km를 주행하고 오후 6시쯤 강정고령보에 도착해서 숙소를 찾는 참이었다. 강정고령보 위로 낙동강을 건너 고령 쪽으로 주행해야 했는데 숙소가 없어 30여 km 아래 달성보를 향한다는 것이 그만, 그대로 직진하고 말았다. 물문화관을 지나 디아크The ARC 앞을 거쳐 엉뚱한 길인 금호강자전거길로 잘못 들어선 것이었다. 자전거길 표지판이 서로 비슷하게 생겼다 보니 표지판을 잘못 본 탓이었다.

날이 어두워져 더 열심히 페달링을 하는데 이상하게도 강물을 거슬러 올라가는 게 아닌가? 약 1시간을 달린 뒤 자전거를 멈추고 네이버지도를 실행하고 GPS로 내 위치를 확인해보니, 아뿔싸! 내가 성서공단의 북쪽인 북대구에서 금호강을 거슬러 올라가고 있는 것을 그제야 알았다.

다시 자전거를 돌려 아까 출발했던 강정고령보로 되돌아와 식당에 들어가니 주인 아주머니가 배고파 보인다며 국수를 곱빼기로 말아주고도 한 대접을 더 갖다준다. 허겁지겁 먹으며 숙소를 알아보는데, 강정유원지는 물론 인근 다사읍에도 숙박업소가 없다고 했다(지금은 강정고령보에 자전거 타는 사람을 위한 게스트하우스가 하나인가 있다).

난감한 상황에 바로 옆 물문화관에서 노숙하려고 작정했는데, 옆에서 국수를 먹고 있던 두 사람이 아래 달성보 근처에는 숙소가 많다며 안내를 해주겠다고 한다. 이미 180여 km 주행으로 녹초가 된 상태였지만 그래도 노숙을 할 수는 없어 따라나섰는데, 이 사람들이 밤 늦은 시간이라 그랬는지 지친 내 생각은 하지 않고 전력질주를 한다.

간신히 밤 11시가 넘어서야 달성보 아래 논공읍에 숙소를 정한 뒤 밥을 먹고 샤워를 할 수 있었다. 그때 주행거리를 살펴보니 210km가 넘었다. 그 이후로 지금까지 자전거를 타면서도 하루 동안 주행거리가 210km를 넘어본 적은 없다.

혹시라도 낙동강자전거길을 주행하다가 강정고령보에 늦게 도착하면 인근 게스트하우스를 이용하거나, 6~7km 쯤 떨어진 곳에 있는 성서공단으로 들어가 깨끗한 숙소를 이용할 것을 권한다. 주로 트럭 운전자용 숙소로 약간 시끄럽기는 하지만 다른 숙소보다 2~3배나 공간이 넓다.

강정고령보와 달성보 지역을 주행하면서 얻은 교훈이 있다. 내가 가는 길이 불확실하거나 현재 내가 있는 지역이 어디인지 모를 때는 그 자리에서 먼저 스마트폰의 GPS 기능을 활용해 검색해본 뒤 주행하라는 것이다. 네이버지도를 사용하거나 자전거행복나눔 애플리케이션을 추천할만하다. 특히, 자전거행복나눔 앱은 환경설정을 잘해놓으면 자전거길은 물론 숙소와 편의점, 식당, 화장실까지 주변의 모든 편의시설까지 안내해줘 대단히 편리하다. 또 종주수첩 번호를 입력하고 앱을 실행한 뒤 인증센터에 접근하면 자동으로 인증도 된다.

강정고령보나 달성보에서는 충분한 휴식을 취하고 물과 간식도 충분히 준비해야 한다. 만약 낙동강을 거슬러서 올라오는 길이라면 창녕 남지읍이나 밀양 하남읍 수산리에서 이같은 준비를 해야 한다. 왜냐하면 다음날 주행해야 할 길에 낙동강자전거길의 최대 난코스인 다람재, 무심사고개, 박진고개, 영아지고개와 같이 이름만으로도 무시무시한 네 개의 고갯길이 버티고 있기 때문이다.

위 – 낙동강종주 중 수산제
아래 – 상주 도남서원

무념무상으로
무심사고개를 넘다

구름재(박진고개)에서 바라본 낙동강

달성보에서 출발해 합천창녕보를 지나고 창녕함안보에 이르는 100여 km의 구간은 낙동강자전거길 중에서도 가장 난도難度가 높은 코스로 악명이 높다. 자전거 라이더의 끈기와 인내심을 시험하는 곳이기도 하다. 낙동강 본류의 달성에서 남지에 이르는 구간에는 커다란 네 개의 고갯길이 기다리고 있기 때문이다. 달성보를 출발한 지 얼마 되지 않는 곳에 다람재가 기다리고 있고, 다람재를 넘고 무념무상의 상태로 넘어야 하는 무심사無心寺고개를 지나면 합천창녕보에 도착한다. 합천창녕보 아래에는 박진고개와 영아지고개가 기다리고 있다. 그렇게 종일 고생고생을 하며 네 고개를 넘어 남지읍에 도착하면 대개 하루 해가 저문다.

우선 달성보를 출발하면 첫 번째로 마주치는 다람재부터 예사롭지가 않다. 길이야 300여 m밖에 안 되는 짧은 고갯길이지만, 12~14%에 달하는 경사도를 자랑하며 중간 정도부터 여간해서는 자전거에 탄 상태로 주행하기 어려운 오르막이다.

정상에 올라서면 지금까지 지나온 시원한 낙동강 물줄기와 수려한 풍광을 조망할 수 있는데, 내리막길에는 성리학의 거두 한훤당 김굉필을 모신 도동서원道東書院이 내려다보인다. 내려오는 길도 굽이가 심하고 가팔라 앞뒤 브레이크 조작에 세심한 주의를 해야만 한다.

다람재를 넘었으면 이번에는 무심사고개다. 역시 낙동강 제방을 따라 주행하다 보면 멀리 나지막한 산이 강으로 흘러들어가듯 보이는 곳에 무심사無心寺가 있고, 무심사 입구에서 무심사고갯길이 시작된다. 경사도가 20%가 넘는 절 입구부터 150m 거리의 경사로를 끌바(자전거를 타지 않고 끌고 가는 것을 말한다)로 넘는데, 100m 정도 급경사를 오르면 승차해 주행할 수 있다. 이곳 종주자에게 무료공양을 한다고 무심사에서 광고를 하는데, 실제로 먹어본 기억은 없다.

박진고개는 6.25 전쟁 때 낙동강방어전투의 격전지인 박진지구에 도로를 개설하면서 생긴 고갯길이다. 초입은 경사가 심하지 않아 승차 주행이 가능하나, 800m 정도 올라가면 경사가 조금 더해지기 때문에 여기서 많은 사람들이 400m 정도는 끌바로 오른다. 박진고개를 오르며 종주자들이 얼마나 힘들어했는지는 옹벽에 긁어놓은 낙서로 알 수 있다.

어렵게 구름재(박진고개의 다른 이름) 정상에 오르면 지금까지 지나온 길의 수려한 풍광이 펼쳐진다. 박진고개를 내려오면 다리 왼쪽 동산 정상에 구조물이 보이는데 바로 박진지구전적비다. 이곳은 낙동강 방어선을 뚫으려는 공산군을 월튼 워커 장군의 미군과 국군이 크게 물리친 전승지다.

박진고개를 지나면 마지막으로 창녕군 남지읍의 뒷동산인 영아지고개를 넘어야 한다. 영아지마을과 남지읍 사이에 있는 영아지고개는 자전거길과 걷는 길로 사용하는데, 영아지마을 초입에서 경사가 심할 뿐 200m 정도를 끌바로 오르면 정자亭子부터 승차 주행이 가능하다. 물론 돌아가는 수월한 길이 없을 수 없으련만, 한 번쯤은 지나온 자신의 인생길을 되돌아보며 자신의 체력과 인내력을 꼭 체크해보도록 권해보고 싶다.

이 모든 고갯길을 우회할 수도 있다. 달성군 현풍면에서 다리를 건너 만나는 T자형 도로에서 오른쪽으로 가면 다람재와 무심사고개를 넘어야 하는데, 여기서 왼쪽 도로가 우회로이다. 합천창녕보를 지나 첫 번째로 만나는 적포교삼거리에서 오른쪽 도로를 따라가거나 강둑 자전거도로로 직진하면 박진고개와 영아지고개를 넘게 되고, 왼쪽으로 적포교를 건너자마자 오른쪽 우포늪 방향으로 국도를 따라가면 박진고개와 영아지고개를 우회해서 남지읍에 도착한다. 고개를 넘으려면 이곳 적포교삼거리에서 식사와 간식거리, 물을 충분히 챙길 필요가 있다.

낙동강자전거길에서 달성을 출발해 다람재와 무심사고개, 박진고개와 영아지고개를 넘어 남지읍에 도착하면 가급적 남지읍에서 하루 숙박을 하는 것이 낫다. 남지읍 아래쪽의 하남읍이나 삼랑진읍, 삼랑진철교 주변에는 괜찮은 숙소나 식당이 드물고 그렇다고 밀양강을 거슬러올라 밀양시내로 들어가려면 시간이 꽤나 걸리기 때문이다.

남지읍에서 낙동강하굿둑까지 100km는 별다른 어려움 없이 하루면 종주를 마칠 수 있다. 밤이 되면 남지철교 조명등이 아름다운 남지읍에는 넓은 낙동강 둔치에 꽃밭을 가꾸고 계절에 따라 갖가지 축제를 연다. 특히 가을이면 약 1km가 넘는 구간에 백일홍이 지천으로 피어나고 축제를 찾는 관광객들에게 다양한 즐길거리를 선사한다.

낙동강종주 중인 자전거 동호인들은 남지읍내의 다양한 숙박시설과 식당을 이용할 수 있는데 사장님들 중에는 자전거 마니아도 많아 재수가 좋으면 종종 환대를 받기도 한다. 대부분의 숙박업소가 비교적 깨끗하고 넓으며 세탁기 사용을 부탁해 빨래를 할 수도 있다.

남지읍을 출발해 낙동강을 따라 내려가다 보면 주의할 코스가 두 곳 있는데 우선 남지읍에서는 남지철교 옆 다리를 건너 창녕 방면 둑방 자전거길을 이용하는 것이 좋다. 강 북쪽 밀양 방면은 자전거길 표지 등이 불확실해 길을 잃기도 쉽고 정비되지 않은 곳도 많다.

창녕 방면 둑길을 따라가다가 수산대교에서는 반드시 다리를 건너 하남읍으로 가야 한다. 여기서 직진하면 곧 아주 험한 산길로 접어

들게 되는데 산길에서는 날파리가 성화를 부리는 데다 아름답게 굽이치는 낙동강 풍경을 감상하며 진한 돼지똥과 소똥 향기도 덤으로 맡을 수 있다.

만약 남지를 지나 하남읍까지 주행했다면, 시간을 김안해서 다음 숙소가 있는 밀양이나 삼랑진으로 갈지 하남읍에서 숙박할지 결정하는 것이 좋다. 하남읍에는 모텔이 한 곳, 여관이 두 곳 있는데, 유일한 모텔인 2015년경 문을 연 황토방 모텔조차도 약간은 비좁고 시설도 그저 그런 편이다. 또 큰 길가에서는 식당을 찾기가 어렵고, 밀양 방향의 왼쪽 시장 골목으로 조금 들어가면 식당이 몇 곳 있는데, 메뉴는 대개 전형적인 시골 식당 메뉴이다.

2015년 8월 국토종주 때는 자전거 타는 사람들로 황토방 모텔의 방이 모두 들어차 딱 두 개밖에 없는 여관 중 하나를 숙소로 잡아야 했다. 25,000원이라는 저렴한 가격보다는 다른 선택의 대안이 없기 때문이었다. 욕실 바닥엔 시커먼 물때가 덮여 있고, 욕실문에도 시커먼 곰팡이가 피어 너덜너덜했으며, 심지어 전날 묵었던 사람들이 사용한 1회용 칫솔조차 치우지 않고 그대로 두었다. 비교적 연세가 있어 보이는 관리인 아주머니의 손길이 미치지 못하는지, 방안에는 주먹만하게 뭉친 먼지공 서너 개가 선풍기 바람을 타고 이리저리 굴러다니고 있었다. 불을 끄면 방구석 틈새에서 바퀴벌레들이 줄지어 습격할 것만 같은 느낌에 불을 끌 수가 없었는데, 인근 마트에서 맥주를 사와 마시면서 형광등 불빛 아래 뜬눈으로 지샌 기억이 있다.

1시간 정도 시간이 있다면 하남읍에서 머물기보다는 수산제 제방을 타고 25km 정도에 있는 밀양시내로 들어가든지, 밀양보다 조금 가까운 삼랑진에 숙소를 정하는 것이 낫다.

위 - 우포늪
아래 - 도동서원

밀양강을 지나
낙동강하굿둑으로

밀양강 수산제에서 바라본 삼랑진철교

하남읍부터는 국사 교과서에도 나오는 밀양 수산제守山堤를 따라 밀양강을 거슬러 올라갔다가 잠수교를 건너 다시 내려오게 되는데, 제방이 끝나는 지점에 삼랑진철교가 있다.

이곳 밀양 수산제는 상주 함창에서 시작해 끊임없이 이어지는 낙동강에 구축한 마지막 제방으로, 삼한시대부터 벼농사를 지을 농토 마련을 위해 우리 조상들이 어떤 노력을 기울여왔는지 잘 보여주는 제방의 종결판으로 보아도 충분하다. 나무로 만든 삽과 연장으로만 성난 강물을 막아내기 위해 그 두텁고 높은 제방을 쌓은 수고를 생각하면, 지금은 제방 위 잘 포장된 자전거도로로 씽씽 달려나가는 것조차 송구스럽다는 생각도 종종 들 때가 있다.

하남읍 수산리에서 시작된 수산제는 'ㄴ'자 모양으로 너른 농토를 품고 있고 밀양강을 따라 올라가서 밀양에 도착해서야 끝이 보이는데, 제방의 길이가 18km는 족히 넘는 것 같다. 수산제 중간 부분 하상에는 반대편 삼랑진으로 건너가는 잠수교인 삼상교가 놓여 있다. 단순히 국토종주나 낙동강종주가 목적이라면 잠수교를 건너 삼랑진으로 내려가면 된다. 밀양강이 낙동강에 합류하는 지점부터 잠수교까지는 강을 따라 올라갔다가 다시 내려와야 하는데 이 지점은 주행경로가 마치 장화 모양으로 기록되는 지점이다.

잠수교를 건너는 대신 밀양강을 계속 따라올라가면 예전 경상도의 큰 도시였던 밀양을 둘러볼 수 있다. 밀양의 대표적인 구경거리로 영남루嶺南樓를 들 수 있는데, 밀양역에서 밀양강 상류로 4km 정도 올라가면 강변에 서 있어 자연과 어우러진 영남루를 만날 수 있다. 자전거길의 맞은편 조그만 언덕 위에 자리한 영남루는 마치 진주 남강의 촉석루를 떠올리게 되는데, 촉석루에 비해 규모는 작지만 의외로 역사가 오래된 누각이라는 것을 알 수 있다.

영남루 왼쪽으로 난 조그만 길을 따라 내려가면 영남루 옆 대나무밭에서 아랑각을 만날 수 있는데, 아랑각은 밀양부사(현재의 밀양시장에 해당)의 딸 아랑아씨의 슬픈 전설이 전해지는 곳이다. 아랑아씨는 흠모하던 종의 손에 목숨을 잃고 시신이 영남루 옆 대나무밭에 던져졌는데, 그후 부임하는 신임 사또마다 다음날 아침 시신으로 발견되어 마침내 부임하는 사또가 없는 지경이 되었다. 후일 담력이 센 사또가 부임하여 마침내 아랑아씨는 해원解冤을 하게 됐고, 사또가 아랑각을 지어 위로하고 해마다 제사하게 했다는 전설은 아마도 많이 들어본 내용일 것이다.

영남루와 아랑각을 구경했으면 인근 단골집식당에서 식사를 하는 것도 좋은데, 방송에 여러 번 소개된 이 집은 돼지국밥이 일미로 부산(밀양)돼지국밥의 원조로 일컬어지기도 하는 집이다.

밀양 구경을 마쳤으면 편안히 밀양강을 따라 내려가다 잠수교를 건너 삼랑진으로 내려가는데, 예전 돈가스전문점이 있었던 이곳 콰이강의다리 식당은 횟집으로 바뀌기는 했지만, 지금은 간단한 간식거리와 음료수 정도는 제공하고 있는 것으로 보인다.

혹시라도 이곳에서 하류로 내려가지 않고 오른쪽으로 다리(구 삼랑진교)를 건너 김해 방향으로 진행하면 거의 해발 700m가 넘는 무척산을 넘는데, 여름이라면 지옥이 따로 없는 경험을 할 수 있다. 부산 화명역으로 건너오기 전까지 평온한 주행을 원한다면 구 삼랑진교를 건너지 말고 왼쪽 강변을 따라 내려가면 된다.

2015년 8월 처음으로 나선 국토종주의 마지막 날(8월 6일)이었다. 하남읍 수산리의 여관방에서 맥주를 마시며 밤을 지새우고 밀양강의 잠수교를 건너서 3km 정도를 내려오니 구 삼랑진교가 눈앞에 보였고, 콰이강의다리 식당을 지나 사람과 차량이 건너다니는 구 삼랑진교 앞 삼거리에 섰다.

다리 아래로 난 자전거도로를 따라 직진해서 낙동강 왼쪽을 타고 내려갔어야 했는데, 초등학교 때 사회 교과서에서 본 삼랑진철교의 모습이 눈앞에 펼쳐져 있었다. 무심코 '낙동강자전거길우회길'이라는 표지판을 따라 책에서 본 그 다리를 건너고야 말았는데, 그게 얼마나 큰 실수였는지를 깨닫게 되는 데는 얼마 시간이 걸리지 않았다.

마침 아침을 먹지 못해 출출하던 차에 다리를 건너 발견한 간이 식당에서 라면을 부탁해 요기를 하고 간식으로 먹을 요량으로 옥수수도 몇 개 챙긴 후 길을 나섰다. 그런데 자전거길이 도로를 따라 계속되며 산으로 들어갈 뿐 낙동강변이 나오지 않는 것이었다. 종내는 오르막 내리막이 몇 번 계속되더니 이제 가파른 언덕길이 굽이굽이 나를 반긴다. 태양의 고도는 점점 높아지고 한여름 뙤약볕에 기온은 이제 35℃도 훌쩍 넘어 목이 타면서 숨도 가빠지는데, 고갯길은 끝날 기미를 보이지 않는다.

천신만고 끝에 고갯길 정상을 넘어서고 내리막길을 시원하게 질주하는데, 이번에는 동네에서 무섭게 생긴 개 서너 마리가 나타나 격하게 나를 반기며(?) 쫓아오기 시작하는 게 아닌가? 간신히 개를 따돌리고 길도 묻고 음료수와 간식도 장만할 겸 마을 구판장으로 들어서서 가게를 지키고 있는 어르신께 물금취수장(그분은 양산물문화관이라는 것은 알지도 못했다) 가는 길을 물으니 '방금 넘어온 그 산을 다시 넘어가라'는 대답이 꿈결처럼 들려온다.

지금은 그 산을 넘어 강변으로 자전거길이 잘 마련돼 있지만, 당시만 해도 자전거길이 없어 지도에서 현재 위치를 기준으로 자전거가 갈 수 있을만한 길을 찾아가는 수밖에 없었다. 때로는 논둑길도 건너고, 강변 뚝방길로 나서기도 하고, 또 동네 안길과 도로를 찾아서 물어물어 부산(김해공항) 방면으로 내려갔다. 마침내 사림이 건너갈 수 있을 만한 다리를 찾아서 건너니 화명대교라 했고, 그다음으로 부산지하철 화명역이 나왔다.

양산물문화관 인증을 위해 다시 상류로 얼마를 거슬러 올라가야만 했는데, 이제는 목도 타고 배도 고프고 난리가 났다. 인증을 마치고 보니 입구를 아담하게 장식한 식당이 보이는데 '강뜰에'라는 비빔밥집이었다.

그런데 정말로 맛있는 비빔밥을 먹고 지갑을 열어보니 1,000원짜리 지폐 한 장밖에 없었다. 주인아주머니에게 비빔밥값에 15,000원을 더 결제하고 남은 돈을 돌려줄 수 없겠느냐고(생전 처음 카드깡을 해봤다) 부탁을 했더니, 잔돈이 필요할 거라며 기꺼이 15,000원을 돌려준다.

그날 오후 4시경 천신만고 끝에 낙동강하굿둑 인증을 끝으로 국토종주를 마치고 괴정에서 증편떡집을 하는 외사촌동생을 만나 맥주 한 잔을 나눈 뒤 전철로 부산역으로 향했다.

그날 내가 길을 잘못 들어 헤맸던 산의 이름은 나중에 지도에서 찾아보니 김해 무척산이었다. 해발고도가 700m 정도 되는 무척이나 높은 산이었다. 초행 자전거길에서는 자신의 위치를 지도 앱과 수시로 확인하며 가는 것도 좋은 방법이다.

낙동강자전거길

코스정보 [출발] 안동시외버스터미널 – 안동댐 – 상주 상풍교 – 상주보 – 낙단보 – 구미보 – 칠곡보 – 강정고령보 – 달성보 – 합천창녕보 – 창녕함안보 – 양산물문회관 – 낙동강하굿둑 – [도착] 부산서부시외버스(사상)터미널·하단역

전체거리 389km

예상시간 26시간

난이도 ★★★☆☆

510km에 이르는 낙동강은 그 길이만큼이나 다양한 유적지와 자연을 품고 있다. 더불어 영남 전역에 물을 공급할 뿐만 아니라 드넓은 평야를 적시는 젖줄 역할을 하고 있기도 하다. 상주 상풍교에서 새재자전거길과 만나는 낙동강자전거길은 하회마을과 회룡포를 지나 긴 제방을 거쳐 낙동강하굿둑에서 국토종주 대장정의 막을 내린다.

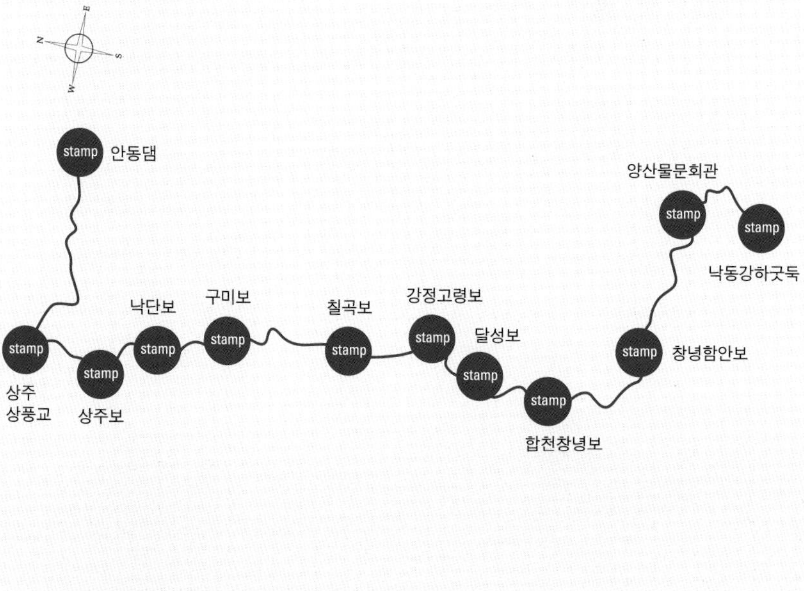

서울 자전거도로 표기를 바꿔라

서울 본사에서 근무하며 매일 새벽 운동에 이어, 출근은 시내버스로 하고 저녁 약속이 없는 한 한강변으로 걸어서 퇴근한다. 주말과 휴일이면 한강변에서 마라톤 연습을 하거나 자전거를 타며 거의 매일 한강변 자전거도로를 이용한다.

몇 년 전 걸어서 퇴근하는 길에 한강자전거도로 바닥에 표기된 거리 단위가 눈에 띄었다. 한강자전거도로의 거의 모든 거리 표기는 '하남38KM', '가양대교6KM', '안양천1KM'처럼, 로마자 소문자가 아닌 로마자 대문자로 잘못 표기되어 있었던 것이다.

본래 거리 표기 단위의 기본이 되는 미터와 킬로미터는 로마자 소문자로 표기해야 한다. 즉, 1미터는 '1m'로, 1킬로미터는 '1km'로 표기해야 하는 것이다. 마찬가지로 무게(질량)의 기본 단위인 킬로그램이나 그램도 역시 '1kg', '1g'으로 표기해야 한다.

본래 대문자 K는 1,000을 뜻하는 킬로(k)가 아니라 켈빈 온도(-273℃로 절대온도라고 함)를 의미하는 것이고, 대문자 M은 미터(m)가 아닌 1,000,000(메가)을 의미하는 단위 표기이다. 그렇다고 보통 사람들이 '1M'을 '1,000,000'으로 이해하지는 않겠지만, 국제적인 단위 표기 원칙에도 어긋나며 명백히 틀린 표기였다.

다음날 새벽 운동을 하면서 가양대교-여의도 구간 자전거도로 바닥을 모두 살폈다. 주말에는 자전거를 타고 하남시 경계선에서 행주대교까지 약 60km 구간을 강남과 강북으로 왕복하면서 사진을 찍고 모든 증거자료를 확보했다. 그리고 서울특별시 한강사업본부 홈페이지에 접속해 모든 증거사진과 근거(한국표준과학연구원 홈페이지)를 제시하며 '국제적인 표기 기준에 맞도록 단위를 올바르게 표기해줄 것'을 민원으로 제기했다.

그리고 며칠 후 내 휴대전화와 한강사업소 홈페이지에는 다음과 같은 답변이 실렸다.

> "서울특별시정에 보여주신 관심에 감사드립니다. 제기하신 민원을 확인한 결과 민원에 타당성이 상당하여 시정조치를 하고자 하오나 자전거도로 거리 표기를 전면적으로 수정하기에는 상당부분 예산이 소요되므로 당장 조치하기는 어려운 점이 있어 다음번 표기를 보완하거나 덧칠할 경우 시정할 것이라는 점을 약속드립니다.
>
> - 서울특별시 한강사업본부장 - "

이런 기본적인 사실 확인조차 없이 예산을 낭비하는 공무원들의 의식에 화가 났고, 또 이런 문제점에 대해 아무런 생각도 없이 넘어가는 시민의식도 문제가 있었다.

그리고 3년 뒤, 자전거를 타고 출근하는 길에 거리 표기 작업을 다시 하는 것을 볼 수 있었다. 그러나 인부들은 예전의 틀린 거리 표기 글자 위에 무심하게 페인트를 덧칠만 하고 있었다. 3년 전 한강사업본부장의 철석같은 답변과 약속은 그저 마지못해 했던 일회성 사과였으며, 시정하겠다는 약속은 쓰레기통에 처박힌 지 오래됐던 것이다.

당연히 한강사업본부 홈페이지의 3년 전 민원 내용을 찾아내 다시금 민원을 제기했다. 그리고 며칠 후 출근길에서는 잘못된 'KM' 표기를 모두 갈아낸 다음, 그 위에 콜타르를 덧칠하고 산뜻하게 'km'로 올바르게 표기하고 있는 것을 확인할 수 있었다. 그렇게 팔당대교-행주대교 구간에서 강남과 강북 모든 자전거도로의 거리 표기는 바로잡혔다. 단, 강북 동호대교와 강남 잠실선착장 부근 두서너 곳은 아직까지도 잘못된 표기가 그대로 있다.

한강 자전거도로의 잘못된 거리 표기 'KM'를 올바르게 모두 'km'로 바꾸도록 한 원동력은 대전에서 PD로 근무하던 시절 대덕연구단지의 한국표준과학연구원을 취재하고 방송한 것이 뒷받침이 됐다. 한국표준과학연구원은 우리나라의 모든 표준, 즉 시간, 길이, 질량, 부피, 소리, 전파 등의 기준을 정하고 나아가서는 산업 생산에 적용할 수 있는 모든 표준을 정해주는 것이 업무이다. 이런 중요성에 비해 일반 사람들에겐 대단히 이상한 연구를 하는 곳으로 비쳐질 수도 있다. 예를 들면 1년에 한 번씩 한국 사람의 신체표준을 측정하는데, 남녀 각 1만 5천 명 정도를 완전히 옷을 벗은 상태에서 신체의 모든 부위 약 5천 곳을 측정하고 자료를 만들어 배포한다. 옷을 만들 때 품을 얼마로 할지, 팔 소매 길이를 얼마로 할지, 허리에서 가랑이까지 길이는 얼마로 할 것인지 등 매년 모든 산업의 기초자료가 한국표준과학연구원의 연구결과로 나오는 것이다.

길이 1m와 무게(중량, 질량) 1kg이라는 국제 표준이 정해진 과정을 알면 더 재미있다. 본래 1m의 개념은 적도에서 북극까지 거리의 1/10,000,000에 해당하는 길이였다. 한편 1kg의 개념은 물 분자의 부피가 가장 작은 온도인 4℃에서 가로×세로×높이가 각각 10cm인 가상의 정육면체에 담겨 있는 물의 무게였다. 따라서 길이의 기준은 1m가 되고, 무게(질량)의 기준은 그램이 아닌 킬로그램이 된다. 초기에는 애초의 개념보다 이미 존재하는 (제정 당시 동일하게 제작해 각국에 배포한) 미터원기나 킬로그램원기를 기준으로 삼는데, 새로운 개념의 기준으로 측정하니 애초의 개념과 약간의 오차가 발생해 지구 둘레는 40,000km를 조금 넘는다는 사실이 밝혀졌다.

이러한 미터와 킬로그램의 표준을 잡기 위해서는 극도로 정밀한 측정을 하게 되었다. 가령 1m를 정의하기 위해 완전히 밀폐된 공간을 이중, 삼중으로 만들고, 그 안의 공기를 모두 빼낸 다음 빛이 1/299,792,458초 동안 나아간 거리를 측정해서 기준으로 삼았다. 한편 1kg을 정의하기 위해서는 측정 용기 안의 공기 입자가 100개 이하인 상태에서 킬로그램원기의 무게를 측정한다. 이때 용기 안의 공기 입자가 100개가 넘으면 공기 입자에 빛이 부딪혀 굴절屈折되거나 공기 입자의 마찰에 따른 부력浮力으로 길이나 무게가 변하기 때문에 공기를 빼내 거의 진공 상태로 만드는 것이 대단히 중요한데 공기 입자를 빼내는 작업만도 보통 일주일이 넘게 걸린다고 한다.

한국표준과학연구원에서 정밀한 측정 작업 이상으로 중요시하는 것이 단위 표기법이다. 정확하게 측정해 표준을 정했더라도 단위 표기가 잘못되면 엉뚱한 의미가 되기 때문이다. 우선 과학자들이 개념을 정한 단위는 로마자 소문자를 사용해 표기한다. 길이(mm, cm, m, km), 무게(g, kg, t), 부피(l, ml, dl, kl), 시간(시, 분, 초), 열량(cal) 등이 있으며, 숫자 1,000 개념인 k(킬로)도 이에 해당한다.

반면 특정인의 연구 업적인 단위는 연구자의 이름 첫 글자를 로마자 대문자로 표기한다. V(볼트), W(와트), N(뉴턴), J(줄), ℃(섭씨), ℉(화씨), K(절대온도), Sv(시버트), Be(베크렐) 등이다. 다만 개념을 정한 것이라 하더라도 중복되어 혼동할 우려가 있을 때는 대문자로 표기하는데, 예를 들면 M(메가), G(중력 단위) 등이 있다.

1986년 미국 우주왕복선 챌린저 호가 발사 73초 후 폭발한 사고가 있었는데, 야드-파운드 단위를 사용하는 미국에서 주문한 부품을 미터법 단위로 환산해 제작하는 과정에서 생긴 미세한 오차로 인한 틈새로 연료가 누출돼 이런 큰 사고가 발생했다고 한다. 보기 좋게 하거나 의미가 통한다고 해서 km를 KM로 쓸 일은 아니다. 우리나라도 이제는 엄연히 선진국 대열에 들어서고 있는 마당에 말이다.

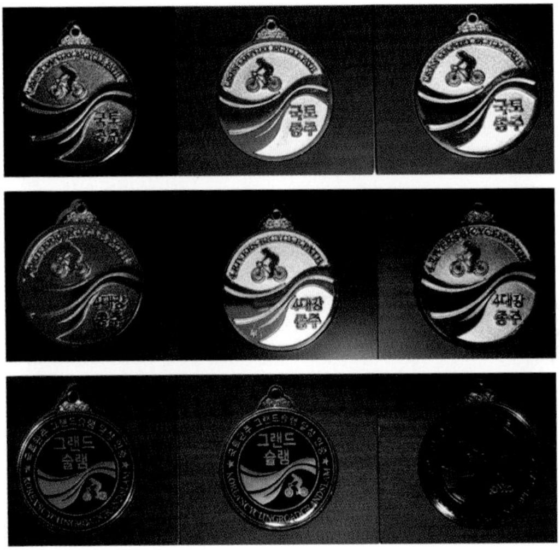

위 - 국토종주 메달(3회 완주)
4대강종주 메달(3회 완주)
그랜드슬램 메달(3회 완주)
아래 - 국토종주, 4대강종주, 그랜드슬램 인증서

알아두면 편리한 정보

자전거 여행 시 교통편과 인증

자전거 국토종주를 하다 보면 사소한 것에도 의문이 생길 수 있는데 한 번씩만 시행착오를 겪어보면 다시 응용이 가능한 일들이다.

우선 이용할 수 있는 교통편과 자전거를 운반하는 방법이다. 자전거는 철도와 고속버스, 장거리시외버스를 이용해 운반할 수 있는데 필요한 앱을 스마트폰에 설치하고 회원으로 가입해놓으면 언제 어디서나 예약을 할 수 있어 편리하다. 철도는 '코레일톡', 고속버스는 '고속버스터미널', 장거리시외버스는 '시외버스터미널'이나 'intercityBUS' 앱이 유용하다.

철도를 이용할 경우 접이식 자전거는 접거나 앞과 뒤 바퀴를 분리해서 포장하면 KTX, 새마을호(ITX), 누리호, 무궁화호 모든 열차의 이용이 가능하다. 무궁화호의 경우 경부선과 중앙선, 호남선, 전라선에서 자전거전용석을 운용하는 열차가 하루에 몇 편씩 있는데 자주 있는 편은 아니지만 자전거전용석 열차표를 구입했다 하더라도 자전거는 4호차 열차카페에 있는 자전거거치대에 묶어놓고 지정된 좌석에 앉아서 가면 된다(좌석 주변에는 자전거를 둘 공간이 없다). 자전거전용석을 운용하지 않는 무궁화호의 경우는 탑승하는 역의 역무원에게 부탁하는 수밖에 없는데, 대개 자전거 앞바퀴를 분리해서 실으면 승차할 수 있게 해준다. 다만 무궁화호 이외의 ITX(새마을)나 누리호 등은 역무원과 협의를 하는 것이 좋다.

고속버스와 장거리 시외버스를 이용할 경우는 차량 옆면 화물칸(트렁크)에 눕혀 실으면 되는데 화물칸이 좁다면 앞바퀴를 분리하는 것이 좋다. 주행 중 아주 피곤하거나 도시와 도시 사이를 점프할 경우는 버스에 싣고 가거나 인증센터에 붙어 있는 이송 서비스를 이용하는 것도 좋다.

서울지하철(부산, 대구, 광주, 대전도 마찬가지)은 노선마다 다르기는 하나 대부분 평일 출, 퇴근 시간(오전 07:00-10:00, 오후 17:00-21:00) 이외에는 자전거를 휴대하고 탑승할 수는 있으나 원칙적으로는 허용하지 않는다(다만, 9호선은 접이식 자전거면 출, 퇴근 시간을 제외하고는 자전거를 접은 상태로 탑승이 가능하다). 출, 퇴근 시간 이외에는 일단 맨 앞이나 끝 칸 첫 번째 문으로 타는 것이 상식이다. 경춘선 전철과 경의중앙선 전철(문산-용문)은 공휴일에 상시로 자전거를 휴대하고 승차가 가능하며 평일에도 역무원에게 부탁해 탑승할 수는 있다. 이때도 맨 앞 칸과 끝 칸에 설치된 자전거거치대를 이용하면 편리하다.

현재 자신의 위치 파악이나 자전거길 정보는 '자전거행복나눔' 앱에서 유용하게 얻을 수 있다. 자전거행복나눔 앱에는 과거 트래킹 정보를 제공해 자신의 주행거리나 시간 주행경로 등을 검토해볼 수 있었으나 지금은 자전거길과 관련한 단순정보만 제공하고 있다. 그러나 앱 설정을 잘 해놓으면 주행 중인 자전거길 주변 지역의 상세한 정보(숙박, 화장실, 편의점, 식당과 휴게소)를 유용하게 이용할 수도 있다.

그리고 인증센터자동인증기능을 사용할 수도 있는데, 앱에 수첩번호를 입력한 뒤 활성화하고 인증센터 50m 안에 접근할 경우 사이버인증도장이 앱에 찍힌다. 자동인증이 잘 안 되는 경우 'QR코드인증'을 활성화하고 인증부스 안에 있는 QR코드를 인식시키면 된다. 기타 트랭글, 엔도몬도 같은 보조 앱을 이용해 운동상황과 주행경로 등을 기록할 수 있다.

북한강철교

낙동강종주의 시작과 끝 제방길

내륙의 물줄기를
따라가는 추억 여행

바람이 지나는 길

가장 기억에 남는 금강자전거길

대전 반석동 – 세종시 자전거 중앙차로

전북 장수에서 발원해 대전과 공주, 부여, 서천을 지나 서해로 흘러드는 금강錦江은 그 이름처럼 본래 이 지역에서 '비단강'으로 불렸다. 대청댐에서 금강하굿둑에 이르는 금강자전거길은 내 기억에 가장 많이 남아 있는 길이다. KBS 대전방송총국에 입사한 뒤 결혼을 하고 프로그램 제작을 위해 항상 찾던 곳이기도 하며, 아이들이 어렸을 때 역사와 지리 공부를 위해 관광을 다닌 장소이기 때문이기도 하다.

서울에서 금강자전거길에 가장 쉽게 접근할 수 있는 방법은 서울역(용산)에서 출발해 영등포를 경유하는 경부선이나 호남선 무궁화호를 이용해 신탄진역까지 가는 것이다. 무궁화호는 4호 객차를 열차카페로 운영하고 있는데, 자전거 거치대가 있는 열차의 경우 좌석을 선택할 때 자전거전용석을 구입하면 되고(전용석을 구입하더라도 열차카페 거치대에 거치해놓아야 한다) 거치대가 없는 경우에도 열차카페에 자전거를 싣고 이용할 수 있다. 만약 승차 역무원이 문제를 제기하면 자전거 앞바퀴를 빼어 실은 뒤 거치하면 된다. 무궁화호 열차가 신탄진역에 정차하지 않는 경우도 있으므로 예매 시 확인하는 것이 좋다.

신탄진역에서 하차해 왼쪽 방향으로 진행하면 현도교가 나오는데, 현도교 밑 오른쪽 방향으로 난 자전거도로를 따라 강을 거슬러 7km를 올라가면 대청댐 오른쪽에 대청댐인증센터가 있다. 인증을 마치고 돌아와 현도교를 건너면 청주시 현도면을 지나게 되는데, 오천자전거길 주행으로 합강공원(세종시) 인증을 마쳤다면 이 길로 갈 필요 없이 유성온천을 들르는 것도 좋다. 유성온천지구의 온천수공원 인근에 대중탕들이 있는데, 유성온천은 공주 갑부 김갑순이 처음 온천장을 개설한 이래 100년이 훨씬 넘은 요즘에도 온천수가 넘치고 있다.

유성 반석역에서 세종시로 가는 자전거도로는 특이하게도 자전거도로가 중앙에 있어 도로의 중앙분리대 역할을 하고 있는데, 세종시를 건설하며 특별히 만든 자전거전용도로이다. 이 도로를 따라가서 금남교를 건넌 뒤 좌회전하면 세종보인증센터로 갈 수 있다.

유성이 아닌 합강공원 방향에서 내려온다면 금강을 따라 내려올 때 오른쪽으로 내려오는 것이 좋은데, 금남교를 지나 자전거길이 첫마을아파트 부근 세종보인증센터를 지나기 때문이다. 세종보 인증을 마친 뒤에는 금강 하류 좌우편으로 주행할 수 있는데, 왼쪽 길 반포면 방향으로 가면 공주산림박물관에 들를 수 있다.

공주산림박물관을 지나 다리를 건너면 다시 자전거길이 오른쪽 길과 합쳐지는데, 조금 더 내려가 강 건너 아름다운 절벽인 청벽青壁을 감상하고 청벽대교 앞 칼국수집에서 요기를 하는 것도 좋다. 칼국수와 수육을 잘하는 식당인데 자전거길에서 도로변 식당으로 올라가는데 무리는 없다.

청벽대교에서 잠시 내려가면 구석기시대 유물과 유적을 볼 수 있는 석장리 구석기 유적지가 있다. 수만 년 전 이 땅에 살던 조상들의 생활상을 잘 보여주는 고고학상 아주 중요한 유적지다. 석장리 인근에는 판소리 명인 박동진 선생이 출생한 무릉동에 박동진판소리기념관도 있다. 시간이 된다면 박동진 선생의 구성지고 걸판진 입담을 한번 들어보고 가는 것도 좋다.

여기서부터는 본격적인 공주시 지역이다. 공주의 원래 지명은 곰나루를 뜻하는 웅진熊津 또는 고마나루였다. 서기 475년 백제의 수도 한성에서 개로왕이 고구려 장수왕에게 잡혀 참수되자 개로왕의 아들 문주가 웅진으로 천도하니 이때부터 공주가 왕도王都가 됐다. 이 땅은 동으로 계룡산, 서와 북으로 금강, 남으로 우금치에 둘러싸여 도읍으로는 천혜의 장소였다. 여기 곰나루에서 57년 동안 다섯 왕(문주왕, 삼근왕, 동성왕, 무령왕, 성왕)이 화려하고 강성했던 한성 백제의 중흥을 꿈꿨다.

석장리 구석기 유적지를 지나 강북 둔치에 나 있는 자전거도로를 따라 공주로 들어서면 강 건너편 남쪽에 공산성과 저 멀리 아치교인 금강철교錦江鐵橋가 모습을 드러낸다. 금강 북쪽에서 바라본 산의 모습이 한자 '公'자를 닮았다 하여 공산성公山城으로 부르는 이 성은 애초 백제가 한성에서 공주로 천도하며 금강을 방벽으로 삼아 쌓은 토성土城이었다. 그러던 것이 조선시대 이괄의 난 때 인조가 공주로 피신하면서 석성으로 개축했다고 전한다.

공산성 옆으로 시가지와 북쪽 신관지구를 연결하는 금강철교는 1932년 대전으로 도청을 이전하면서 반발하는 공주 사람들의 여론을 무마하기 위해 건설했다는 얘기가 전하는 곳이다. 지금은 시내 방향 일방통행로로만 사용되고 자전거와 보행자가 건너는 금강철교 너머로 왼쪽에 공산성 입구인 서문西門이 있다. 서문으로 올라가는 길을 따라 여기에 공주가 충청남도의 중추 도시였을 때 공주에서 벼슬을 지낸 사람들의 공덕비와 영세불망비가 줄을 지어 서 있다. 비석 사이에 을사오적인 외무대신 박제순의 더러운 이름도 한 번쯤 찾아볼 만한 일이다.

공산성 오른쪽 산길로 들어서면 언덕 정상부에 백제시대 건물터와 식수를 저장했던 커다란 우물이 있고, 그 옆 쌍수정雙樹亭에는 공주로 피신한 인조가 기대어 서울 소식을 기다렸다는 두 그루의 나무 쌍수雙樹의 이야기도 전한다. 길을 따라 더 올라가면 백제시대 건물을 재현한 만하루挽河樓와 임류각臨流閣이 있으며, 그 아래는 공산성 안의 유일한 사찰인 영은사가 있다. 금강과 접한 북쪽 성벽 안쪽에는 백제시대 식수창고로 파놓은 연지蓮池가 있는데, 연지를 발굴하는 과정에서 당나라 시대 연호가 새겨진 황칠 찰갑札甲 갑옷을 발견하기도 했다. 연지 옆에는 풍광이 수려한 금강이 발 아래 내려다보이는 공북루拱北樓가 있는데, 대표적인 친일파로 잘 알려진 공주 갑부 김갑순이 태어난 곳이 바로 근처이기도 하다.

공산성을 둘러본 뒤 공주의 맛집으로 전통을 자랑하는 국밥집 이학식당을 찾아볼 만하다. 시내 중앙로 이학식당과 금강철교를 건너 오른쪽 미나리꽝의 새이학가든이 그곳이다. 대파를 숭숭 썰어넣고 푹 고아낸 공주국밥이 입에서 살살 녹는다.

공주국밥을 맛본 뒤 곰나루 가는 고갯길에 송산리 고분군과 무령왕릉武寧王陵도 놓치지 말아야 한다. 1973년 빗물이 스며드는 송산리 5호분과 6호분의 배수로 공사 중 우연히 발견한 7호분인 무령왕릉은 『삼국사기』 편년編年의 정확성을 증명한 중요한 왕릉이다. 국보급을 포함해 발굴된 수많은 유물은 공주박물관으로 옮겨 전시 중이지만, 재현한 무령왕릉과 그 너머에 있는 송산리 1, 2, 3, 4호분, 그리고 발견의 계기가 된 5, 6호분도 눈여겨볼 만하다.

무령왕릉과 송산리 고분군을 돌아보고 공주보 가는 길에 한옥마을과 곰나루도 들러볼 만하다. 공주 한옥마을은 관광객을 위해 숙박 서비스를 제공하는 곳으로, 바로 옆에는 공주가 도청 소재지일 때 관찰사나 도지사가 정사를 살피던 선화당宣化堂이 재현돼 있다. 공주보 위쪽 솔밭이 옛날 '웅진'이라는 지명이 생겨나게 된 전설이 전하는 곰나루인데, 곰 석상을 모셔놓고 곰을 기리는 사당도 있다.

위 – 대청댐
아래 – 공산성 서문과 공덕비

5천 결사와 백제 궁녀의 한恨과 함께 하는 길

부여 서동연꽃축제

유려한 물줄기를 이어가는 공주에서 논산 부근까지의 금강을 백마강白馬江이라 부르는데, 이는 청양 장평천이 합류하는 지점인 왕진王津나루에서 부소산성 아래까지 강의 모양이 말머리 형상을 하고 있다고 해서 붙인 이름이라고 한다.

백마강을 따라 내려가면 청양 칠갑산에서 내려오는 장평천이 왕진나루에서 합류한다. 이명박정부 때 4대강사업에 따라 공주보와 백제보가 있는 곳도 이 지역으로 지금은 세종보와 공주보 철거 문제를 두고 시끄러운 곳이기도 하다. 상고시대부터 현재에 이르기까지 사람들의 살아가는 모습과 역사를 고스란히 간직하며, 또 새로운 역사를 써나가는 지역인 것이다.

백제보에 이르면 길은 두 갈래로 갈라지는데, 다리를 통해 백마강을 건너 우회전해서 규암 방면으로 내려가는 금강자전거길로 들어서지 않고 곧바로 직진하면 백제역사단지이다. 비교적 최근에 완공된 백제역사단지는 부여에 도읍을 정했던 성왕聖王 이후의 백제를 재현해놓았는데, 사비궁泗沘宮과 능산리(왕릉이 있다고 해서 陵山里다)의 능사陵司와 오층목탑 이외에도 백제시대의 생활상을 살펴볼 수 있는 공간이다. 명품 쇼핑을 원하는 사람은 롯데명품쇼핑몰에서 쇼핑을 즐길 수도 있고 롯데호텔도 있다.

백제보에서 내려서며 백마강을 건너지 않고 직진해 도로를 따라가다 보면 얼마 안 가 부여읍내로 진입하는데, 오른쪽으로 부소산을 끼고 주행하면 왕궁지에 도착하게 된다. 무령왕의 아들 성왕은 국력을 더욱 더 강화하기 위해 오늘날의 부여인 사비(泗沘, 또는 소부리)로 도읍을 옮겼다. 원래 부소산 산록을 대대적으로 발굴해 애초 궁궐터가 있던 곳을 확인했으나, 복원은 꿈도 꾸지 못하고 지금은 그저 잔디밭으로 조성해 보존하고 있는 실정이기도 하다. 이곳 왕궁지에 자전거를 쉬게 하고 부소산성扶蘇山城을 오르면 1500년 전 백제를 느낄 수 있다. 토성이 이리저리 굽이치는 부소산성 성벽으로 길을 잡으면 가장 높은 곳에 위치한 사자루泗沘樓에 이르고, 그 옆에는 불에 탄 쌀이 발견되기도 했던 군량미 창고인 군창지軍倉址가 있다.

멸망한 나라 아녀자들이 투신한 전설이 전해오는 절벽 위 백화정百花亭과 낙화암(落花巖, 원래 이름은 타사암墮死巖이다)이 있고, 백화정 옆으로 난 길을 내려가면 고란사皐蘭寺와 백제 멸망 당시 당나라 소정방이 백마강의 신神인 백마를 낚았다는 조룡대釣龍臺가 있다.

고란사와 구드래나루터를 오가는 백마강 유람선에서 백제의 멸망을 슬퍼하는 노래인 허민의 '백마강'과 송춘희의 '꿈꾸는 백마강'을 들어보는 것도 괜찮다.

그리고 부여의 진면목을 느껴보고 싶다면 7월 중순경 부여 나들이를 권한다. 백제의 마지막 왕인 의자왕義慈王의 아버지인 무왕武王 때 궁 남쪽에 조성했다는 큰 연못인 궁남지(宮南池, 『삼국사기』에 전하는 그 궁남지인지는 불확실하다)는 애초 자그마한 연못으로 남아 있었는데, 부여군에서 수년간에 걸쳐 일대를 매입해서 연못을 대대적으로 확장하고 모든 곳에 연꽃을 심어 해마다 7월에 궁남지에서 서동연꽃축제를 연다. 서동은 무왕의 어릴 때 이름이다. 백련白蓮과 홍련紅蓮은 물론 수련水蓮까지 없는 연蓮이 없다. 가까운 곳에 주차공간도 많이 확보하고 있어 자가용을 이용해도 별 불편은 없다.

이 밖에도 부여에서 백제를 느껴보려면 부여시내의 정림사지와 부여박물관을 돌아볼 수 있다. 한때 평제탑(소정방이 백제를 평정했다는 의미)으로 불렸던 고려시대 사찰 정림사지 터에 우뚝 서 있는 정림사지오층석탑, 멀지 않은 곳의 황산벌 같은 역사의 현장이 곳곳에 있다.

대전 방향으로 나가면 외성(外城, 외성 역시 토성이다)을 지나 왕릉으로 추정되는 고분군이 있고 백제금동대향로가 발견된 능산리陵山里와 임천면의 성흥산성을 탐방해보는 것도 좋다.

성흥산성은 『삼국사기』에 가림성加林城이라 전하는 곳으로, 당시 도읍인 공주에서 부여 지역으로 사냥을 나왔던 동성왕東城王을 암살한 성주 백가가 본거지로 삼았던 곳이었다. 동성왕의 뒤를 이은 무령왕은 후일 가림성주 백가를 사로잡아 능지처참한 뒤 그 시신을 백마강에 뿌려 본보기로 삼았다는 기록이 전하기도 한다.

부여시내에는 한정식집인 개성식당과 장어구이집인 구드래 나루터식당이 유명하다.

금강자전거길로 부여를 돌아보면 다음 행선지는 논산시 강경읍이다. 부여에서 백제대교 방향으로 가다 보면 백제대교 앞에서 왼쪽 강변 습지로 자전거길을 따라 내려가는데, 이곳 넓은 습지에는 금계국을 중심으로 이름 모를 들꽃이 만발해 눈길을 끈다. 그러나 이 길은 뱀이 많기로도 유명한데, 자칫 모르고 지나칠 경우 자전거 휠에 독사가 감겨오는 위험한 상황이 발생할 수 있으니 앞을 잘 살피며 주행하는 것도 필요하다.

꽃길을 따라 한참을 주행하다 보면 저 멀리 작은 동산 위에 커다란 느티나무 한 그루가 서 있고 그 앞으로 금강을 따라 펼쳐진 포구가 보이는데, 바로 탤런트 강부자의 고향으로 새우젓을 비롯한 젓갈로 유명해진 강경이다. 강경은 금강하굿둑을 만들기 전에는 내륙 깊숙이까지 배船를 이용한 해산물 운송이 가능했던 금강 상류의 마지막 포구였다. 금강이 막힌 지금은 젓갈 유통으로 옛 항구의 명맥을 이어가고 있다.

강경 초입에서 자전거길은 오른쪽으로 굽어 강경포구로 건너가지만, 여기서 직진하면 젓갈가게를 구경할 수 있고 황산대교 건너에 있는 황산옥에서는 봄에만 잡히는 우여를 맛볼 수도 있다. 뼈째 먹을 수 있어 회무침이 제격인 우여는 이 지역에서 웅어를 이르는 이름인데, 당나라로 잡혀가던 의자왕이 탄 배가 가지 못하도록 가로막아 의어義魚로 이름했다는 얘기도 전한다.

강경은 또 전라북도와 경계인 충청남도의 마지막 지역으로, 강변을 한참 따라가다가 강둑으로 올라서면서부터는 지경地境이 전라북도 익산으로 바뀌게 된다. 금강물을 끌어올려 농사를 짓기 위한 관개灌漑를 목적으로 설치한 양수장이 있는 산모롱이를 돌아서 다시 이어지는 제방 자전거길로 올라서면 아주 이색적인 풍경을 볼 수 있는데, 바로 형형색색의 바람개비를 세워놓은 바람의길이다. 여기서부터 익산 성당포구인증센터까지는 제방에 온통 바람개비 천지로, 그것을 현상 유지하기에도 상당한 비용이 들어갈 것 같아 괜스레 걱정이 앞서기도 한다. 어렸을 적 추억을 떠올리며 바람개비를 배경으로 포즈를 잡고 동영상을 찍어보는 것도 좋다.

성당포구를 지나면 잠시 산길로 접어드는데 내리막길에서는 주의를 기울이는 게 좋다. 자칫 부주의하면 오른쪽으로 굽어지는 자전거길을 따라가지 않고 직진해서 길을 잃기가 쉬운데, 산속으로 난 길을 지나 다시 제방을 타고 내려가는 자전거길을 따라가는 것이 좋다. 만약 여기서 직진했다면 도로를 따라가다가 웅포대교에서 다시 자전거길을 찾아가면 된다.

웅포대교부터 금강의 남과 북으로 자전거길이 있는데, 다리를 건너 서천 방향으로 주행을 권한다. 영화 촬영지로 유명한 서천 신성리 갈대밭의 장관을 구경할 수 있기 때문이다. 약 2~3km 넓게 펼쳐진 신성리 갈대밭은 영화 〈공동경비구역 JSA〉에서 이병헌과 송강호가 만나게 되는 지뢰지대 장면과 드라마 〈추노追奴〉에서 추적 장면을 촬영한 곳으로 유명하다. 갈대밭에는 이리저리 길을 내어 직접 들어가 볼 수도 있는데, 강에서 가까운 지역은 물기가 많아 자칫 자전거가 진흙탕에 빠질 수도 있으므로 주의해야 한다.

신성리를 지나 금강하굿둑에 도착하면 서천 조류생태전시관이 있는데, 여기는 유인인증센터다. 군산 방향으로 주행하면 하굿둑공원에 무인인증센터가 있는데, 인증을 마치고 조금 내려가 장항선 군산역과 버스터미널을 이용하거나, 하굿둑을 건너와 서천역을 이용할 수도 있다.

위 – 정림사지오층석탑
아래 – 서천 신성리 갈대밭

금강자전거길

코스정보 [출발] 신탄진역 – 대청댐 – 세종보 – 공주보 – 백제보 – 익산 성당포구 – 금강하굿둑 – [도착] 군산시외버스터미널·군산역

전체거리 146km

예상시간 9시간 40분

난이도 ★★☆☆☆

대청댐에서 시작하는 금강자전거길은 옛 백제의 과거와 금강하굿둑의 현재를 모두 만날 수 있는 곳이다. 공주에서 논산까지 이르는 아름다운 백마강을 지나며 '꿈꾸는 백마강' 노래를 들어보자. 갈꽃과 억새꽃, 가창오리 떼가 어우러지는 금강둑의 풍경도 압권이다.

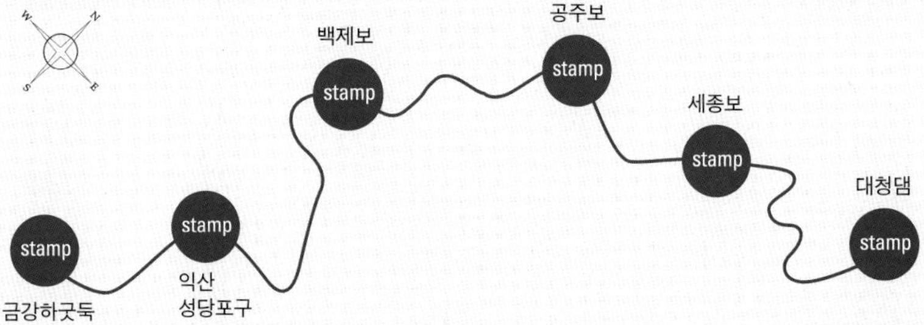

풍부한 물산과
선비의 여유가 함께 하는 길

메타세쿼이아길

국토종주(인천 정서진 - 부산 을숙도)와 금강종주를 마쳤으면 다음은 4대 강종주의 마지막으로 담양댐에서 목포 영산강하굿둑 황포돛배인증센터에 이르는 영산강자전거길이다.

영산강자전거길의 시작인 담양댐에 가려면 담양보다는 이웃 동네 순창으로 가보는 것도 좋다. 섬진강자전거길 장군목인증센터에서 순창을 지나 담양댐으로 연결되는 이 자전거길은 남원과 담양을 연결하는 국도를 따라가게 되는데, 여기서 고추장의 고장 순창을 지난다. 강남 센트럴터미널에서 버스를 타고 순창에서 내리면 터미널 주변 식당에서 순창 고추장으로 요리한 식사를 하고 가는 것도 좋다.

순창읍내를 벗어나 얼마 되지 않는 곳에 순창전통장류단지가 있는데, 단아한 한옥으로 깨끗하게 조성돼 정갈한 고추장이 담가지지 않을까 생각되기도 하는 곳이다. 전통장류단지마을을 지나면 메타세쿼이아 가로수가 나타나기 시작하는데, 이 길은 담양댐인증센터를 지나 담양 메타세쿼이아길까지 계속된다.

담양댐 조형물광장은 담양호 너머 추월산과 오른쪽 옆으로 강천산이 있어 풍광이 수려하다. 조금 아래 둑방길 초입에 있는 담양댐인증센터 인증을 마치고 내를 따라 내려가는 길은 시골 노인들을 위해서인지 탄성재로 포장해놓았는데, 자전거 주행에는 그리 바람직하지 못하다. 투덜거리며 속도가 나지 않는 페달을 밟아가며 10km 정도를 내려가면 담양의 명물 메타세쿼이아길이 나오는데, 3,000원인가를 내고 입장해야 하는 입구에 인증센터가 자리잡고 있다.

담양 메타세쿼이아에는 재미있는 이야기가 전한다. 1970년대 박정희 대통령이 산림녹화에 힘쓸 때 다른 지역으로 갈 메타세쿼이아 묘목을 실은 트럭이 담양과 순창으로 잘못 들어왔다고 한다. 당시 담양군수와 경찰서장이 트럭을 압수해서 담양에 묘목을 다 심도록 해 현재의 관광명소인 메타세쿼이아길을 조성했다는 것이다.

메타세쿼이아길에서 추억을 쌓고 싶다면 9시 이전이나 6시 이후에 그 길로 들어서면 된다. 입장요금을 받는 관리자가 있는데 그 분의 근무시간이 지나면 무료로 입장할 수 있다. 메타세쿼이아숲의 추억과 낭만을 간직했으면, 다음은 담양읍내의 죽녹원竹綠園이 볼만하다. 대나무의 고장답게 울창한 대나무숲으로 조성한 죽녹원에는 셀 수 없이 빽빽하게 들어선 대나무의 꼿꼿하고 서늘한 기운과 기상이 느껴진다. 이곳은 예전의 생활용품 중심 대나무 산업에서 한 걸음 더 나아가 대나무 관련 산업의 무한한 영역을 개척하는 중이다.

또한 대나무에서 생산되는 갖은 제품과 먹거리 이외에도, 담양 지역의 기품 있는 정자亭子들을 재현해놓아 눈여겨볼 만하다. 죽녹원에서는 숙박도 제공하는데, 대나무 사이로 스치는 바람소리가 제법 운치를 더한다.

죽녹원 관람을 마치면 이제는 담양의 먹을거리를 맛볼 시간이다. 죽녹원 앞 고목이 울창한 관방제官防堤를 따라 늘어선 국수거리의 국수와 담양떡갈비가 유명하다. 담양천 제방이 유실되는 것을 막기 위해 제방에 나무를 심은 것이 담양 관방제림官防堤林의 시작이다. 관방제림의 시원한 나무그늘 아래에서 맛보는 댓잎국수와 담양 떡갈비의 맛은 일미다.

예전 관방제 주변에서 죽세공품을 사고파는 시장이 열릴 때면 상인들이 간편하게 즐기던 음식이 국수였고, 지금은 특색을 더한 국수가 담양의 특화된 먹을거리로 관광상품이 됐다. 또, 담양떡갈비는 다른 떡갈비와는 차원이 다른 맛이다. 담양떡갈비는 고기를 갈지 않고 잘고 가늘게 채를 썰어 뭉쳐내고 이를 떡갈비로 구워내는데, 퍽퍽하지 않고 고기 씹는 식감을 그대로 살려내 인기를 끌고 있기도 하다. 관방제 국수와 담양떡갈비는 가격도 그리 부담이 되지 않아 마음껏 즐길 수도 있다.

담양의 맛과 멋을 즐겼으면 이제 본격적으로 영산강자전거길 탐방에 나설 시간이다. 담양 관방제를 지나고 광주 방면으로 내려가다 보면 오른쪽으로 큰 산줄기가 따라오고 넓은 들판이 나타나면서 강이라기에는 폭이 좁던 물줄기가 갑자기 폭이 넓어지는데 그곳에 면앙정이 있다.

담양의 또 다른 멋은 정자亭子에 있다. 조선시대 최고의 정원이라고 하는 소쇄원掃灑苑이 있고, 그림자가 쉬어가는 정자라는 식영정息影亭이 있고, 가사문학이 싹텄던 지역인 이곳엔 면앙정俛仰亭과 강물이 한가로이 돌아나가는 강가에는 환벽정環碧亭도 있다.

소쇄원이야 말할 나위도 없지만, 면앙정은 조선시대 가사문학의 선구자라 할 수 있는 송순이 즐겨 찾던 나지막한 언덕 위에 지은 정자로, 담양의 너른 들을 조망할 수 있는 위치에 있다. 그 아래 조선 가사문학의 태두로 일컬어지는 송강 정철이 살던 곳에는 송강 정철 가사문학기림비를 세워놓았는데, 송강 정철이 관동팔경을 노래했던 〈관동별곡〉의 한 장소였던 삼척 죽서루 앞에도 꼭 같은 기림비를 세워놓았다. 하지만 송강 정철은 우리가 잘 아는 문학가라기보다는 선조 때를 전후해 당파싸움을 주도하던 인물로 선조가 '악독한 정철이 나의 어진 신하를 죽였다'라며 한탄할 정도로 정략적인 인물이었다. 정철이 죽인 조선의 선비가 1,000명을 넘을 정도였다.

면앙정을 지나서 제방에 대나무를 심어놓은 영산강을 따라 내려가면 광주시로 들어서면서 담양대나무숲인증센터가 나타나고, 여기서부터는 영산강이 광주광역시 한가운데를 관통해 내려간다. 강 둔치에 낸 자전거길을 따라 내려가다 보면 광주의 특징을 잘 살펴볼 수 있는데, 둔치에 마련된 대부분의 운동장을 보면 축구장보다는 야구장이 월등히 많다. 아마도 과거 고교야구를 주름잡던 광주제일고와 광주상고, 그리고 프로야구단 해태타이거즈(현 기아타이거즈)의 영향이 아닌가 싶다.

그리고 또 한 가지, 광주권역의 자전거길에 대한 지적을 하고 넘어가지 않을 수 없다. 담양대나무숲인증센터에서 영산포에 이르는 강변 둔치 자전거길은 소위 말하는 '빨래판'이다. 포장재 입자가 얼마나 굵은지 거의 자갈 수준으로, 주행하는 내내 '덜덜덜덜'거린다. 그리고 3~4m 간격으로 있는 포장면의 이음매 간격이 벌어져 '덜컹덜컹'도 계속된다. 전국 모든 자전거도로 중 최악의 코스를 가더라도 광주 구간보다는 낫다.

광주 구간은 또 식사할 장소도 마땅치 않은데, 승촌보에서 간식으로 해결하든지, 본격적인 식사를 하려면 5km 정도 아래 나주시나 나주 맞은편 영산포까지 주행하는 것이 좋다. 맑은 국물이 특징인 나주국밥은 막걸리 한 잔을 곁들이면 가성비가 그만이고, 맞은편의 영산포 홍어정식도 주인에게 잘 부탁하면 자신이 좋아하는 정도로 삭힌 홍어를 맛볼 수 있다.

담양에서 출발한 자전거 행렬이 호남의 중심도시 광주를 지나면, 전라도의 지명의 기원이 된 나주羅州에 도착한다. 지금은 나주시가 더 크지만 원래 영산강 줄기의 중심도시는 영산포였다. 영산포 역시 금강의 강경과 마찬가지로 영산강을 따라 올라올 수 있는 뱃길의 마지막 포구인데, 다양한 사연을 가지고 있어 하루 정도 살펴볼 만한 곳이기도 하다. 신안의 섬에서 잡은 흑산도 홍어를 실은 황포돛배가 영산포에 이를 때쯤이 되면 홍어는 알맞게 삭아 특유의 진한 향을 내뿜기 시작한다. 홍어와 함께 실려온 풍부하고 다양한 해산물이 내륙으로 퍼져나가는 거점이 영산포와 나주여서 두 도시는 호남의 큰 도시였다.

나주를 지난 영산강은 무안으로 들어서기 전 산등성이에 마련된 전망대에서 바라보면 크게 한반도 지형 모양을 그리며 영산강이 굽이를 돌아나가는데 이곳이 느러지이다. 느러지를 지나 몽탄대교를 건너면 무안군으로 들어서면서 강변 둑길을 따라가는데, 강 건너 영암 월출산을 감상할 수 있고 몽탄포구와 백련지白蓮池가 근방에 있다. 영산강하굿둑에 못 미쳐 황포돛배인증센터 인증을 끝으로 영산강종주와 4대강종주를 마쳤으면, 인근 하당지구나 목포시내로 들어가 다양한 낙지 요리를 즐겨보는 것도 좋다.

위 – 광주광역시 진입 표지판
아래 – 승촌보

영산강자전거길

코스정보 [출발] 담양시외버스터미널 – 담양댐 – 메타세쿼이아길 – 담양대나무숲 – 승촌보 – 느러지 관람전망대 – 영산강하굿둑 – [도착] 목포 종합버스터미널·일로역

전체거리 133km

예상시간 8시간 50분

난이도 ★★☆☆☆

4대강종주의 마지막 구간인 영산강자전거길은 남도의 아름다운 절경을 유유자적하게 즐길 수 있는 구간이다. 메타세쿼이아 가로수길, 죽녹원, 면앙정, 죽산보 구간 등 자연의 아름다움은 물론 떡갈비 등 맛있는 음식도 즐길 수 있다.

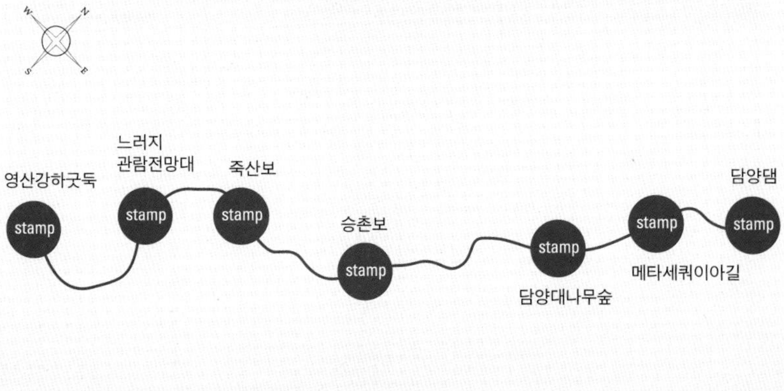

충성과 호국의 기개가 흐르는 길

남양주 물의정원 꽃밭

북한강자전거길의 시작 지점인 밝은광장은 서울에서 자전거 주행으로 도착할 수도 있으며, 문산에서 출발하는 경의중앙선 전철을 상암 DMC, 홍대입구, 용산, 왕십리, 청량리, 망우, 상봉 등 서울 주요 지점의 역에서 환승해서 갈 수도 있는데 구리와 양원역을 지나면 팔당과 운길산역 밝은광장으로 연결된다.

한강이 남과 북으로 갈라지는 남양주 운길산역 앞 밝은광장에서 인증을 받고 남양주 방향 물의정원으로 주행하면 북한강자전거길이 시작된다. 여기서부터 72km 정도 떨어진 춘천 신매대교인증센터까지 이어지는 북한강자전거길은 젊은 시절의 낭만과 추억이 함께 하는 길이다.

밝은광장에서 북한강 줄기를 따라 잠시 올라가면 남양주 강변 널찍한 둔치에 조성한 물의정원이 나오는데, 철 따라 꽃이 만발하고 연잎과 연꽃이 아름다운 정원형 수변공원이다. 꽃 감상이 끝나고 5km 정도를 주행하는 도중에는 철 따라 딸기와 참외, 수박 등 남양주 지역 농민들이 잘 가꾼 과채류와 음료를 즐길 수 있는 구간이 나온다.

다시 강변을 잠시 따라가다 주행하기 어렵지 않은 고개를 넘어서면, 북한강변에 줄줄이 이어지는 이국적인 카페촌이나 매운탕집 같이 눈에 익은 풍경들이 라이더를 반긴다. 남양주부터 춘천 턱밑인 강촌역까지 기찻길이 이어지는데, 이곳을 운행하는 열차는 과거의 무궁화호가 아니라 이제는 전철로 모습을 바꾸었다. 카페촌을 지나 다시 주행하다 보면 머지않아 샛터삼거리로 접어드는데, 샛터삼거리 오르막 두부요리집과 국숫집에서 요기를 할 수 있고 자전거 정비와 수리도 가능하다.

남양주 샛터삼거리를 지나 짧은 터널을 통과해서 가평군으로 들어서면 대학시절 O.T나 M.T다 해서 한 번쯤은 찾았던 기억과 풍경들을 되살릴 수 있다. 대성리가 이곳에 있고, 바로 지척에는 청평이 있다. 대성리 강변을 지나고 청평댐 앞에서 북한강으로 합류하는 내를 왼쪽으로 따라 올라가면 호명산虎鳴山과 국도 사잇길 내川를 따라 주행하게 되는데, 청평리를 돌아나가면 자전거휴게소가 있다. 가평 경강교인증센터에 도착하기 전까지는 청평 자전거휴게소에서 파전과 막걸리 한 잔 또는 국수나 라면으로 요기를 할 수 있다.

가평 자라섬까지는 길가에 가끔 가다 나타나는 카페가 있는데, 아주 특이한 곳이 한 곳 있다. 맥주와 피자가 전문인 가게 앞을 지나다 보면 '꿀벌조심'이라는 팻말을 볼 수 있는데, 어떻게 해야 라이더가 꿀벌을 조심할 수 있는 것인지 이곳을 지날 때마다 의문이 들고는 한다. 꿀벌은 양봉업자가 잘 관리하고 꿀벌이 함부로 외출하지 않도록 해야 하는 것 아닌가? 가평을 지나 경강대교를 지나면 남이섬의 죽죽 뻗은 나무들이 사람들을 반기고, 강촌에는 빙벽으로 유명한 구곡폭포와 스키 슬로프도 있다. 청평에서 내륙으로 난 자전거길을 따라 주행하다 보면 가평 자라섬에서 다시 북한강과 만나게 되는데, 이 길도 좋지만 청평에서 청평호 강변을 따라 남이섬으로 올라가는 길도 좋다.

자라섬 입구 경강교인증센터 인증을 마치고 다리를 건너면 이제 강원도로 이어지는 북한강자전거길 오른쪽 편을 따라 올라가게 되는데, 강촌역에 도착할 때까지 별다른 편의시설은 없다. 강촌은 지금도 예나 다름없이 젊은이들이 자주 찾는 곳으로, 다리를 건너 자전거도로를 갈아타기 전 주변의 닭갈비집과 막국수집에서 요기를 할 수 있다.

강촌을 지나 잠시 주행하면 건너편 산과 병목을 이루는 지점에 건설한 의암댐에 도달한다. 바로 춘천을 대표하는 관광지 의암호를 만드는 북한강수계의 수력발전을 위한 댐이다. 여기에서는 서면 방향으로 직진해 신매대교 인증을 마치고 시내로 들어가 식사를 하는 게 좋다.

이렇듯 북한강자전거길은 젊음의 낭만이 함께 하는 곳이지만 이곳은 나라사랑 정신과 충신의 절개가 큰 부분을 차지하고 있는 땅이기도 하다. 1950년 북한공산집단의 기습 남침 때 소수의 병력과 열악한 장비에도 불구하고 적과 맞서 싸워 춘천을 지켜냄으로써 서울을 점령한 공산군이 남하하지 못하도록 묶어놓는 역할을 한 육군 6사단 청성부대 장병들의 피와 땀이 얼룩진 땅이기도 했다.

그런가 하면 천 년 전에는 이 지역을 기반으로 세력을 쌓았던 고려 개국공신 신숭겸 장군의 절개를 보여주는 무덤이 있는 곳이기도 하다. 신숭겸 장군은 필자의 시조 할아버지이기도 하다. 신숭겸 장군의 원래 이름은 능산으로, 전남 곡성 출신이었으나 춘천을 중심으로 세력을 형성하고 있던 후고구려(마진, 태봉)의 장군이 되었다. 궁예의 폭정으로 민심이 이반하자 홍유, 복지겸, 유금필, 박술희 등과 함께 태조 왕건을 옹립하고 고려高麗를 건국하는 데 지대한 공을 세웠다.

본래 활쏘기에 능해 태조를 수행하고 황해도 평산平山으로 순행巡行을 나섰을 때, 태조가 날아가는 기러기 맞히기를 제안하자 정확하게 태조가 지목한 기러기의 왼쪽 날개를 쏘아 떨어뜨려 평산을 식읍으로 받았고 이곳을 본本으로 신씨申氏 성姓도 하사받게 됐다.

당시 각축하던 후백제군을 제압하기 위해 출정한 대구 공산전투에서 태조 왕건이 포위되어 위험한 상황에 처하자 갑옷을 바꾸어 입고, 태조를 피신시킨 후 전투에 나섰다가 패전해 후백제군이 태조로 알고 머리를 잘라가 머리가 없는 시신이 되었다. 후일 태조가 장군의 시신을 찾아 장사를 지내며 '금金으로 머리의 본을 떠 시신을 온전하게 갖추어 장례를 지내라'는 명을 내렸고 이로 인해 도굴 방지를 위해 봉분을 세 개로 만들어 본래 터전이었던 춘천에 장사를 지냈는데, 지금의 서면 방동리에 그 유택을 마련했다고 한다.

의암호 위로 잘 마련된 자전거길을 지나다가 '신숭겸장군묘역'이라는 표지판을 보면 한 번쯤 들러볼 것을 권한다. 표지판을 따라 3km쯤 올라가면 신숭겸 장군을 모신 장절사壯節祠가 있다. 재실과 사당을 지나면 나지막한 언덕 위에 춘천호반을 바라보며 만들어진 세 개의 봉분을 발견할 수 있을 것이다. 한 사람의 묘에 봉분이 세 개나 되는 것도 이색적이지만, 그 무덤이 지니고 있는 의미를 알고 나면 장군의 곧은 절개를 한 번쯤 느껴볼 수 있지 않을까?

신매대교인증센터 인증을 마치고 의암호반을 한 바퀴 돌아 춘천역 전철을 타기 전 즐길 수 있는 의암호반 풍광과 춘천닭갈비는 북한강자전거길을 주행한 자그마한 보너스이기도 하다.

위 – 의암호반 소양강처녀상
아래 – 서면 방동리 신숭겸 장군 유택

북한강자전거길

코스정보 [출발] 운길산역 – 밝은광장 – 샛터삼거리 – 경강교 – 춘천 신매대교 – [도착] 춘천역·춘천시외버스터미널

전체거리 72km

예상시간 8시간 50분

난이도 ★★☆☆☆

서울과 춘천을 잇는 북한강자전거길은 옛 경춘선 기찻길을 따라 청평호반, 의암호반, 운길산 등 아름다운 자연을 감상할 수 있다. 아직도 젊은이들의 여행지로 손꼽히는 청평유원지, 자라섬, 강촌유원지가 있다. 의암호반의 풍경과 중독성 강한 춘천닭갈비는 놓치지 말자.

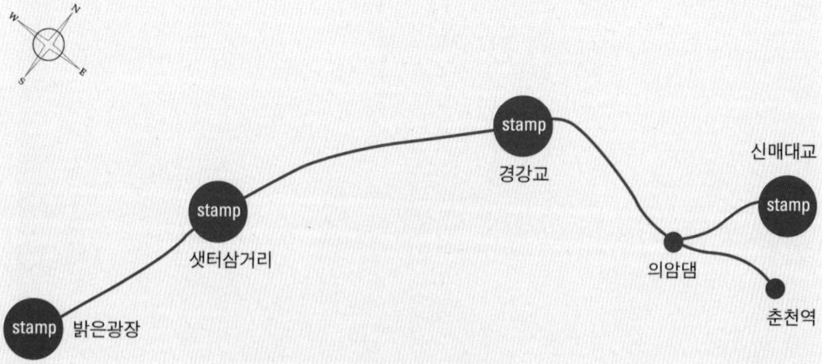

아기자기한 농촌 풍경이 양반의 품격을 전하는 길

괴강유원지

인천 정서진을 출발해 부산 낙동강하굿둑에 이르는 자전거 국토종주 633km를 가다 보면 백두대간의 허리에 해당하는 이화령 고개를 앞두고 한차례 숨을 고르는 곳이 괴산군 연풍면 행촌교차로이다. 여기서부터 미호천이 금강에 합류하는 세종특별자치시 합강공원合江公園까지 오천자전거길 105km가 시작된다. 오천자전거길의 '오천五川'은 내륙 지방인 충청북도를 흘러 내려가는 다섯 개의 하천을 말하는데, 상류로부터 순서대로 쌍천, 달천, 성황천, 보강천, 미호천이다. 내륙에 위치해 비교적 자연재해가 거의 없고, 또 비옥한 토지를 적셔주는 강줄기들이 많아 산세가 수려하고 풍부한 농산물로 편안하게 살기에 부족함이 없는 땅이 바로 충청북도다. 오죽하면 '생거진천(生居鎭川, 살아서는 진천에 살아볼 만하다)'이라는 말이 생겨났겠는가?

강줄기라야 웬만한 지역의 내川 정도의 물줄기로 위압적이지 않고, 또 사람들에게 불편을 끼치지도 않는 규모이다. 행촌교차로에서 오른쪽으로 갈라지는 도로를 따라 잠시 주행하다 보면 농촌의 작은 논둑길과 지방도와 소로小路를 넘나들고, 국도를 따라가다가 다시 자전거 전용도로도 지나는 등 아기자기한 시골길 정취를 즐기며 주행할 수 있다.

주의할 것은 갈림길과 굽은 길에서는 반드시 자전거길을 확인하며 다녀야 한다는 점이다. 자칫 확인하는 과정을 게을리하고 '이 길이겠지'라는 느낌으로 가다 보면, 나도 모르게 자전거를 끌고 산길을 오르며 헤매는 경험을 한두 번쯤 해볼 수 있는 길이기도 하다.

또 길 초입의 쌍천을 지나다 보면 잠수교를 지나 내를 건너는 곳이 있는데, 이곳은 비가 조금만 오더라도 자전거 페달 위로 물이 올라오는 경우가 많아 발을 적셔야 건널 수 있는 곳으로 물이 많을 때는 신발을 벗고 자전거를 끌고 건너는 것이 좋다.

가벼운 고개를 넘고 계곡과 논둑길을 따라 내려가다 보면 괴강유원지에서 첫 번째 인증센터를 만나는데 바로 괴강교인증센터다. 본래 20~30m 아래 괴강교 앞에 있던 인증센터를 괴강유원지 슈퍼 앞으로 옮겨놓았는데, 슈퍼 주인 인심이 얼마나 고약한지 충청도 사람답지 않게 슈퍼에서 물건을 사지 않으면 화장실 이용은 물론 슈퍼 앞에 자전거를 세워놓지도 못하게 한다.

새재길 종주 시 행촌교차로 인증을 마쳐서 출발지를 행촌교차로가 아닌 괴산버스터미널로 잡았다면 후방으로 1km쯤에 있는 괴강교 인증센터 인증을 마치고 되돌아가야 한다.

괴강교를 건너 데크길과 괴강을 따라 내려가다가 괴산읍내로 들어가면 올갱이 거리가 있는데, 물 맑은 괴강에서 잡은 올갱이(다슬기)를 재료로 한 다양한 음식들을 맛볼 수 있다.

괴산읍을 지나서 증평으로 가기 위해서는 모래재를 넘어야 하는데, 그리 어렵지 않은 고개다. 모래재를 넘고 증평군 표지판을 보며 다시 내를 따라 내려가면 백로공원인증센터에 도착하는데 왼쪽 방향 시내로 들어가면 식사나 휴식이 가능하다.

가급적 증평에서 요기를 하는 것이 좋은데, 증평부터 청주시내로 들어가기 전에는 식사를 할 곳이 마땅치가 않다. 옥산면 제방 중간에서 라면이나 토스트와 음료수를 파는 임시매점을 만날 수도 있고, 청주공항 못 미쳐 다리를 건너면 나오는 영양탕집 말고는 마땅한 식당이나 매점이 없다. 영양탕집 메뉴는 영양탕과 오리, 닭이 있는데 막걸리 한 잔과 영양탕이 의외로 잘 어울린다.

아기자기한 내로 이어지던 물줄기는 청주 무심천이 미호천에 합류하는 지점을 지나면서 강물의 형태를 갖춘다. 미호천도 청주에서 금강에 합류하는 합강공원까지 길이가 짧으며 폭이 넓지도 않다.

청주 무심천인증센터에서는 두 갈래로 길을 잡을 수 있는데 잠수교를 건너 왼쪽 길은 금강자전거길이 시작되는 대청댐 방면이고, 오른쪽은 미호천을 따라 합강공원으로 내려가는 길이다. 나는 대개의 경우 금강종주 때 합강공원인증센터를 지나가기 때문에 왼쪽의 대청댐 방향으로 잡아 대청댐 인증을 마치고 신탄진이나 유성에서 1박을 한 뒤 금강자전거길을 따라 내려간다.

오천자전거길 종주를 마치는 세종시 합강공원에는 자그마한 스티로폼 박스 두 개가 놓인 무인판매시설이 있는데, 하나는 얼음을 채운 아이스박스이고 다른 하나는 돈통이다. 목마른 사람은 누구나 돈통에 돈을 넣고 물과 커피를 비롯한 음료수를 꺼내 마실 수 있는데, 자기가 지불한 돈보다 더 꺼내는 사람도 없고 대부분은 감사하며 이용하는 것이 사람을 잘 믿어주는 충청도 사람들의 심성을 닮은 것 같아 흐뭇한 풍경을 연출한다.

아주 오래 전 대한민국 남성들에게 조치원훈련소의 아련한 추억이 스며 있기도 한 조치원이 바로 세종시에 있다. 필자도 이곳 연기군 서면 봉암리 32사단 신병교육대에서 훈련을 마친 곳이기도 하다.

KBS 공주방송국에 재직하던 1990년대 초에는 겨울철 계룡산 마티고개가 얼어붙으면 우회로로 이용하곤 하던 대평리도 근처에 있다. 야간 근무를 끝낸 다음 날 낚싯대를 싣고 저수지나 강가에 앉아 머리를 식히던 고복저수지와 대평리 낚시터가 바로 이곳이다. 필자에게는 많은 추억이 서린 오천자전거길과 금강자전거길을 갈 때면 당시의 많은 상념들이 떠오른다.

오천자전거길

코스정보 [출발] 연풍버스정류장 – 행촌교차로 – 쌍천 – 산막이 옛길 – 달천 – 괴강교 – 괴산읍내 – 성황천 – 보강천 생태공원 – 백로공원 –미호천 – 팔결교 – 정북토성 – 문암생태공원 – 연꽃공원 – 합강공원 – [도착] 세종고속시외버스터미널

전체거리 105km

예상시간 6시간 30분

난이도 ★★☆☆☆

충북 괴산에서 세종까지 이어지는 구간으로 다섯 개 하천을 따라 새재와 금강을 잇는다 하여 이름 붙여졌다. 백로와 청둥오리, 갈대가 어우러진 미호천을 따라가다 보면 어느새 자연과 하나가 된 듯한 느낌이 든다. 아름다움에 빠져 길을 헷갈리기 쉬우니 주의하자.

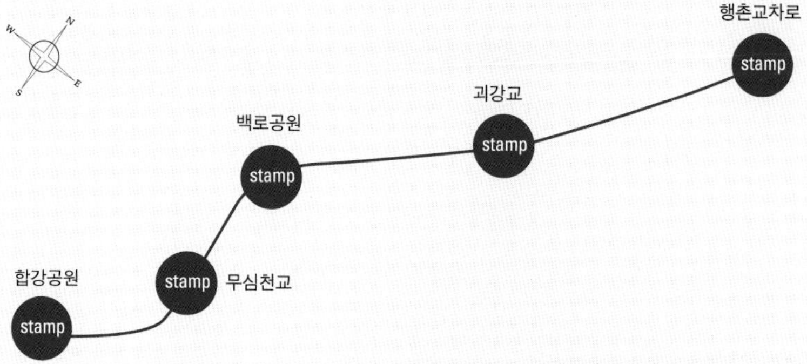

언제 가봐도
아름답고 아름다운 길

광양 다압면 매화축제

봄, 여름, 가을, 겨울 아무 때나 가더라도 지루하지 않고 아담하게 예쁜 곳이 섬진강자전거길이다. 전라북도 장수군 수분리水分里 고개 북쪽에 떨어진 빗물은 금강으로 흐르고, 남쪽에 떨어진 빗물이 향한다는 섬진강蟾津江은 경상도 하동과 전라도 광양에서 바다로 흘러들어가며 경상도와 전라도를 갈라놓는 지리적인 경계선을 만들며 수많은 이야기를 풀어놓는다.

섬진강은 두꺼비와 관련해 이름이 지어진 강이다. 일설에는 임진왜란 때 두꺼비蟾의 도움으로 왜군을 물리친 곳이라고도 하고, 강물에 떠내려가는 젊은 처자를 두꺼비가 구한 강이라고도 한다.

이름이야 어쨌든 섬진강자전거길은 사시사철 아름답고 또 의미도 있다. 섬진강자전거길이 시작되는 전라북도 임실군 강진면에는 임실 치즈마을이 있어 유명하다. 강진면에 건설한 섬진강다목적댐에서 섬진강자전거길이 시작되는데, 인증센터는 회문산 아래 덕치면으로 섬진교를 건너 아담한 슈퍼 옆에 있다.

회문산 자락 덕치리를 지나면서 길은 섬진강 강변으로 이어지는데, 섬진강이 한 굽이 돌아나가는 맞은편 언덕 위에 월파정月波亭이 자리잡고 있다. 월파정에서는 회문산이 한눈에 들어오고 산자락의 아기자기한 풍경도 정겨운데, 여기서 잠시만 더 주행하면 섬진강 시인으로 잘 알려진 김용택 시인 생가인 김용택문학관이 있다. 섬진강의 아름다운 정서를 잘 표현한 김용택 시인의 시들은 제각각 담고 있는 내용에 걸맞는 크기의 돌에 새겨져 섬진강과 일체가 되어 오가는 사람들의 가슴에 심어진다.

김용택 시인 생가를 지나 세월의 물살이 깎고 다듬은 예술품으로 남아 있는 강 한가운데 바위들을 감상하다 보면 임실에서 순창으로 건너가는 길목에서 현수교懸垂橋를 지난다. 강 바닥에 물살에 의해 요강 모양으로 다듬어진 흰 요강바위들의 오묘한 모습을 감상하면서 길지 않은 현수교 중간에 서서 보는 강 상류와 하류의 경치가 또한 절경이다.

현수교를 건너 잠시 주행하면 길 양쪽에 바위로 된 목項을 지나는데 장군목이라 부르는 곳으로, 인근 장군목인증센터에는 숙박시설과 자판기만이 말 없이 라이더를 반긴다. 장군목인증센터 인증을 마치고 도로를 타고 내려가다가 보면 시야가 탁 트이면서 넓은 들이 나타나고 그 끝에 마치 책을 포개어놓은 듯 보이는 산이 나오는데 산 이름은 채계산이다.

들판을 돌아나가 낮은 언덕길을 오르면 길이 두 갈래로 갈리는데, 오른쪽 순창 방면은 유풍교를 지나면서 영산강자전거길로 이어지고 왼쪽 길로 들어서면 향가유원지를 지나 남원과 곡성이 나온다. 왼쪽 향가유원지로 향하면 향가터널을 통과하는데, 옛날에 기차가 다니던 터널이었다고 한다. 일제강점기 때 임실과 순창에서 생산된 쌀을 섬진강으로 실어내기 위해 남원 방산나루로 철도를 놓았는데, 그 중간을 가로막는 산을 뚫은 터널이라고 전한다. 군산에 일제강점기 거리의 모습인 근대화거리가 있다면, 이곳은 임실과 곡성에서 수탈한 농산물과 임산물을 배편으로 실어나르기 위해 철도를 부설하는 과정에서 향가터널을 뚫고 향가 지역에 나루를 개설한 흔적인 것이다.

철로는 모두 흔적이 사라졌지만, 예전 수탈한 물자를 싣고 기차가 다니던 향가터널은 이제 자전거길로 모습을 바꾸어 섬진강자전거길의 명소가 됐다. 길지 않은 터널이지만 장군목이나 남원에서 터널을 통과하기 위해 애를 쓰며 언덕길을 올라온 라이더에게 여름에는 시원함을, 겨울에는 따뜻함을 선물하는 고마운 터널이다.

유원지라고 하나 향가유원지는 이용할 수 있는 편의시설이나 식사할 곳이 마땅치 않다. 다리를 건너 밑으로 통과해서 조금 내려가면 방산나루에서나 간식을 먹을 수 있는데, 다시 산모롱이를 돌아나가면 곡성으로 갈 수도 있고 직진해 도로를 따라가면 남원에 도착한다. 이곳 방산나루에는 아름답게 꽃을 가꾸어놓았는데, 봄이 되면 따뜻해진 자전거도로에 가끔씩 뱀이 올라와 몸을 덥히기도 하는 곳으로 주의를 하는 것이 좋다.

남원 방산나루를 지나왔으면 남원이나 곡성에서 하루를 묵는 것이 시간상으로도 좋다. 시간이 있으면 20여 km 떨어진 남원으로 들어가고, 시간이 촉박하면 곡성에서 묵으면 된다.

남원은 잘 알다시피 이몽룡과 성춘향의 고장이다. 광한루에 들러 판소리 『춘향가』나 소설 『춘향전』을 떠올려도 좋고 춘향테마파크도 있다.

남원에는 남원추어탕이 유명하다. 여기서 일반상식 하나, 가을 추수가 끝난 뒤 잡은 미꾸라지로 끓이는 추어탕을 한자로 '秋魚湯'으로 생각하기 쉬우나 '미꾸라지 추鰍' 자가 따로 있다. 그래서 '鰍魚湯'이 맞는 말이다.

곡성에서 1박을 했다면 곡성 오일장 앞 이모네식당 돼지국밥을 추천한다. 시간을 넉넉히 가지고 도착하면 곡성역 기차마을에서 기차를 테마로 한 즐길거리도 있다. 곡성군 고달면에 있는 횡탄정인증센터에서 인증을 하려면 남원에서는 20여 km를 내려오고, 곡성에서는 4~5km를 거슬러 올라가야 한다. 횡탄정 인증을 마치고 곡성을 통과해 섬진강 오른쪽으로 주행하다 보면 오른쪽으로 심청마을 안내판을 볼 수 있는데, 숙박을 목적으로 하지 않는 한 들어가지 않는 게 좋다. 기와와 초가로 한옥마을이 들어선 심청마을은 한옥의 고즈넉한 정취를 느끼기에는 더할 나위 없는 마을이지만, 입구부터 가파른 언덕길로 라이더에게 추천하고 싶지는 않다. 나중에 차를 가지고 갈 때 한 번쯤 가볼만한 곳이지 자전거로 갈 곳은 아닌 것 같다.

심청마을을 지나서 또 얼마를 주행하면 이번에는 강물 바로 위 잠수교로 강을 건너게 된다. 강 건너편 두가리에는 두가헌이라는 아담한 한옥카페가 자리잡고 있는데 곡성에서 1시간 정도 걸리는 지역이다. 여기서부터 그 유명한 섬진강의 벚꽃길이 시작되고 조금 더 내려가면 곡성과 구례의 경계선에 있는 섬진강천문대가 있으며, 앞에는 섬진강을 가로지르는 커다란 출렁다리가 눈에 들어온다.

섬진강출렁다리와 곡성천문대를 지나면서 섬진강벚꽃길이 시작된다. 섬진강자전거길 중 빼놓을 수 없는 것이 벚꽃이 피는 시기인 4월 초의 벚꽃터널 주행인데, 곡성에서 구례로 넘어가는 곡성군 두가리부터 시작해서 압록역과 구례구역, 사성암(강 건너는 구례읍)을 지나면서 강 양쪽으로 벚꽃터널이 이어진다. 시기를 잘 맞추면 남도대교가 있는 화개장터를 넘어 광양 섬진강 매화마을까지(강 건너는 하동까지) 환상적인 벚꽃길과 벚꽃놀이를 즐길 수 있다. 중간에 있는 화엄사(구례에서 10여 km 정도), 산동면 산수유 마을(구례에서 20여 km 정도), 화개장터에서 쌍계사까지 10리벚꽃길 등을 둘러보는 재미도 좋다. 가볼 만한 곳도 많고 먹을 것도 지천이며, 차량이 밀려들어 통행조차 어려운 자동차 사이를 자전거로 누비며 마음먹은 대로 봄의 정취를 제대로 느끼기에도 좋다. 구례에서 시작된 꽃 터널은 사성암을 지나면서 절정을 이루었다가 화개장터를 지나면서는 조금 시들해지는데, 그래도 강 건너 하동 쪽으로는 꽤 괜찮은 꽃 터널이 계속된다.

그렇다고 꼭 벚꽃이 피는 시기에만 이곳을 가볼 일은 아니다. 벚꽃이 피기 열흘 전쯤이면 구례에서 20km쯤 떨어진 지리산 줄기 산동면에는 산수유가 온 천지를 노랗게 물들이고, 같은 시기에 화개에서 8km 정도 아래 광양 다압면 섬진강가에는 희고 붉은 매화꽃이 마을 전체를 뒤덮는다. 구례 산동면의 산수유축제와 광양 다압면의 섬진강 매화축제는 대개 꽃 피는 시기와 비슷한 3월 중순에서 말쯤 열린다.

그런가 하면 계절마다 이 지역만의 식도락을 즐길 수 있는데, 섬진강자전거길 중에서도 구례에서 화개장터에 이르는 이 구간은 웬만하면 1박을 하면서 주변 관광과 먹을거리를 즐겨보는 것이 좋다. 은어철에는 수박향이 난다는 은어회와 구이가 있고, 민물참게가 한창인 철에는 또 참게매운탕도 빼놓을 수가 없다. 무엇보다도 섬진강에서 잡은 재첩국은 전날 술로 어지러워진 속을 달래는 데 그만이다.

특히 벚꽃이 피는 시기를 전후로 이 지역에서만 맛볼 수 있는 강굴(벚꽃이 피는 시기에 잡는다고 해 벚굴이라고도 한다)은 강력하게 추천하는 필수 식도락이다. 일반 굴의 열 배도 더 되는 큼지막한 껍데기에 들어 있는 굴 알맹이는 네 조각을 내더라도 일반 굴보다도 크기가 더 크고, 초고추장을 살짝 찍어 입 안에 넣으면 알싸하고 쌉싸래한 봄꽃 향기가 입안에 퍼지면서 봄기운을 확연히 느낄 수 있다. 잘 익은 막걸리 한 잔은 소박하면서도 안성맞춤인 덤으로 손색이 없다.

하동 쪽으로 섬진강을 따라 내려가다 보면 반드시 들러야 할 곳이 있는데, 바로 박경리 선생이 쓴 대하소설 『토지』의 무대인 하동군 악양면 평사리 토지마을이다. 나라가 망해가는 절체절명의 시기에 몰락한 양반가 최참판댁의 무남독녀 최서희를 비롯한 인간군상을 그린 소설『토지』의 공간을 그대로 재현해놓은 이곳을 찾아 소설의 내용을 다시 한번 떠올려보는 것도 좋을 일이다. 『삼국지』를 읽을수록 주인공이 유비 3형제에서 조조로 바뀌는 것처럼 『토지』에서는 주인공이 최서희에서 용이(이용)로 바뀐다는 것은 나만이 그렇게 느끼는 것일까? 아무튼 『토지』에 등장하는 지명들인 하동, 구례, 화엄사, 화개, 쌍계사, 통영, 진주, 용정(최서희가 이주했던 북간도) 등은 나중에라도 꼭 한 번씩은 가볼만한 곳이다.

하동 방향으로 주행을 계속해 하동읍내로 들어서면, 광양 방향으로 다리를 건너기 전 다리 아래쪽의 하동솔숲을 한 바퀴 돌아보는 것도 좋다. 하동군민들이 휴식처와 운동시설로 활용하는 하동솔숲은 넓기도 하거니와 이리저리 굽은 소나무가 밀집되어 있어 사진을 찍기에도 아주 좋은 곳이다.

하동솔숲을 구경했다면 다리를 건넌 뒤 상류로 7km 정도 거슬러 올라가서 매화마을 주차장에 있는 매화마을인증센터에서 인증을 마치면 된다. 매화마을인증센터 옆의 정자인 수월정水月亭 앞 소공원에는 섬진강 이름의 유래를 전하며 전설과 관련한 조형물도 만들어놓았는데, 예전에는 섬진강 내륙수로를 향하는 길목에서 섬진강을 방어하는 중요한 군사요충지였다는 사실을 알 수가 있다.

섬진강 매화마을을 출발해 섬진강자전거길의 종착지인 광양 배알도수변공원을 향해 가다 보면 저 멀리 포스코(과거 광양제철이다) 굴뚝들이 보이고 횟집이 즐비한 망덕포구를 지나게 되는데 임진왜란 때 이순신 장군이 군선軍船을 만들던 선소船所가 있던 자리가 바로 이곳이었고, 또 윤동주 시인을 우리에게 알린 연희전문학교 후배 정병욱 선생이 선배 윤동주의 유고遺稿를 아버지의 술도가 마루 밑에 비밀리에 보관했다가 세상에 전한 곳도 바로 이곳이다.

망덕포구를 지나 잠시 언덕길을 오르면 다리를 건너 배알도수변 공원으로 접어든다. 이곳에는 무인인증센터가 섬의 끝 쪽에 있고 유인인증센터는 조금 앞쪽의 공원에 있다. 인증을 마친 뒤 포스코 공장 앞을 돌아 중마터미널까지는 약 13km 정도가 되는데, 시간이 허락하면 소고기를 얇게 저며서 양념간장을 찍어 구워먹는 광양불고기를 맛보는 것도 좋다.

오로지 앞만 보고 페달을 밟아가며 인증센터 도장 찍기에만 전념하는 국토종주 목적의 라이딩보다는 주변을 돌아보는 마음의 여유가 필요한 섬진강자전거길이다.

위 - 산동면 중동마을 산수유꽃축제

아래 - 순창군 현수교

위 – 남원 광한루원
아래 – 평사리 최참판댁 사랑채

다시 만난 섬진강의 추억

정읍 칠보면 칠보발전소 통수(通水)터널

2014년 8월 원주방송국장을 마치고 본사로 올라오면서 KBS 2TV에서 일요일 아침 시간에 방송되는 〈영상앨범 산〉 프로그램을 맡게 되었다. 2000년대 초 〈퀴즈! 대한민국〉 프로그램을 제작할 때 대체휴일을 이용해(토요일에 녹화를 하기 때문에 일주일에 하루씩 대체휴일이 생겼다) 서울 주변 3대 산인 북한산, 도봉산, 관악산을 몇 번씩이나 다녔던 경험이 있는 내가 산山과 관련된 프로그램을 맡게 된 것은 어쩌면 숙명이었는지도 모를 일이었다.

그래서 종종 프로그램 제작현장을 찾아 등산을 하고는 했는데, 명목은 '제작진 위문'이었다. 제작진과 현장에서 합류해 대개 1박을 하는 제작진과 출연자들에게 저녁이나 아침을 사주고, 나도 함께 등산을 겸하고 오는 일정이 대부분이었다.

그러던 2016년 초겨울 자전거 국토종주 코스 중 영산강종주를 위해 가봤던 담양댐 옆에 있는 강천산의 촬영 기획안이 올라왔다. 나도 제작진과 동행(등산은 다음에)하기로 하고 자전거를 챙겨서 섬진강 상류 구간(남원 향가유원지인증센터-임실 섬진강댐인증센터) 주행과 함께, 옥정호반을 따라서 산내면과 칠보면을 지나 정읍까지 주행 계획을 세운 뒤 순창행 고속버스에 올랐다.

단풍이 아름답다는 강천산은 순창에서 담양으로 넘어가는 길목에 있는데, 가는 길에 메타세쿼이아로 조성한 국도와 한옥으로 깔끔하게 잘 지어놓은 순창전통장류마을이 인상적이었다. 그 아름다운 경치를 감상하며 도착한 강천산 숙소에서는 그날 부수적인 풍경 촬영을 마치고 산에서 내려온 제작진과 출연자인 타워크레인 기사로 일하는 3명의 여성이 나를 반겼다. 제작진을 위문한다는 명목이긴 했지만 제작진이나 출연자보다 내가 술을 더 많이 마시고 기분 좋게 잠이 들었는데, 11월의 강천산은 거의 초겨울 날씨로 하얀 입김이 새어나올 정도로 추웠다.

다음날 아침 제작진과 출연자는 산으로 향하고, 나는 다시 순창으로 돌아와서 유풍교를 지나 섬진강자전거길로 연결되는 장군목을 향해 페달을 밟기 시작했다. 섬진강자전거길의 두 번째 인증센터가 있는 장군목은 영산강자전거길과 연결되는 길목에 있는데, 인증센터 앞산의 커다란 바위벽이 특징적인 풍경이고, 강 바닥에는 섬진강 물살에 잘 닦이고 매끈하게 다듬어진 요강바위가 흩어져 있는 지역이기도 하다.

이 다음에 섬진강자전거길을 내려갈 때는 남원으로 내려갈 요량으로 향가유원지까지 인증을 마치고 다시 상류를 향해 페달을 밟으니, 섬진강의 익숙한 풍경인 김용택 시인의 시를 새긴 시비가 줄을 잇고 마침내 회문산 자락 아래 김용택문학관에 도착한다. 문학관에서 문학과 관련한 행사가 있는지 가을 시제를 준비하는지 사람들 왕래가 분분하다.

이곳이 바로 전라북도 임실군 덕치면인데, 1953년 6.25 전쟁이 끝나고 한참 후까지 지리산 빨치산의 한 분파인 전북도당 잔당들이 인근 회문산에 숨어들어 임실, 담양, 순창, 정읍, 남원 지역까지 위협하던 곳으로 당시의 흔적들이 아직까지도 남아 있다. 덕치리파출소 앞에 남아 있는 돌과 시멘트로 견고하게 쌓은 지서 망루望樓가 그것인데, 전라북도에 모두 여섯 개가 남아 있어 기념물로 보존하고 있다.

임실군 덕치리에서 10여 분만 올라오면 섬진강자전거길의 출발점인 섬진강댐인증센터가 있다. 2015년 섬진강종주를 위해 자전거를 끌고 나섰을 때는 늦은 여름이었는데, 지금은 그때보다도 겨울에 더

가까워졌다. 갈 길이 멀기에 아침 일찍 길을 나서긴 했지만 입에서는 하얀 입김이 연신 새어나오고, 감나무 가지 위에 까치밥으로 남겨놓은 홍시도 몇 개 남지 않았다.

섬진강종주를 할 때마다 숙박이나 아침식사를 하는 인증센터 옆 강산에식당에서 추어탕 한 그릇과 막걸리 한 잔으로 몸을 녹이고, 인증센터에서 섬진강댐까지 5km 정도 언덕길을 올라가면 섬진강댐을 막아서 생겨난 옥정호가 눈앞에 펼쳐진다.

예전엔 인증센터가 댐 한 켠에 있었다는데, 아마도 사람들의 왕래가 드물고 외진 곳이어서, 연결되는 교통편이 있는(순창행 고속버스가 1km 정도에 있는 임실군 강진면을 들른다) 덕치면 쪽 다리 앞으로 옮겨간 모양이다. 맞은편 길로 올라가면 임실에서 유명한 치즈마을도 나온다는데, 후일을 기약하기로 하고 나는 댐 왼쪽 국도로 옥정호를 따라 주행하기 시작한다.

주행 중 맨 처음 만나는 기억할만한 장소로 '동학 접주 김개남 피체지(체포된 장소)'라는 팻말인데, 정읍에는 동학과 관련한 장소가 많다. 우선 고부군수 조병갑이 농민들로부터 물세를 과도하게 징수해 혁명의 불씨가 당겨진 만석보가 고부에 있고, 동학군이 관군과 일전을 벌여 물리친 황토현도 근방이다. 또 동학군과 접주가 집강소를 설치했던 무장, 동학군이 흰 옷을 입고 죽창을 든 채 집결해 '일어서면 백산白山이요 앉으면 죽산竹山'이라는 말이 생겨났다는 백산도 근방이다.

동학과 관련된 유적지나 장소들은 다음에 한 번 시간을 내어 역사기행을 하기로 하고 가을을 한껏 머금은 백련산과 연봉들을 감상하며 주행을 이어나갔다. 옥정호 건너편 호수 수면에는 섬진강댐으로 가둬진 옥정호 물을 반대편으로 내려보내기 위해 건설한 터널로 물을 보내는 취수시설(유역변경도수터널이라 한다)이 보인다.
바로 반대편인 정읍 칠보 지역에는 섬진강댐 물을 흘려보내 낙차를 이용한 수력발전도 하고 다시 농업용수로도 사용하는 칠보발전소가 있다. 예로부터 칠보 지역은 물이 부족해 '산 중턱에서 물을 뿜어내는 콧구멍이 두 개 열리면 천지개벽이 일어난다'는 말이 전해왔다고 한다. 발전을 위한 도수터널은 세 개가 설치돼 있어 일견 콧구멍에 꽂은 빨대처럼 보이기도 하는데, 아직 천지개벽 할 때는 아닌 모양이라는 말도 있다. 또한 칠보발전소는 인근에서 빨치산이 준동할 때 최소의 인원으로 발전소를 지켜낸 차일혁 총경의 무용담이 전하는 곳이기도 하다.

우리나라에서 단풍이 제일로 아름답다는 내장산이 20여 km 떨어진 곳에 있지만, 이것저것 구경하면서 지나오다 보니 어느덧 시간이 흘러 서울행 버스를 타기에도 빡빡한 시간이 돼버렸다. 내장산 구경 역시 동학혁명 역사기행과 함께 다음을 기약하는 수밖에는 없을 것 같다. 이곳 산내면 지역은 예전 난蘭을 캐러 왔을 때 호복륜弧複綸을 발견했던 곳이기도 하다.

섬진강자전거길

코스정보	[출발] 임실시외버스터미널·임실역 – 섬진강댐(순창행 버스 임실군 강진면 하차) – 김용택 시인 생가 – 구담마을 – 장군목 – 유풍교 – 향가유원지 – 횡탄정 – 섬진강기차마을 – 섬진강레일바이크 – 두가세월교 – 압록유원지 – 구례교 – 섬진강벚꽃길 – 사성암 – 남도대교 – 화개장터 – 매화마을 – 사계절꽃길 – 배알도수변공원 – [도착] 광양시외버스터미널·광양역
전체거리	149km
예상시간	9시간 40분
난이도	★★★☆☆

임실에서 시작해 광양 배알도수변공원까지 이르는 구간으로 전국에서 가장 아름다운 구간 중 하나로 꼽힌다. 계절마다 꽃나무가 달라 언제 찾아도 최고로 아름다운 풍광을 즐길 수 있다. 섬진강자전거길의 랜드마크가 된 스카이워크에서 바라보는 조망도 놓치지 말자.

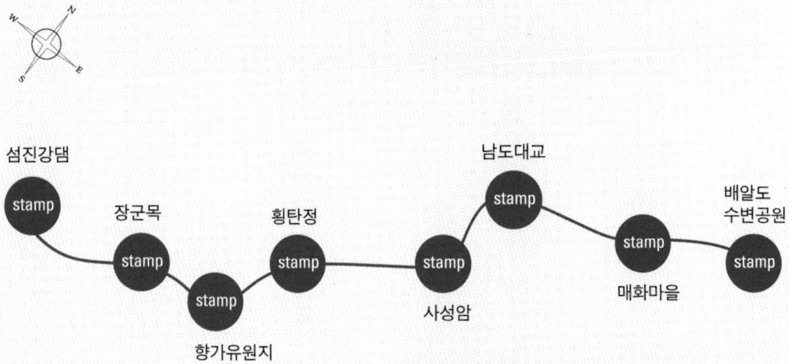

백두대간 등줄기를 따라

황지천과 철암천이 산을 뚫은 태백 구문소

여름철에서도 더위가 가장 심하다는 8월 초 자전거 여행은 2015년 8월 2일 국토종주 633km 완료를 위해 양평에서 부산 낙동강하굿둑 구간의 주행을 완료하면서 해마다 정례화됐다. 남들은 숨을 쉬기도 버겁다는 한여름철, 하루 100km 이상의 거리를 자전거 안장에 앉아 등이 따갑도록 내리쬐는 햇볕과 숨이 턱턱 막히게 만드는 업힐(오르막 경사)에서 갈증과 씨름하면서 자전거길을 따라가다 보면, 나도 모르게 의지력이나 신체에 대한 믿음을 배가할 수 있는 것 같아 나는 삼복더위 한여름철 꼭대기에 어려운 라이딩 계획을 세우고 또 즐거운 마음으로 나서게 된다.

2015년 낙동강 적포교삼거리에서 만난 광주光州에서 왔다는 너댓 명 라이더 말이 떠오른다. "우리나라가 안 되는 것이 꼭 우리 같은 놈들 때문이다. 도대체 나라에서 하라는 일은 하지 않고 하지 말라는 일은 골라서 꼭 하고 있으니 말이다. 폭염경보가 내려 '외부활동을 삼가라'는 문자가 며칠째 와도 기어이 우리는 자전거를 타고 있으니 말이다." 틀린 말은 아니지만 쓴웃음을 지을 수밖에 없었는데, 그날 이후 내가 그렇게 하고 있다. 2016년에는 올림픽 방송 기간 동안 내가 맡고 있던 프로그램이 죽어(다른 중계나 뉴스로 방송이 못 나가는 것을 말하는 표현으로, '결행缺行'이라는 용어도 있다) 동해안 고성군 민통선 아래 명파리에서 부산을 거쳐 낙동강 안동댐까지 13박 14일, 1,300km 주행 계획을 세웠을 정도였으니 말이다.

2018년 여름에도 여지 없이 여름 혹서기 자전거 테마여행 계획을 세웠고, 또 떠나게 됐다. 2018년 여름의 테마는 육지 속의 섬 여행으로 한반도의 '백두대간 등줄기 따라 여행'이었다. 백두대간을 따라가는 산행山行인 백두대간종주에 비견할 바는 아니지만, 그런대로 우리나라 등줄기 산맥을 따라가는 국도를 따라 용문-원통-인제-인제 현리-홍천 상남리-운두령-진부-아우라지-정선-태백-청량산-도산서원-안동 코스로 여행 일정을 짤만했다.

마침내 '홍천과 일부 지역 최고 기온이 40℃를 넘었다'라는 뉴스가 나오던 8월 5일 새벽, 첫 전철에 자전거를 싣고 경의중앙선 종착역인 용문역에 도착했다. 힘을 비축하기 위해 역 근처 식당에서 추어탕으로 원기를 돋운 뒤, 지금까지 말이나 듣고 책에서나 볼 수 있었던 용문사를 들러보기로 하고 방향을 잡아나갔다.

그러나 고개를 두 개 넘으면서 '갈 길도 먼데 다음에 가지, 여기를 지금 같은 상황에서 꼭 들러봐야 하나?'라는 후회가 스며들었다. 그리 경사가 가파르거나 힘든 업힐은 아니었지만 사상 최악의 8월 폭염에 대한 보도와 재난문자 통보와 기상특보를 수없이 들어와 그렇게 느꼈는지도 모르겠다.

어쨌든 우여곡절 끝에 도착한 용문사는 책에서 읽고 보던 것과는 또 다른 맛이 있었다. 우선 여기는 특이하게도 자전거를 끌고 경내로 들어갈 수 있었다. 자전거를 매표소에 묶으려는데 스님 한 분이 오더니 "자전거를 타고 가도 괜찮다"는 것이었다. 지금까지 여행 중 들른 수많은 절(내소사, 선운사, 송광사, 대흥사 등)은 자전거를 매표소에 묶어두어야 했지만, 여기는 자전거를 끄는 것은 물론 타고 경내를 돌아도 괜찮다는 것이었다. 그 스님의 말씀인즉슨 "왜 편리한 기계를 놔두고 땀을 빼야 하느냐?"라는 것이었다.

용문산 정상에는 내가 근무하는 KBS에서 운용하는 용문산중계소가 있어 수없이 말은 많이 들어왔지만 이곳에 와보기는 처음이었다. 용문사 은행나무는 수령만도 천 년을 넘은 것으로 추정하는데 신라

천년 망국의 한恨을 품고 금강산으로 향하던 신라의 마지막 태자인 마의태자麻衣太子가 짚던 지팡이가 살아났다거나 신라의 고승 의상대사가 짚었던 지팡이가 살아났다는 전설이 전한다고 한다. 한때는 이 은행나무 열매를 팔아 어려운 사람들을 많이 도운 나무로도 유명하다. 나무가 엄청나게 굵을 뿐만 아니라 키도 한참이나 높아 스마트폰을 기울여 사진을 찍어도 어느 정도 거리를 두기 전에는 한 프레임(화면)에 나무 전체를 담기 어려웠다.

용문산중계소를 오른쪽에 두고 있는 대웅전 앞마당은 가을의 대학수능시험에서 대박을 기원하는 오색 발복등發福燈으로 장식되어 있었다. 대웅전 아래 도솔천 다리 옆에는 대한제국 말기 궐기한 의병들이 양평에 집결해 서울진공을 꿈꾸던 당시의 의기義氣를 기리는 표지석과 비석들이 그때를 일깨워주고 있었는데, 당시 양평 용문사를 중심으로 의병활동이 활발히 전개돼 용문사도 일제 토벌대의 표적이 되어 심각한 피해를 입었다고 한다.

용문사 구경을 마친 뒤 은행나무 아래서 자전거를 타고 이제 백두대간 줄기를 여행할 출발지인 인제군 북면 원통을 향해 출발하는데, 고개를 두 개 넘어 다시 양평읍내로 들어가려니 왠지 손해보는 것만 같은 느낌에 온몸은 벌써 땀으로 범벅이 됐다. 11시가 조금 넘은 시각인데도 햇볕은 등을 따갑게 내리쪼이기 시작하고, 두세 병 준비한 물도 어느덧 하나둘씩 빈 병으로 남기 시작한다.

한참을 가다 보니 고개 내리막길에서 예전 국도와 새로 개설한 국도가 갈라지는데, 지도를 확인하고 예전 국도로 들어섰더니 방향이 양평군 동면이다. 가로수 그늘도 있고 계곡을 따라 주행해 시원한 맛도 있어 한참을 주행하다 보니 아무래도 북쪽이 아닌 동쪽으로 가는 것 같아 의심이 들지만 돌아가도 된다는 생각이 앞선다. 그러나 그런 생각도 잠시, 다시 정지해 지도를 확인하니 아뿔싸! 아까 갈림길에서 새로 난 국도를 따라가야 했다. 13km나 주행한 뒤에야 지금까지 양평과 여주로 가는 전혀 엉뚱한 길인 것을 알았다.

35℃를 훨씬 넘어가는 폭염에 26km 이상을 왕복해야 하는 고통을 라이더는 잘 알 것이다. 그래도 어쩌랴! 눈물을 머금고 핸들을 돌려 출발한 지점으로 돌아오니 이제 물병도 바닥이 났고, 낙심해서 갈 기운도 생기지 않는다. 이럴 때는 뭐니뭐니 해도 먹는 것이 최고... 지도를 검색하니 다행히도 200m 정도 후방에 용막국수 식당이 있다. 땀을 훔치며 들어선 식당은 양평 맛집인지 눈에 띄는 연예인과 유명인의 사인지가 붙어 있다.

그중 내 눈에 뜨인 이름은 '오한진'. 건강 프로그램에 나오는 오한진 박사가 다녀가면서 사인을 해주었는지는 모르겠으나 나의 고등학교 동기생 오한진의 이름이 떠올라서다. 사인지를 촬영해 '언제 여기 다녀갔느냐?'를 카톡으로 띄우고 들이켜는 막국수가 꿀맛이었다. 용막국수에서 막걸리 한 잔과 함께한 막국수는 맛도 있고 그런대로 기운을 차리기에 충분했다.

이제부터는 더위와 등쪽으로 내리쬐는 햇볕과의 본격적인 싸움이었다. 새로 생긴 국도를 가다 보면 가로수 같은 그늘을 기대하는 것은 지나친 사치다. 산을 넓게 깎은 구간이 많아 산의 나무가 그늘을 드리우지 못하고, 일반 평지도 대부분 차량의 도로 이탈을 막기 위한 방벽 일색으로 그늘이라고는 찾아보기가 힘들다. 양평에서 홍천을 거쳐 인제로 향하는 길이 그랬다. 어쩌다 눈에 뜨이는 도로변의 휴게소 시설도 대부분은 장사가 안 되는지 폐업한 곳이 대부분이고 흉측한 폐

건물의 모습을 하고 있기 일쑤였다. 딱 한 곳 '건축자재전문매점'이라 써붙인 곳에서 간신히 아이스크림 하나와 콜라를 한 병 사 마셨는데 쓰레기는 버리지 말고 가지고 가란다. 무엇이 사람들을 이렇게 각박하게 만드는지는 몰라도 아무튼 화장실 이용도 어려웠다.

홍천을 지나면서는 40℃가 넘어가는 홍천의 폭염暴炎이 무엇인지를 실감할 수 있었다. 홍천읍을 돌아가는 외곽도로를 지나는데 옛날 중국에 취재 갔을 때 서안이나 낙양보다도 더 지독한 중동의 사막에서나 느낄 수 있을 것 같은 열기가 확확 코 끝을 파고들었다. 라이딩복과 토시로 등과 양쪽 팔을 무장했지만 이에 아랑곳하지 않고 거의 수직으로 햇볕이 송곳처럼 따끔따끔하게 살을 파고들고 있었다. 새로 낸 외곽도로의 가로수도 키가 작아 그늘을 드리우지 못하고 홍천강을 따라가는 길이 그렇게 험난하게 느껴질 수가 없었다.

그렇게 홍천의 뜨거운 맛을 온몸으로 받아낸 여파는 의외로 컸다. 홍천읍내를 지나고 고갯길을 넘어 인제로 들어가는 길목인 것처럼 보이는 내리막길을 편안히 내려가고 있는데 갑자기 왼쪽 다리에 쥐가 나기 시작한다. 쥐의 강도도 마라톤을 할 때 일어나는 쥐하고는 차원이 달랐다. 왼쪽 엉치뼈 부근에서 시작된 쥐는 계속 경련을 일으키며 아래 발쪽으로 확산되고 있었다. 이대로는 통제불능 상태로 빠질 수도 있어 브레이크를 잡으며 간신히 자전거에서 내렸다. 다행이 앞에 보이는 휴게소까지는 300~400m만 걸어가면 됐다.

자전거를 끌면서 바라보는 휴게소 건물이 지금까지 도로변에서 보던 건물과는 사뭇 달리 예술적인 건축미까지 갖춘 것 같았는데, 편의점보다 조금 더 큰 휴게소는 이름이 '팜파스'였다. 아마도 아르헨티나 팜파스 초원을 연상하며 지은 이름인 것 같은데, 그런대로 주위 자연환경과도 잘 어울렸다.

하는 수 없이 20여 km 떨어진 원통의 강원산악구조대 최해근 대장에게 구원을 요청해야 했다. 최 대장은 내가 〈영상앨범 산〉을 담당할 때 출연한 고등학교 동창생들에게 인제 방태산芳太山 산행 촬영을 안내해주었던 전문산악인이다. 그때의 인연으로 이번 라이딩에서는 최해근 대장의 도움을 많이 받았다.

팜파스 휴게소에서 다리에 쥐가 나 꼼짝 못하고 있던 나를 최해근 대장이 픽업해주었다. 최해근 대장은 원통 군 부대 앞에서 웨딩홀 겸 식당을 운영하는데, 마침 전날 좋은 염소가 한 마리 들어와 푹 고아놓고 부모님과 친구를 초대해 성대한 저녁을 마련했다. 더운 여름철 자전거 장거리 여행에 안성맞춤이었다. 영양가 있는 염소탕으로 원기를 충전한 나는 내일을 위한 편안한 잠에 빠져들었는데, 한여름 밤 원통에서의 하루는 그리 더위를 느끼지 못할 정도로 괜찮았다.

다음날 한여름의 폭염을 조금이라도 줄이기 위해 새벽 일찍 길을 준비하는 내게 최 대장은 '혼자 가면 외로울테니 진부까지 동행하겠다'는 제안을 해왔다. 평소 음악을 들어가며, 또 경치를 감상하며, 명승고적도 찾아보며 주행하는 나로서는 외로울 것까지는 없지만 그래도 노정을 설명해주겠다는 말에 동행하기로 했다.

그리고 〈영상앨범 산〉 촬영 때 잠시 스쳐갔던 리빙스턴다리에 대한 얘기를 들을 수 있었다. 1951년 1.4 후퇴 후 중공군이 기습해온 방태산 전투에서 일어난 일이다. 작은 개울이지만 물이 넘쳐 건너지 못하고 부하 소대원 대부분을 잃은 미군 리빙스턴 소위의 유언에 따라 유가족이 당시 전사한 장병들의 원혼이나마 다리를 편안히 건널 수 있도록 사재를 들여 소대장의 이름을 딴 리빙스턴다리를 놓았다는 우리 역사의 아픈 한 부분을 되새길 수 있었다.

리빙스턴다리부터는 그야말로 인제 내린천을 따라 올라가는 편안한 주행이었다. 군데군데 내린천 계곡 래프팅을 위한 포스트가 마련돼 있었지만, 계속되는 가뭄과 폭염으로 내린천 물이 많이 말라 래프팅 업소들은 대부분 파리를 날리고 있는 중이었다.

물 없는 내린천을 따라 올라가는 도중에 있는 원대리 자작나무숲 입구에서 아침을 황태해장국으로 해결한 뒤, 두어 시간을 달린 후에야 인제군 현리에 도착해 비로소 아이스크림과 음료수로 한숨을 돌릴 수 있었다. 그러나 안심도 잠시, 최 대장이 앞에 있는 고갯길을 넘을 수 있을지를 고민해야 한단다. 홍천 상남면으로 넘어가는 고개인데, 한번 부딪혀보자고 큰소리는 쳤지만 더욱 따가워지는 햇볕을 등으로 받으며 막상 고갯길을 오르려니 초입부터 한숨만 나온다.

이럴 때를 대비했던지 마침 어제 봤던 듯한 차량이 지나가며 누군가 손을 흔드는데, 앞으로의 고갯길에 대비해 최 대장이 미리 친구에게 차량 픽업을 부탁했다는 것이었다. 약간의 망설임도 없이 머릿속 생각과는 달리 몸이 먼저 차에 자전거를 실었다. 오늘 점심은 내가 내겠다며 식당이 있는지 물어보니 맛 좋은 막국수집이 멀지 않은 곳에 있단다.

자전거 탈 생각은 접어두고 에어컨이 빵빵하게 가동되는 시원하고 경치 좋은 전원식당에서 일단 수육 한 접시와 막걸리 두어 병, 그리고 막국수를 맛보니 세상 부러울 것이 없었다. 앞으로의 진부와 태백을 들러 안동까지 주행할 여정을 얘기하며 어제 팜파스 휴게소까지의 고난을 얘기하니 최 대장과 친구의 얼굴색이 변한다. 그 연세에 어찌 몸을 학대하느냐면서... 그래서 고심 끝에 가장 난관인 운두령 정상까지는 이 차량을 이용하기로 합의했다.

그렇게 남한에서 두 번째로 높은 고개라는 해발 1,089m 운두령 정상까지 편하게 오를 수 있었다. 운두령은 초등학교 3학년 때(1968년) 발생한 이승복 사건 때 들어본 지명인데, 언젠가 한 번 회사 산악회에서 운두령을 출발해 이승복 생가까지 산행을 한 기억이 있어 새로웠다.

차량에 편승해 편하게 올라오긴 했지만 후일 언젠가는 두 발로 오를 것이라 다짐하며 인증사진을 남기고, 땀을 식힌 뒤 이승복 생가를 향하는데 강원도 비탈길의 진면목을 알 수 있었다. 자전거조차도 브레이크 라이닝이 과열되는 것을 느낄 수 있을 정도이니 말이다. 항상 그렇지만 오르막은 무한정이고 내리막은 오히려 짧은 느낌인 것은 나만의 느낌은 아닐 것이다.

내리막이 끝나는 지점에 이승복 안보기념관이 있어 둘러보았다. 거기에는 나와 동갑내기 1959년생으로 딱 10년이라는 짧은 생을 영문도 모른 채 마친 친구의 동상이 손을 들어 "나는 공산당이 싫어요!"를 외치고 있었고, 뒷산 중턱에는 무덤도 있었다.

한때 좌파들의 문제 제기로 이승복 군 얘기가 소설이라느니, 기자의 창작이라느니 논란도 많았으나 대법원의 판결로(이런 사안이 대법원에서 판결까지 할 사안인지는 지금도 의문이다) 사실로 확정됐기로, 사람의 목숨을 조건으로 네편, 내편을 가르는 공산당과 좌파의 저열하고 비겁한 행태에 다시 한번 분노가 일기도 한다. 조금 위쪽에 있는 이승복 생가를 찾았을 때 이런 상념은 더했는데, 예전 깊은 산골짜기로 생각됐던 곳에 지금은 오토캠핑장이 있어 세월의 무상함을 느낄 수 있었다. 시원한 냇가에 있어 캠핑을 즐기는 사람들은 많았지만 이승복 생가는 젊은 친구들 몇 명만이 관심을 기울이는 정도로, 애써 기억에서 지우려 하는 것 같아 씁쓸하기만 했다. 얼마 전 울산광역시 교육감이 관내 학교의 이승복 군 동상을 철거하라는 지시를 내렸다 하는데 정말로 좌파 세력들이 우리나라를 어디로 끌고 가려는지 우려를 하지 않을 수 없다.

이승복 생가를 돌아본 다음 일정은 속사삼거리에서 왼쪽으로 돌아 마지막 고개를 하나 넘은 뒤 진부까지 도착하는 것이었다. 영동고속도로로 대관령을 넘어가기 전 마지막으로 숨을 고르는 진부는 예전에 명태를 말리는 고랭지로 이름이 높았다.

애초 지도를 통해 점찍어두었던 모텔에 숙소를 정했다. 저녁식사를 위해 찾은 식당에서 메뉴판을 장식하고 있는 음식은 대부분 황태를 재료로 한 것이었다. 그렇지만 내일의 태백에 이르기까지 여정을 생각해 영양이 풍부한 갈비탕으로 저녁을 마친 뒤 황태구이는 술안주로 맛볼 수 있었다.

숙소로 돌아오는 길에 올려다본 강원도의 맑은 하늘에 별들이 그렇게도 많았다. 또 한 가지 좋은 점은 낮에는 비교적 따가운 햇살로 인해 기온이 높지만 일단 해가 떨어지고 나면 시원한 정도로까지 선선함을 느낄 수 있다는 것이었다. 우리나라 사람이 살고 있는 지역 중 가장 높은 지대인 해발 700m 고도에서 느끼는 한여름 밤의 기온은 그래도 꽤나 쾌적한 정도였다. 상쾌한 기분으로 내일 아우라지를 거쳐 태백까지의 여정을 상상하며 단잠에 빠질 수 있었다.

산을 따라 물길을 따라

구절천(왼쪽 출렁다리)과 태백 검룡소에서 발원한
한강물인 골지천(오른쪽 다리)이 만나는 정선 아우라지

진부를 출발해 아우라지까지의 여정은 우리나라의 등줄기 산맥인 태백산맥을 주행한다는 느낌을 가질 수 없을 정도로 평탄한 강줄기를 따라 내려가는 편안한 길이었다. '산을 물을 건너지 못하고, 물은 산을 넘지 못한다'는 상선약수上善若水의 고사를 떠올리며 강을 따라 내려가는 국도를 주행하기만 하면 그만이다. 산이 가로막은 도로에는 우회로를 폐쇄하고 새로 터널을 뚫어놓았는데 이 터널도 비교적 최근에 뚫은 것이어서 넉넉한 공간 확보로 자동차 통행에 따른 위험이라고는 전혀 느낄 수 없었다. 예전 원주에서 자전거를 타고 양평을 거쳐 집으로 주행할 때나, 남해안 종주 시 마산과 진해에서 통과해야 했던 1km에 달하는 터널의 공포는 생각하지 않아도 됐다.

진부를 떠나 처음으로 도착한 곳이 2018 평창올림픽 알파인스키 경기가 열렸던 가리왕산 기슭 알파인스키 경기장이었는데, 올림픽이 열렸던 곳이라고는 생각할 수 없을 정도로 관리가 엉망이었고 '이곳 슬로프를 관광상품으로 개발해야 한다'는 현지 주민들의 주장과 '스키장 건설 이전으로 복원해야 한다'는 환경단체들의 주장을 담은 현수막이 주변 일대를 뒤덮고 있었다.

이곳은 얼마 전 대법원 판결에 따라 원래의 자연 상태로 복원이 결정된 곳이기도 하다. 가리왕산 알파인스키 경기장을 지나 잠시 내려오다 보면 왼쪽으로 내川 건너편 절벽에 걸린 폭포를 볼 수 있는데, 높이만도 110m에 이른다는 백석폭포다. 백석산의 한 줄기 능선 끄트머리에 자리잡은 폭포는 능선으로 향하는 물줄기가 없는 것으로 보여 아무래도 자연적인 폭포 같지는 않고 인공이 가미된 것으로 보인다. 그래도 관광객의 시선을 끌기에는 충분해 보이는데, 폭포 앞에 조망할 수 있는 데크를 설치해놓고, 간단히 요기를 할 수 있는 매점도 있어 오가는 사람들의 휴식처가 되고 있다.

그렇게 내를 따라 내려가다가 정선을 10여 km 정도 앞둔 지점에서 왼쪽으로 회전해 언덕을 하나 넘으면 아우라지로 향한다. 아우라지는 북쪽 구절리에서 흐르는 구절천과 동북쪽에서 흘러온 한강 상류 골지천이 합쳐지는 곳이다. 여기서부터는 조양강으로 불리는데 영월을 통해 흘러내려가 남한강의 상류를 이룬다.

예전 아우라지를 사이에 두고 처녀와 뱃사공의 이루지 못한 사랑 이야기가 전하던 이곳에 지금은 관광객이 걸어서 자유롭게 왕래할 수 있는 출렁다리가 들어섰고, 또 아우라지 처녀상과 팔각정 옆에는 아담하게 주막도 있어 운치를 즐길 수 있다.

아우라지는 또 '강원도아리랑'으로 통칭되는 '정선아라리'의 본고장이기도 하다. 아우라지에 가면 "비가 올라나~ 눈이 올라나~ 억수장마 질라나~"로 시작돼 회한을 품고 구성지게 울려퍼지는 정선아라리의 가락을 몸과 마음으로 느껴볼 수도 있다.

강원도 자전거 여행의 경우 숙박시설과 식사를 할 수 있는 지역이 매우 제한돼 있다. 이날도 마찬가지로 마땅히 식사할 곳을 찾지 못해 점심 시간이 훨씬 지난 시간에서야 아우라지에 도착하기 직전 언덕길의 한적한 식당에서 늦은 점심을 먹을 수 있었다. 냉면과 막국수, 또 다른 메뉴로 수구레국밥이 있었는데, 여름철 체력 보강과 함께 이전 구례에서 먹었던 수구레국밥이 생각나 시켰더니 그런대로 맛도 좋고 가성비도 괜찮았다.

진부를 출발해 강줄기를 따라 산을 몇 개 넘어 도착한 아우라지의 시원한 나무 그늘 밑 벤치는 이틀 동안의 강행군에 따른 피로를 씻어주기에 충분했다. 잠시 눈을 붙이고 일어섰는데 몸은 개운하나 태백까지 70km나 남아 있는 여정이 문제였다. 다시금 꾀가 발동하기 시작하고 나를 픽업해줄 주변의 지인을 모색하기 시작했다. 그러나 강원도에 지인이라고는 이전 원주방송국장을 할 때 직원들과 다른 몇 명 뿐인데, 이들에게 도움을 요청하기에 아우라지는 너무나 멀어 대중교통을 이용하는 수밖에 없었다. 정선까지는 자전거로 주행한 뒤 시외버스를 이용하는 것이 최선의 방법이었다. 그렇게 도착한 태백 역시 진부와 거의 마찬가지로 한여름임을 잊도록 하기에 충분했다.

그런데 낙동강 발원지라는 황지연못 근처에 숙소를 정하려 물어보니 보통 일반적인 1박 모텔비 3만 원을 훌쩍 뛰어넘는 10만 원이나 내야 한다는 것이었다. 왜 이렇게 비싸냐고 물으니 여름철은 성수기라서 그렇게 할 수밖에 없단다. 억울하긴 하지만 나의 자전거 여행 최고가 숙소를 정한 뒤 태백에서 유명한 태성실비식당을 찾아 쇠고기주물럭을 주문했는데, 명불허전名不虛傳이라는 말이 딱 어울리는 식당이었다.

술 한 잔과 맛있는 주물럭으로 피로를 풀고 숙소로 돌아오는 길에 황지연못에 전하는 자린고비 황부자와 며느리 얘기를 떠올리며 낙동강 원류의 차디찬 온도를 다리로 느껴보는 것도 좋았다. 뜨거운 여름이었지만 태백시에서 강조하는 '해발 700m의 웰빙'이 거기에 있었다.

다음날은 아침 일찍 낙동강 발원지인 황지연못 물줄기를 따라 내려가는 것으로 시작했다. 황지연못의 가느다란 물줄기가 태백의 준령 사이로 파고들며 강줄기가 제법 넓어지는 황지천변 국도를 따라 내려가니 멀지 않은 곳에 강물이 바위산에 구멍을 냈다는 구문소가 있었다. 구문소는 본래 산의 줄기였는데, 산줄기 북쪽을 흘러내려오던 황지천이 바위틈에 스며들며 깎아내고, 산줄기 남쪽을 황지천과 역방향으로 흐르며 낙동강으로 흐르던 철암천이 역시 바위에 스며들어 구멍을 내다가 마침내 지금처럼 산줄기 아래에 커다란 동굴과 깊이 패인 소沼를 만들어 독특한 지형을 이루고 황지천과 철암천 두 물줄기가 낙동강으로 흐르게 된 곳이다.

구문소의 물결로 매끈하게 다듬어진 바위턱에는 행서체로 '五福洞天子開門(오복동천자개문, 다섯 가지 복이 있는 동네에 들어가는 문이 자시(자정)가 되면 열린다)'이라는 문구가 일필휘지로 휘갈겨 쓰여 있어 여러 가지 얘기를 지어냈는데, 전설과는 달리 그리 멀지 않은 시기인 1988년 당시 태백문화원에 근무하던 김강산 씨가 자신이 쓴 글씨를 새겨넣은 것이라고 한다.

태백은 한때 석탄 덕분에 돈이 넘쳐나던 도시였으나, 1990년대 이후 석탄산업합리화조치로 쇠락을 거듭했다. 이제 태백은 사람이 살기에 가장 쾌적하다는 해발 700m대 고랭지로 겨울철의 태백선 철도의 눈꽃 관광과 함께 대한민국 최고의 휴양지와 관광지로 탈바꿈하게 되었다.

그밖에도 태백의 볼거리는 많지만 다음의 여정을 위해 페달링을 하는 두 다리는 더욱 바빠져야 했고, 태백의 고봉준령高峰峻嶺을 넘어야 하는 고된 주행 경로가 나를 기다리고 있었다.

태백 구문소를 구경한 뒤 황지천을 따라 두어 시간 내려가다 보니 길이 두 갈래로 갈리는데 영주를 지나가는 길을 택해야 했다. 애초 계획은 태백에서 국도를 따라가다가 '하늘도 세 평이요, 꽃밭도 세 평'이라는 승부역에서 '8월의 크리스마스'를 관광상품으로 하는 분천역까지 열차로 이동할 계획이었다. 그러나 승부역에 무궁화 열차가 지나는 아침 시간이 맞출 수 없었고, 이 지역의 관광열차인 'V-트레인'도

운행하지 않아 부득이 영주 방면으로 우회할 수밖에 없었다.

승부역과 분천역 사이 구간은 트레킹 코스로는 안성맞춤이나 중간에 가파른 산을 넘어야 하는 구간이 있어 자전거는 이용할 수가 없다. 물론 멜바(자전거를 타지 않고 메고 가는 것)로 넘을 수는 있으나 산이 가팔라 위험하다. 이 구간은 고등학교 선후배들과 트레킹을 한 기억이 있어 대리만족으로 그쳐야 했다.

그런데 우회하던 구간에서 사달이 일어났다. 도로를 새로 개설하는지 공사 구간이 많아 옛날 국도로 접어들었는데, 경사가 있는 꼬부랑고갯길이 점점 깊어지며 산날맹이를 향하는데 눈앞에 '도로없음. 돌아가시오'라고 쓴 경고문이 반복해서 나타나는 것이었다. 바리케이드를 피하며 꾸준히 페달을 밟아 고개를 넘어서면서 보니 고개 이름이 '늦재'였다. 정상을 넘어서고 올라온 고갯길만도 거의 6~7km는 됐을까? 내리막길이 500m도 되지 않아 도로가 끊기고 길이 산으로 변해 더 이상 앞으로 나아갈 수 있는 방도가 없었다. 길을 돌이켜 내려오는데 '도로없음. 돌아가시오' 현수막이 나를 씁쓸하게 한다. 다시 도로로 나서 공사 중이라서 대형 트럭들이 질주하는 사이를 차들과 경쟁하다시피 주행하다 보니 한여름의 더위뿐만이 아닌 긴장감으로 더더욱 더위를 느끼게 된다.

간신히 청량산 입구까지 주행을 마치고 만난 지인이 설명하기를 수해로 발생한 늦재의 산사태로 차량이 묻히고 사람이 사망해 도로를 폐쇄하고 새로 도로를 개설하는 중이라고 했다.

여기 영주에서 나를 마중해준 류명화 씨는 전에 〈영상앨범 산〉에서 중국 장시성江西省 우궁산武功山 촬영할 때 만난 출연자였다. 동호회에서 오랜 동안 산행을 함께 해왔다는 류명화 씨는 영주 지역에서 왕성한 문학 활동과 사회 활동을 하고 있는데, 이 날도 근처를 지나간다는 내 연락을 받자마자 점심을 사겠다며 청량산관광단지까지 와서 식사를 대접하고 갔다. 청량산과 청량사 역시 후일 어느 날을 기약하며 발길을 안동 도산서원으로 재촉해야만 했다.

이후 퇴계 이황의 정신이 살아 있는 도산서원까지의 길은 비교적 평탄하고 수월한 편이었다. 큰 길에서 약간 벗어난 호젓한 산골짜기에 자리잡은 서원은 그 입구에서부터 퇴계 이황의 향기를 발하는 듯한 느낌을 가져볼 수 있었다. 서원 앞을 흐르는 낙동강 건너 펼쳐진 드넓은 들판은 유학자의 호연지기를 드러내는 것 같았고, 짜임새 있는 건축물에서 치밀함을 느낄 수 있었다.

최근 UNESCO 세계문화유산으로 등재된
안동 도산서원

알아두면 편리한 정보

지도 사용하기

자전거 여행 때 여정을 설계하고 숙박시설과 식당을 찾을 때 네이버지도를 이용한다. 꼭 네이버지도가 아니더라도 지도 검색을 하다 보면 유용하고 편리한 기능이 많은데 최근 시스템이 바뀐 네이버지도에서는 전국의 자전거길을 상세하게 보여주고 있어 더욱 유용하다.

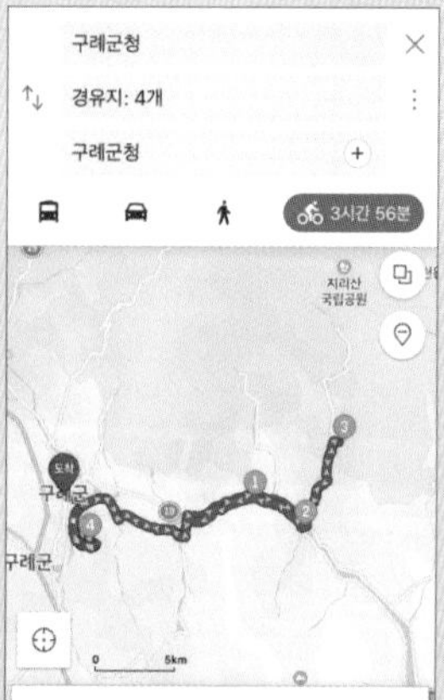

우선 길을 잃었을 때나 현재 내가 어디를 지나고 있는지 알아둘 필요가 있을 때는 그냥 지도만 실행해도 내 위치를 알 수 있다. 그런 다음 화면 왼쪽 하단부의 GPS 버튼을 터치하면 현재 나의 위치가 파란 점으로 표시되는데, GPS 버튼을 다시 한번 터치하면 마치 자동차가 라이트를 비추듯이 정면이 파란색으로 표시된다. 정면을 표시한 GPS 위치 표시를 이용하면 현재 위치에서 내가 가야 할 방향을 알 수 있다.

그리고 초기 화면 검색창에 목적지를 입력한 뒤 화면 오른쪽 하단부의 '도착'을 터치하고 GPS를 터치해서 라이트 방향을 따라가면 내비게이션으로도 사용할 수 있다. 내비게이션 기능은 자동차와 도보, 자전거 주행 시 모두 사용할 수 있다.

출발지와 도착지를 입력하고 대중교통을 선택할 경우에는 가장 빨리 도착할 수 있는 대중교통수단 환승경로를 알려준다.

다음은 여정 설계 과정이다. 네이버지도 초기 화면에서 '↱길찾기'를 터치한다. 출발지와 도착지를 입력하면 도착지 옆에 '+' 표시가 나타나는데 한 번 누를 때마다 하나씩 다섯 개까지 나타나게 된다. 바로 중간 경유지를 입력할 수 있는 창으로 여정의 순서대로 입력한 뒤 교통수단(대중교통, 승용차, 도보, 자전거)에서 '자전거'

를 선택하고 밑의 '확인'을 터치하면 경유지마다 번호가 붙은 전체 여정과 소요 시간 및 거리가 표시된다. 네이버지도 검색에서 설계하고 확인한 여정은 일회성 정보이므로 화면은 캡처해서 보관하고 대조하며 주행한다.

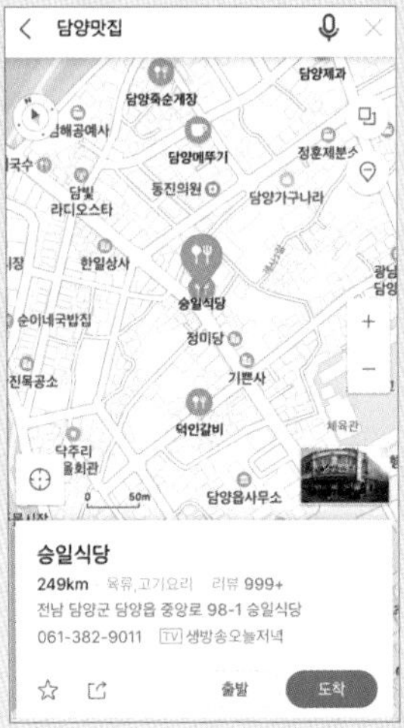

다음은 주행 중인 지역에서 숙박시설과 맛집을 검색하는 방법이다. 초기 화면 검색창에 '숙박'이나 '맛집'을 입력하고 '돋보기(또는 완료)'를 터치하면 현재 있는 그 지역의 숙박업소나 맛집을 모두 보여주는데 하단부에 한글로 설명된 업소 소개를 터치하면 그 업소와 관련한 상세한 정보와 함께 전화번호도 알 수 있어 주행 중 숙소나 식당을 예약하고 안심하며 주행할 수 있다.

숙박시설이나 맛집은 꼭 그 지역에 있지 않더라도 다른 지역에서도 검색이 가능하다. 검색창 앞에 지역명을 입력하고 뒤쪽에 '숙박'이나 '맛집'을 이어서 입력하면 되는데 '담양숙박' '담양맛집'처럼 입력해 검색하면 된다. 가령 섬진강을 주행하면서 1박 지점을 곡성으로 예상했는데 시간이 남아 곡성을 지나쳤다면 곡성을 지나면서 지도를 검색해 압록이나 구례의 숙박업소를 예약하고 주행하면 편리하다.

광양 망덕포구 해안자전거길

악양들에서 바라본 평사리

동해안과 제주도의
자전거 여행

수평선을
벗 삼아

관동팔경의 선경이 함께 하는 길

양양 하조대 전망

국토종주 633km와 4대강, 내륙의 세 개 자전거길(북한강, 오천, 섬진강) 종주를 마치면, 이제 동해를 옆에 두고 수려한 경관과 역사를 즐기는 동해안자전거길로 나설 차례다. 동해안자전거길은 원래 고성 통일전망대에서 부산 오륙도공원까지 700여 km를 단일 노선으로 개설할 계획이었다. 그러나 문재인 정부 이전인 2017년 4월에 계획이 축소돼 울진군 은어다리에서 영덕군 강구항 인근의 해맞이공원까지 76km만 경북 구간으로 완공되었다. 탄핵정국을 주도하던 세력들에 의해 과거 정부와의 단절이라는 정치적인 판단만으로 서둘러 마무리한 느낌을 지울 수가 없다. 동해안자전거길이 과거 정부의 이른바 '적폐'와 어떤 관련이 있는지는 모르겠으나 자전거를 타는 사람으로 영덕 강구항에서 부산 오륙도공원까지를 안전하고 시원하게 달릴 수 있는 기회를 박탈당한 아쉬운 느낌은 어쩔 수가 없다.

동해안자전거길 강원 구간은 명파리에서 남쪽으로 8km쯤 내려온 마차진리 통일전망대 출입사무소 앞에 있는 인증센터에서 인증을 받으며 시작된다. 통일전망대는 사전 예약을 해야 들어갈 수 있다. 물론 사전에 마차진리의 통일전망대 출입신고소에 방문 신청을 하면 현지 군 부대 셔틀버스를 이용해서 DMZ 안에 있는 통일전망대인증센터를 방문할 수도 있지만 이곳 마차진리에서 출발하는 경우가 대부분이다.

강원도의 북쪽 끝 고성군 마차진리 통일전망대인증센터에서 출발해 맨 남쪽인 삼척시 원덕읍 임원인증센터에서 마치는 242km에 달하는 동해안자전거길 강원 구간은 뛰어난 풍광과 함께 우리 민족의 역사가 살아 숨쉬는 자전거길로, 한마디로 표현한다면 '아름답다'.

강원 구간 종주를 위해서는 우리나라 가장 북쪽에 있는 정류장인 대진행 버스를 타야 한다. 동서울터미널(지하철 2호선 강변역)에서 오전 6시 20분경 첫 차가 출발하는데, 인제, 원통을 거쳐 진부령을 넘고 간성(고성), 거진을 지나 9시 30분쯤 대진버스정류장 공터에 내려준다.

매표소(현금으로만 승차권 구입 가능)와 화장실 이외에 아무런 시설이 없는 대진정류장에서 1km 정도 올라가면 아주 자그마한 마차진해수욕장 왼쪽으로 통일전망대 출입사무소와 상가가 있고 상가 앞에 통일전망대인증센터가 있다. 좀 더 국토의 끝에서 출발하고 싶은 사람은 고개를 넘어 명파리 민통선 아래까지 갔다 내려오면 되는데, 명파리까지 8km 정도이며 고개는 그리 어렵지 않게 넘을 수 있다.

마차진과 대진해수욕장 철책선을 따라 나 있는 자전거길을 따라 언덕을 하나 넘으면 초도항을 지나는데, 그 아래 고구려 광개토대왕릉이 있다고 전하는 금구도가 보인다. 그런 다음 동해안의 해안석호海岸潟湖인 화진포에 도착하면서 본격적인 동해안자전거길 강원 구간이 시작된다. 화진포에서는 고래와 관련한 해양박물관과 관동별곡 800리길 안내비를 먼저 본다. 본래 바다였으나 사구沙丘로 분리된 화진포 호수를 한 바퀴 돌아보는 것도 좋다. 두 개의 호수로 나뉜 화진포 중간에 이승만별장이 있고 그 옆으로 이기붕별장도 있다.

화진포해수욕장 남쪽 끝 언덕배기에는 6.25 전쟁 이전 북한의 영토였을 때 김일성이 쉬어갔다는 김일성별장이 있는데, 김정일과 김경희 남매의 어렸을 때 사진을 볼 수도 있다. 화진포를 돌아본 뒤 거진항을 지나 해변 솔밭을 따라 주행하면 동해안자전거길 두 번째 인증센터인 북천철교인증센터가 나온다.

6.25 전쟁 때 북한군 군수물자를 운반하던 중요한 다리인 북천철교는 미군이 함포사격으로 다리가 파괴되었다는 설명이 있는데, 그때

파괴된 다리를 다시 놓아 자전거도로로 사용하고 있다. 북천철교인증센터는 자전거행복나눔 앱의 자동인증이 안 되는 경우가 많은데, 그럴 때는 인증부스 안에 있는 QR코드를 인식하면 인증등록이 되는 경우도 있다.

북천철교 인증을 끝냈으면 다음 목적지는 물회로 명성이 높은 가진항이다. 가진항에서 물회를 먹지 않으면 후회한다고 할 정도로 가진항 물회는 유명한데, 15,000원 정도가 기본으로 조금 비싼 느낌도 있지만 가진항 물회는 맛을 본 사람만 그 값어치를 안다.

가진항 물회를 맛봤으면 그 아래 송지호를 지날 때 호수 옆 바닷가 자전거길이나 산책로로 주행하기보다는 송지호 안쪽 고성 왕곡마을로 돌아가는 것도 좋다. 반듯한 기와와 억새로 지붕을 얹은 강원도 전통가옥들이 자전거를 반기는 마을이다.

다음은 이름도 예쁘고 아담한 아야진이 나오고, 병사들이 순찰을 도는 철책선을 따라 언덕을 넘어서면 관동팔경의 첫 번째 정자인 청간정淸澗亭이 야트막한 언덕 위에 모습을 드러낸다. 청간정은 정면과 측면이 3칸인 아담한 2층 누각으로, 동쪽으로 탁 트인 동해를 마주하고 서쪽으로는 저 멀리 설악산과 울산바위를 조망할 수 있다. 청간정 현판은 이승만 대통령이 직접 쓴 것이라 한다.

동해안자전거길 강원 구간과 경북 구간을 한 마디로 정의한다면 '관동팔경關東八景과 함께 하는 길'이라 할 수 있을 것이다. 관동팔경은 영동지방의 풍광이 뛰어난 여덟 곳을 일컫는데, 북한 지역에 통천 총석정叢石亭과 고성 삼일포三日浦 두 곳이 있고, 남한 지역 강원도에는 간성 청간정, 양양 낙산사洛山寺, 강릉 경포대鏡浦臺, 삼척 죽서루竹西樓 네 곳이 있으며, 경상북도에는 울진 망양정望洋亭과 평해 월송정越松亭 두 곳으로 모두 여덟 곳이라 '팔경八景'이다. 관동팔경을 노래한 사람은 조선 중기 권신인 송강 정철인데, 강원도 관찰사로 부임하면서 돌아본 관동팔경을 노래한 가사가 『관동별곡關東別曲』이다.

물론 휴전선 이북에 있는 통천 총석정과 고성 삼일포를 가볼 수 는 없지만, 간성 청간정, 양양 낙산사, 강릉 경포대, 삼척 죽서루, 울진 망양정, 평해 월송정은 자전거길이 지나는 경로에 있다. 삼척 죽서루는 바닷가에 있지 않고 삼척시내를 관통하는 오십천변에 있는데, 삼척 새천년도로에서 4km만 시내로 들어가면 찾을 수 있다.

청간정을 돌아 내川에 설치된 데크를 지나면 토성면을 지나 제법 번화한 항구와 해수욕장이 펼쳐지는데, 세 번째 인증센터인 봉포인증센터가 해수욕장의 백사장 끝 데크에 있다. 봉포인증센터를 지난 뒤 언덕길을 오르면 고갯길 정상에서 속초시로 넘어가게 된다.

속초는 석호 영랑호永郎湖를 둘러 발달했는데, 자전거로 30분이면 충분히 돌아볼 수 있다. 영랑호라는 이름에서 '모란이 피기까지는'을 쓴 시인 김영랑(김윤식)을 생각하기 쉽지만 여기 영랑은 삼국시대 이곳을 다녀간 신라 화랑 중 한 명인 영랑永郎의 이름이다.

영랑호 풍광을 눈에 담았으면 속초항 맞은편 청호동에 있는 아바이마을도 둘러봐야 한다. 배에 탄 사람들이 연결된 밧줄을 잡아당겨 이동하는 갯배를 타볼 수 있는데, 아바이마을은 6.25 전쟁 때 피난 내려온 북한 실향민들이 통일의 염원을 안고 사는 마을이다.

속초항과 청호동에는 생선구이를 하는 곳이 많은데(계절따라 축제도 연다), 특히 늦가을부터 시작되는 도루묵과 양미리(까나리의 사투리) 철인 겨울에는 진미를 맛볼 수도 있다. 청호동 아래쪽으로는 유명한 대포항과 물치항이 있어 동해안의 싱싱한 회를 맛볼 수 있다.

속초항 아래 낙산도립공원에는 낙산사와 홍련암 그리고 의상대義湘臺가 있다. 동해를 내려다보고 서 있는 해수관음상海水觀音像이 멀리서도 보이는 낙산사는 신라의 고승 의상대사義湘大師가 창건했다고 전한다. 낙산사는 영동 산불 때 큰 피해를 입었던 사찰로, 보물인 낙산사 범종이 녹아내렸을 정도였다.

낙산사와 의상대 다음으로 볼 명승지는 하조대河趙臺이다. 조선 개국에 기여한 하륜과 조준이 은거한 곳이라 전하는 하조대 정자에 오르면, 애국가 첫 소절의 소나무와 동해 일출 장면을 촬영한 애국가소나무를 볼 수 있다.

고성에서 출발해 양양군 지역인 낙산해변에 도착했으면 부근에서 1박을 하는 것도 좋다. 낙산해변 숙박시설과 남쪽으로 쏠비치리조트가 있고, 하조대 부근에도 숙박시설이 꽤 있다.

위 – 낙산사 의상대
아래 – 청호동 갯배

고개를 올라
드넓은 동해를 가슴에 담다

신남리 해신당공원

고성에서 출발해 속초와 양양을 지나면 다음은 강릉으로 넘어오게 된다. 동호해변을 지나 자전거길 옆으로 안내판을 따라 왼쪽의 낮은 고개를 넘어 불이문不二門을 통과하면 동해를 마주하는 고즈넉한 암자 휴휴암休休庵을 만난다. '번민을 동해에 털어버리고 쉬고 또 쉬고 가라'는 절 이름의 의미만큼이나 휴식의 장소라는 생각이 절로 드는데 거북이 모양 너럭바위와 부처님 진신사리 친견도 누릴 수 있다.

휴휴암을 지나 지경해변부터는 강릉 중에서도 주문진 지역이다. 주문진 수산물시장에는 풍부한 해산물은 물론이고 건어물도 많은데 낙산에서 숙박을 못했으면 주문진에서 1박을 하며 해산물을 즐겨보는 것도 좋다. 숙박시설도 많고 특히 러시아산 킹크랩과 동해에서 잡아 올린 문어, 털게 등이 맛이 좋다.

강릉은 강원도의 지명이 유래될 정도로 영동 지역의 대표적인 도시인데 그만큼 볼 것도 많다. 안동의 퇴계 이황과 쌍벽을 이루는 율곡 이이가 태어난 오죽헌烏竹軒에서는 우리나라 어머니의 표상인 신사임당을 만나볼 수 있고 조선시대 양반 가옥인 선교장을 둘러봐도 좋다.

관동팔경의 하나인 경포대와 경포대해수욕장, 커피거리로 유명한 안목해변을 따라 주행하다 보면 안인진 통일공원과 드라마 〈모래시계〉의 배경인 정동진이 나온다.

드라마에 등장한 정동진역 고현정소나무를 둘러보고는 해변 데크길을 따라 모래시계공원으로 들어서면 열차를 개조한 시계박물관을 구경할 수 있고 그 옆에는 1년에 딱 한 번 12월 31일 자정에 위아래를 뒤집어놓고 1년 동안에 걸쳐 모래가 쏟아지는 대형 모래시계도 있다. 자전거를 고속 주행하면 고성에서 출발해 당일로 정동진까지도 다다를 수가 있다.

경포해변과 안목해변, 정동진에서 강릉의 낭만을 즐겼다면 이번에는 아주 수려한 해변 풍경을 마주할 차례다. 정동진에서 아래 심곡해변까지 이어지는 바다부채길은 이전에는 군 부대 작전지역으로 민간인 출입이 금지되어 있었다. 2016년 산책길을 조성해 심곡해변의 수려한 풍경을 누구나 즐길 수 있도록 개방했다.

기암奇巖들이 바다에 점점이 박혀 있는 심곡해변은 지질학적으로도 대단히 중요한 해변이라고 하는데 금진해변까지 해변 드라이브가 가능한 도로는 파도가 센 날이면 파도가 도로를 덮칠 정도로 바다와 가까워 풍광을 즐기기가 더 좋다. 바다로 들어가볼 수도 있는데 해산물 채취는 어업허가권을 가진 현지 주민들만이 할 수 있다.

바다부채길과 심곡해변을 지나면 금진해변을 지나 망상해변으로 향하는데 이 구간은 라이더에게 상당한 주의가 필요한 구간이다. 해변으로 길을 낼 수가 없어 7호선 국도를 따라 내려가야 했는데 벌써 몇 년째 도로 공사가 계속되고 있어 대형차량이 빈번히 지나는 것은 물론이고 갓길조차 없어 위험하기 짝이 없었다. 다행인 것은 최근 금진해변에서 망상해변을 잇는 구간의 7호선 국도가 완공되었다 해서 그런 위험은 덜해졌다.

만약 낙산이나 쏠비치, 하조대 정도에서 1박을 했다면 여기 망상 주변의 숙박시설을 이용하거나 조금 더 내려가 동해시에서 숙박을 하는 것이 거리상으로 적절하다.

동해시는 별다른 특징이 없어 스쳐지나기도 쉬운데 주행 중 잠시 시간이 난다면 시내 중심가에 있는 석회동굴인 천곡동굴이나 백두대간 두타산에서 흘러내리는 물이 만든 무릉계곡 정도가 가볼 만하다. 그리고 주행 중 앞에 보이는 거대한 시멘트 공장도 볼만한 구경거리인 것만은 확실하다.

다만 동해시 마지막 지역에 추암해변이 있어 동해시를 섭섭지 않도록 하는데, 촛대바위라고도 부르는 추암은 촛대바위도 구경거리지만 촛대바위로 오르는 옆 해안가 바위군락의 경치와 아담한 해암정海岩亭도 보기가 좋다. 추암해변 남쪽 끝으로 삼척으로 넘어가는 구름다리 앞에 추암해변인증센터가 있는데 여기에서 굽어보는 추암해변의 경치가 제일로 좋다.

동해시를 지나 삼척시에 들어서면 볼거리들이 나열하기도 벅찰 정도로 즐비하다. 그중의 으뜸은 단연 관동팔경 중 하나인 죽서루다. 죽서루로 가기 전 삼척항 쪽 해변으로 난 자전거길을 따라가면 마치 풍경화 같은 해안선에서 자동차와 자전거가 도로를 나눠 쓰게 되는데 이 길이 바로 새천년도로다. 자동차가 드문드문 다니는 새천년도로는 서기 2000년을 맞아 새로이 정비하면서 이름을 붙인 도로이다.

잠시 동해안자전거길을 벗어나 시내 방향으로 4km 정도를 올라가면 삼척시내를 관통하며 흐르는 오십천변에 죽서루가 서 있는데 정면 5칸, 측면 2칸의 제법 규모가 큰 누각이다. 관동팔경 중 일곱 곳이 해안에서 바다를 마주하고 있는데 삼척 죽서루는 냇가에 있어 특이하다. 하지만 예전의 아름답던 풍경 대신 주변에는 공장과 아파트 등 현대적인 냄새가 물씬하다. 다만 '대나무숲 서쪽 누각'이라는 이름이 기원한 검은 대나무숲은 여전히 사시사철 푸르다. 누각에 오르려면 신발을 벗어야 하는데 CCTV로 항상 살펴보며, 어기면 방송으로 경고한다. 누각 옆 대나무숲에는 담양 식영정에 있는 송강 정철 가사문학 기림비가 똑같은 가사문학기림비가 서 있다.

삼척에서는 좀 떨어지긴 했지만 신기면 대이리 환선굴과 대금굴을 가볼 것을 추천한다. 석회암 지대 종유동을 대표하는 환선굴은 가히 환상적이고 인근에 있는 대금굴도 마찬가지다. 돌아오는 길에는 조선 개국을 찬양한 『용비어천가』에 등장하는 해동육룡(목조, 익조, 도조, 환조, 태조, 태종)의 조상으로 목조를 낳은 이양무 장군의 묘로 비정된 준경묘도 들러볼 만하다.

삼척시내를 벗어나면 7호선 국도와 자전거도로가 겹치게 되는데 황영조 마라톤 코스를 지나고 나면 한재공원을 향해 기나긴 고갯길을 오르기 시작한다. 국토종주 코스의 이화령만은 못하지만 꽤 긴 고갯길을 오르고 나면 시선이 확 트이면서 남으로 기나긴 해안선이 쫙 펼쳐지는데 바로 한재공원인증센터에서 바라보는 맹방해변 풍경이다. 동해안 종주 중 울진의 망양정望洋亭과 함께 가장 좋아하는 풍광인데 시야가 넓게 트이고 동해를 광각廣角으로 조망할 수 있어 고생해서 고갯길을 올라온 보람을 느끼게 해준다.

한재공원을 지나 바람같이 달려 내려오고 맹방해변을 시원스레 주행해나가면 머지않아 두 갈래길 중 왼쪽으로 언덕길이 나오는데 근덕면 궁촌리로 가는 사래재다. 사래재 내리막 끝 궁촌리는 고려의 마지막 임금인 공양왕恭讓王이 귀양을 왔던 곳이라 궁촌宮村이라는 이름이 붙었고 공양왕과 두 아들의 무덤으로 전해지는 봉분이 두 개인 공양왕릉이 있다. 사래재라는 고개 이름도 원래는 살해殺害재였던 것이 사래재로 바뀌었다고 전한다. 일설에는 파주에 있는 공양왕릉이 진짜 공양왕릉이고 이곳 공양왕릉은 아들들 무덤이라 전하기도 한다는데 이곳 주민들은 궁촌리라는 지명으로 볼 때 왕릉이 확실하다고 주장한다. 궁촌리 주차장에서부터는 남쪽 장호항까지 레일바이크가 운행되고 있는데 장호항에는 바닥이 유리로 되어 바다를 내려다볼 수 있는

케이블카를 운행해 잠시 휴식을 취하고 갈 수도 있다.

근덕면 공양왕릉을 지났으면 다음은 원덕읍 신남리 해신당공원에 꼭 들러볼 만하다. 기상 상태에 목숨을 걸어야만 했던 어촌 사람들의 민속신앙을 보존한 신남리 해신당공원에 들어서면 사방천지에 온통 크고 작은 남근男根 조형물이 가득해 괜히 낯 뜨거워지는 곳이다.

해신당공원에서 바다로 조금 뻗어나간 등성이 끝에는 자그마한 해신당海神堂이 자리를 틀고 앉아 있고 해신당 안에는 묘령의 처녀 애랑의 초상화가 모셔져 있다. 처녀 애랑과 총각 덕배의 전설이 전하는 이곳의 남근 숭배는 흔히 바닷가 어촌에 모셔놓고 하는 해신당이나 남근 조각과는 달리 유별나다. 해신당공원에 입장하려면 아래쪽 포구보다 공원 뒷산 주차장에서 들어가는 것이 나은데, 아래쪽 포구로 입장하면 다시 어렵게 자전거로 고개를 거슬러 올라야 하기 때문이다.

해신당공원 너머 내리막길 끝에는 모래톱에 소나무가 서 있는 솔섬이 있다. 솔섬은 과거 외국 사진작가의 감성적인 흑백사진으로 유명해진 바 있다. 그러나 이제 본래의 단아한 모습을 잃었는데 솔섬 뒤편으로 거대한 천연가스 저장시설을 몇 동棟이나 짓고 있어 아담하면서도 절제된 솔섬 풍경과는 전혀 어울리지 않는 배경을 연출하고 있기 때문이다. 우리가 편리하게 이용해야 하는 시설이긴 하나 하필이면 그런 곳에 그런 시설을 만들어야 하는지는 의문이 남는 것도 사실이다.

공양왕릉과 해신당공원, 신라 장군 이사부를 기리는 이사부공원 주행과 구경을 마치고 이후 작은 고갯길을 몇 번 넘으면 임원항에 도착한다. 임원항에서 숨을 돌린 뒤 마지막 200m 정도 끌바로 언덕을 오르면 울진으로 넘어가는 국도변 중간 임원항이 한눈에 바라보이는 곳에 임원인증센터가 있고 여기서 강원 구간 242km 종주가 끝난다. 임원항에서는 서울까지 운행하는 장거리 시외버스가 있어 이 버스로 귀경하면 된다.

하지만 제대로 된 동해안 종주를 위해서는 가야 할 거리가 아직도 멀기만 하다. 일단 임원을 지나서 고갯길을 몇 번 넘고 나면 다시 바닷가로 나서면서 강원도의 끝 마을인 고포마을로 들어선다. 말린 미역이 특산품인 고포마을을 지나면 가파른 언덕길이 두어 번 나타나고 언덕을 내려가면 울진 초입 한울원자력발전소가 있는 부구삼거리가 나오면서 동해안자전거길 경북 구간으로 들어서게 된다.

위 – 삼척 죽서루
아래 – 동해 추암촛대바위

위 – 한재공원 맹방해변 조망

아래 – 삼척 가곡천 솔섬

동해안자전거길 강원 구간

코스정보 [출발] 통일전망대 – 북천철교 – 봉포해변 – 대포항 – 낙산사 – 동호해변 – 휴휴암 – 주문진항 – 경포해변 – 정동진 – 헌화로 – 망상해변 – 추암촛대바위 – 삼척항 – 맹방해변 – 임원 – [도착] 고포마을

전체거리 242km

예상시간 16시간 10분

난이도 ★★★★★

동해안자전거길 강원 구간은 통일전망대에서 삼척의 고포마을까지 이어진 해안도로다. 경포해변, 맹방해변길을 지나며 관동팔경인 낙산사, 휴휴암, 추암촛대바위 등 절경을 즐길 수 있다. 통일전망대인증센터의 경우 통일전망대 출입신고소에 설치된 인증센터를 이용하면 된다.

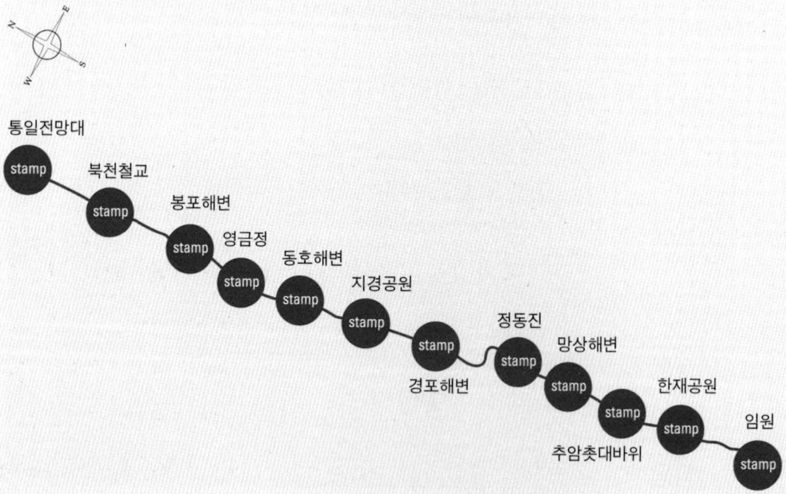

오름 그리고 다시 내림

울진 망양정

동해안자전거길 경북 구간은 국토완주 그랜드슬램 12개 코스 중 마지막으로 완공된 길이다. 고성 통일전망대에서 삼척 임원인증센터까지의 242km 강원 구간과 비교하면 울진에서 영덕에 이르는 76km 경북 구간은 짧게 느껴지므로 수월한 코스로 생각하기가 쉽다. 그러나 이 구간은 자전거도로가 대부분 국도를 따라가는 곳이 많고 1968년 울진·삼척 무장공비 침투사건에서 보듯 지세가 험해 자전거도로의 오르내림도 상당히 심한 편이다. 풍광이 수려하고 바다를 바라보며 주행하는 영덕 블루로드조차도 고갯길 오르내림을 반복하다 보면 우선은 '어렵다'는 생각이 앞서게 된다.

경북 구간의 출발점은 울진 은어다리인데 남대천이 바다로 흘러 들어가는 끝부분에 사람과 자전거가 다닐 수 있는 다리가 있고 그 위에 두 마리 은어가 마주보고 있는 조형물을 만들어놓았다. 은어銀魚라는 이름에 걸맞게 흰색으로 반짝이는 은어 조형물은 밤이 되면 조명을 밝히는데 울진에서 1박을 한다면 즐겨볼 만한 야경夜景이다.

은어다리인증센터에서 인증을 마치면 해변을 커다랗게 돌아나가는데 죽변항 등대유적지를 거쳐 10여 km를 주행하면 첫 번째 근남면의 망양휴게소인증센터에 도착한다. 이곳 근남면 망양정은 10여 km 남쪽에 있던 관동팔경의 하나인 망양정을 옮겨놓은 곳인데 정자에 오르면 글자 그대로 탁 트인 동해가 한눈에 들어온다. 망양정 언덕에는 산 안쪽으로 울진대종蔚珍大鐘을 만들어놓았는데 함께 둘러볼 만하다.

망양정 방향으로 들어서기 전 다리 오른쪽으로 10여 km를 올라가면 석회동굴인 성류굴聖留窟이 있는데, 삼척 환선굴만큼은 아니지만 오밀조밀한 종유동의 진면목을 감상할 수 있다.

망양정 주변을 둘러보고 또다시 10여 km를 주행하면 옛날 망양정이 있던 기성면 망양리의 망양정 옛터를 지나는데 계단을 올라가보면 망양정유허비가 나오고 옛날 이 지역 출신 박선장 선생이 쓴 망양정 시비詩碑와 함께 옛터에 망양정을 다시 세워놓은 것을 볼 수 있다.

망양정 옛터를 둘러본 뒤 다음 목적지는 관동팔경의 마지막 정자인 평해 월송정이다. 큰길가 월송정인증센터에서 월송정까지 거의 1km에 달하는 소나무 숲길을 지나는데 입구 왼쪽에는 제법 규모가 큰 서원이 자리하고 있다. 서원 담장을 한참 따라가다가 주차장에서 오른쪽 길로 들어서면 잔솔밭을 지나고 계단 위에 제법 규모가 큰 정자를 만나는데 이것이 바로 월송정이다.

월송越松이라는 이름에서 나타나듯 월越나라에서 가져온 소나무松 목재로 지은 정자라서 월송정이라는 설이 있기도 하고 정자를 지은 뒤 주변에 소나무로 숲을 조성할 때 월나라에서 받아온 솔씨로 솔숲을 조성해 이름이 붙었다는 설도 있다고 한다.

이름의 연원이야 어쨌든 여기서 등장하는 월越나라에 대해 조금은 알고 갈 필요가 있다. 중국 월나라는 대대로 오(吳, 삼국지의 東吳가 아닌 고대 국가)나라와 척을 지고 살던 나라였다. 그런 연유로 서로 사이가 나쁜 사람이 같은 곤란을 당했을 때 이를 극복하기 위해 마지못해 힘을 합치는 경우를 일컫는 말로 오월동주吳越同舟라는 고사성어가 탄생하게 됐다.

또 오나라 왕 합려闔閭와 부차夫差 부자父子와 월나라의 윤상允常과 구천句踐 부자의 쟁패爭霸 과정에서는 가시덤불에 누워 잠을 자고 곰의 쓸개를 핥아 맛보며 원수를 갚기 위해 옛날의 치욕을 잊지 않았다는 데서 비롯된 와신상담臥薪嘗膽이라는 고사성어도 전해진다.

또 월왕 구천의 얘기는 우리의 역사서 『삼국사기』에도 등장한다.

삼국시대 말기 통일 전쟁 때 황산벌에서 김유신 장군의 5만 신라 군사에 맞선 백제 계백 장군은 "예전 구천은 5천 명으로 오나라 70만 대군을 물리쳤다. 오늘은 각자 분투하여 승리를 이루어내어 나라의 은혜에 보답하자."며 5천 결사대의 사기를 돋우었다고 전하는 대목이다.

『관동별곡』에 등장하는 동해안의 다섯 정자들이 대개 정면 3칸 정도의 규모인데 비해 죽서루와 월송정은 정면 5칸, 측면 2~3칸 규모의 큰 정자로 모래사장 끝에 세운 것도 이채롭다. 위치로 미루어볼 때 월송정은 수려한 풍광을 즐기기 위한 다른 정자들과는 달리 주로 연회를 위한 다락집으로 지어졌을 가능성이 더 큰 누각이라 하겠다.

월송정을 지나면서 길은 다시 해안도로를 따라가는데 제법 규모가 큰 고래불해수욕장을 지나면서 시작되는 블루로드에서부터 롤러코스터를 타듯 오르막과 내리막을 반복한다. '대게의 고장 영덕'이라는 말이 실감날 정도로 울진(본래 울진대게가 유명했다 한다)부터 이어지는 대게 구조물과 장식이 고래불해수욕장을 비롯해 울진과 영덕 모든 곳에 자리잡고 있다. 자전거도로의 구조물부터 차로의 중앙분리대 등 모든 것이 대게로 귀결된다. 이렇게 파란 바다와 어울리며 이어지던 블루로드는 잠시 가파른 언덕길로 이어지고 마지막 언덕을 오르면 영덕의 해맞이광장에 이르러 동해안자전거길 경북 구간이 끝을 맺게 된다.

구슬땀을 씻으며 잠시 숨을 돌리고 내리막길을 힘차게 내려오면 드라마로 유명해진 강구항의 해파랑공원에서 거대한 대게 구조물과 인류의 평화를 염원하는 구조물들이 라이더를 반긴다. 영덕이나 강구, 울진은 얼마 전까지만 해도 교통이 불편했지만 2017년 당진-영덕 고속도로가 새로 개설돼 전국 어디로든 접근성이 좋아졌고 관광도 편리해졌다.

위 – 울진 은어다리
아래 – 영덕 강구항 해파랑공원

동해안자전거길 경북 구간

코스정보	[출발] 울진 은어다리 – 울진 친환경농업엑스포공원 – 망양정해변 – 덕신해변 – 망양휴게소 – 기성망양해변 – 구산해변 – 월송정 – 후포항 – 백석해변 – 고래불해변 – 덕천해변 – 축산항 – [도착] 영덕 해맞이공원
전체거리	76km
예상시간	5시간 15분
난이도	★★★☆☆

대부분 교통량이 적은 국도를 따라 조성된 길로 오르내림이 비교적 심한 구간이다. 하지만 '명사 20리'로 불리는 고래불해변과 월송정 등 해안도로를 따라 아름다운 동해안의 절경을 감상할 수 있다. 가로등이 없는 해안도로 구간이 있어 야간 주행 시 시야 확보가 어려워 안전사고에 유의해야 한다.

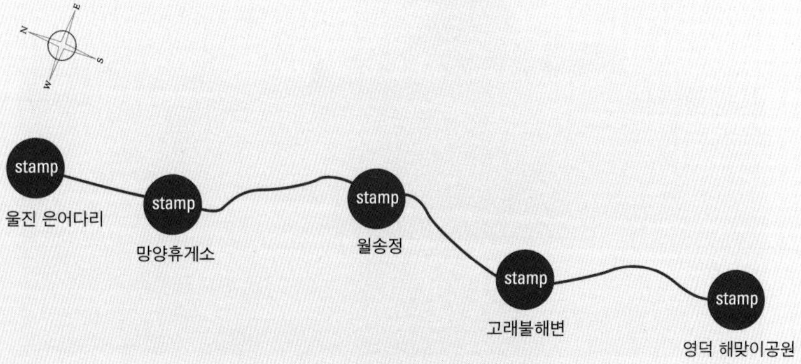

기나긴 동해안 종주의 마지막

송정해수욕장

우리나라에 12개 구간으로 건설한 자전거도로 인증센터의 모든 인증을 마치고 국토교통부와 행정안전부가 주관하는 국토완주 그랜드슬램을 달성했으면 원래 건설 예정이었다가 '대도시 주행 중 안전성 확보가 어렵다'는 핑계로 계획을 취소한 영덕 강구항에서 부산 오륙도 공원까지 동해안의 나머지 자전거길 245km(추정 거리)를 가보는 것도 좋을 것이다.

이 구간도 기존에 계획에 있던 지역이라서 '자전거 국토종주 동해안자전거길'이라는 표지판과 회전 지역임을 알리는 안전표지판이 가끔 가다 눈에 뜨이긴 한다. 그러나 국도를 따라 바닥에 띄엄띄엄 표시돼 있는 자전거도로 표시과 주행 방향 이중꺾쇠 표시, 파란색 실선처럼 도로에 표시된 표지를 따라가야 하다 보니 위험해 보이는 구간이 많은 것이 사실이다. 그러나 요즘 대부분의 국도는 차량을 만나기가 그리 쉽지는 않은데, 곳곳에 개설된 고속도로와 국도의 확장으로 많은 차량들이 더 편리하고 빠른 길을 이용하기 때문일 것이다. 이 구간 역시 수많은 역사와 수려한 풍경을 간직하고 있어 후회는 없을 것으로 판단된다.

먼저 영덕대게와 드라마로 유명해진 강구항에는 대게와 세계평화를 주제로 테마공원을 조성했는데 거대한 대게 조형물이 눈을 사로잡는다. 비싼 가격 탓에 먹어보기는 힘들지만 눈으로나마 박달대게의 달달한 느낌을 간직해본다.

강구항 다음으로는 아담한 크기의 축산항이 나오는데 이곳은 특히 야경이 아름다운 항구로 유명하다. 나는 이곳을 지날 때 머릿속에 떠오르는 생각이 있다. '축산항에서 생산되는 생선은 축산물일까 수산물일까?' 다소 유치찬란한 생각이긴 하지만 이곳을 지날 때면 꼭 그 생각이 떠오르곤 한다.

축산항을 지나 승차한 채로 도저히 넘기 힘든 고개가 두 곳 있는데 정말 경사가 장난이 아니다. 영덕 구간은 이렇게 오르막과 내리막을 반복하는 코스가 많아 힘이 많이 든다.

영덕을 지나면 다음은 철강과 물회, 과메기의 도시 포항이다. 포항시내를 들어서면 자칫 자전거도로를 놓치기가 쉬운데 자전거길 표시가 없는 곳이라면 무조건 포스코(포항제철) 정문 방향 표지판을 따라 주행하면 된다. 자전거길이 포스코 정문을 지나기 때문인데 그럴 때면 잠시 죽도시장에 들러보는 것도 좋다.

포스코 앞을 지나서 영일만을 돌아나가면 호미곶을 향해 가는 길에 연오랑세오녀 설화를 나타낸 연오랑세오녀공원이 있다. 옛날 이곳에 살던 연오랑과 세오녀 부부가 바위를 타고 일본으로 건너가 일본왕이 되었다는 설화는 고대 일본과의 교류를 상징한다 하겠는데 신라 박제상 설화와도 관계가 깊다고 한다.

여기서부터 다시 고갯길이 반복되는데 경사가 상당히 가팔라 끌바를 해야 하는 경우도 있다. 이 지역은 우리나라 지도를 호랑이로 생각할 때 꼬리 부분에 해당해 호미곶虎尾串이라 부르는 곳으로 예전에는 이곳 장기면의 지명을 따 장기곶으로 부르던 곳이다. 그래서 한반도 육지 최동단은 포항 장기곶, 최서단은 황해도 장산곶으로 외울 때가 있었다. 고갯길을 몇 번 오르내리다 보면 한순간에 시야가 훤해지는데 바로 호미곶 해맞이광장이다. 바다 속 오른손과 육지의 왼손 조각상이 서로 마주보며 화합을 기원하는 의미를 담고 있다.

호미곶을 돌아 해맞이광장 오른손 손가락에 앉은 갈매기와 해돋이를 구경했으면 다음 들를 곳은 구룡포인데, 늦가을부터 과메기를 말리는 덕장으로 가득차는 곳이다. 꽁치를 싸리나무 같은 가느다란 나뭇가지에 줄줄이 꿰어 차가운 바닷바람에 반쯤 건조한 과메기는 술꾼의 술안주가 아니라도 겨울철에 단백질을 보충하기에 더할 나위 없는 식품이다.

과메기는 본래 포항 앞바다에서 많이 잡혀 처리하기 곤란하던 청어를 어민들이 대충 지붕 위에 던져 말려 먹던 것인데, 요즘은 청어가 줄어들면서 꽁치로 대치됐고 더 명성을 얻게 됐다. 과메기의 의미는 쉽게 꿸貫 수 있는 생선의 눈目을 꿰어 말렸다 해서 관목어貫目魚였으나 우리말 변천 과정에서 '관목어→관멕이→관메기→과메기'로 변했다는 얘기가 전한다.

구룡포를 지나 내려오다 보면 경주시 권역을 잠시 지나는데 여기서 눈여겨볼 곳은 감포 앞바다 한가운데에 있는 문무대왕의 무덤 즉 해중릉海中陵이다. 태종 무열왕의 아들 법민태자가 아버지 무열왕의 서기 660년 백제 정벌에 이어 668년 삼국통일을 달성하고 당나라의 침략 야욕도 물리친 뒤 '나는 동해의 용왕이 되어 왜구로부터 신라를 지키겠다'며 무덤을 바다에 써달라고 했다고 전한다.

대왕암이라고도 불리는 해중릉으로 흐르는 내川 옆에는 문무왕의 아들 신문왕이 아버지인 동해의 용龍이 내를 타고 들어와 쉴 수 있도록 창건했다는 감은사感恩寺가 있는데, 절간은 폐허가 됐고 남아 있는 한 쌍의 감은사지삼층석탑만이 옛 역사를 전하고 있다.

대왕암과 감은사지를 지나며 자전거길은 다시 육지로 들어와 큰 고개를 하나 넘어 울산으로 향하는데 내리막길 끝에 한반도에서 가장 먼저 해가 뜨는 곳으로 알려진 간절곶이 있다. 명불허전名不虛傳이라는 말도 있지만 이곳 간절곶은 이름과 달리 해돋이를 보러 가는 것 말고 특별한 점은 없는 것 같다. 주변에 숙박시설도 부족하고 볼 것도 없어 간절곶보다는 3~4km 북쪽에 있는 진하해수욕장에 여장을 푸는 것이 좋은데 진하해수욕장은 먹을 것도 많다.

간절곶을 지나면 울산으로 들어서는데 울산 초입의 강동화암주상절리를 꼭 들러봐야 한다. 화산 지형에서 볼 수 있는 주상절리柱狀節理가 수직이 아닌 부채꼴 모양으로 펼쳐져 있는 강동화암주상절리도 아주 특별한 볼거리임에 틀림이 없다.

울산은 대도시가 그렇듯이 길을 잃기가 아주 쉬운데 유명한 십리대숲을 둘러봤으면 방어진을 찾아 고래고기를 맛보는 것도 좋다. 국제적으로 고래잡이가 금지되었고 고래가 잡히면 '바다의 로또'라며 보도되기도 하니 고래고기가 귀할 만도 한데, 여기 방어진에 고래고기가 넘쳐나는 것이 이율배반적이기만 하다.

고리와 월성의 원자력발전소를 지나고 잠시 내륙으로 들어와 기장군을 통과하면 풍광 하나하나가 일품인 송정해수욕장과 청사포해변이 나온다. 그다음으로 달맞이고개를 넘고 해운대와 광안리, 이기대해변을 지나면 멀리 오륙도가 보이는 오륙도공원에서 기나긴 동해안 종주의 끝을 맺게 된다.

위 – 호미곶 상생의 손
아래 – 부산 해운대해수욕장

그야말로
환상의 자전거길

해변길에서 바라본 비양도

제주도 말言로 '육지陸地'의 11개 국토종주 자전거길을 완주하면 마지막으로 남은 곳은 제주도환상자전거길뿐이다. 제주도를 한 바퀴 돈다고 하여 환상環狀이기도 하지만, 곳곳에 숨겨놓은 환상적인 풍경을 펼쳐보여 환상幻像이기도 하며, 옛 추억을 불러일으키는 환상喚想의 자전거길이기도 하다. 일부 구간을 제외하고는 해안선을 따라가는 제주의 자전거길은 '환상' 그 자체이다.

제주를 일주할 자전거는 평소 즐기던 자전거를 이용할 수도 있고 현지에서 빌려도 된다. 우선 제주에 자전거를 가져가려면 공항에서 분해해 포장한 뒤 화물로 부쳐야 하는데 1회 28,000원 정도의 비용이 들고 목포 등지에서 배를 이용할 경우는 3,000원 정도가 든다.

간편하게 맨몸으로 이동해 현지에서 자전거 대여 서비스를 이용할 수 있는데 비용을 조금 들이면서 가성비가 좋아 추천할만하다. 나의 경우 제주공항 앞 500m 정도에 있는 바이크트립이라는 대여점을 이용하는데 요금은 1일 25,000원 정도로 적당한 수준으로 생각된다. 그러나 3일 이상 자전거를 탈 생각이면 자기 자전거를 이용하는 것이 더 경제적인데 바이크트립에서는 일주일에 한 번 서울 천호동점과 왕복으로 자전거 배송 서비스를 해주기도 한다.

제주도환상자전거길은 대개 공항 부근에서 출발하며 바람의 방향에 따라 동쪽이나 서쪽으로 주행하게 되는데 대개는 서쪽 한림 방향으로 도는 사람들이 많고 나도 항상 그래왔다. 제주공항을 나와서 담장을 따라 왼쪽으로 진입한 뒤 300~400m만 가면 해안도로를 따라 자전거길이 나 있는데 1km 정도 뒤편 용두암인증센터에서 인증을 마치고 출발할 수도 있다.

제주공항의 서쪽 끝 도두봉을 돌아나가 해안길에 들어서면 온통 현무암 투성이가 펼쳐지는데, 짙은 검은색을 띤 해변과 짙푸른 제주의 바다 색깔이 함께 하는 환상종주의 낭만이 시작된다. 도두봉을 돌아 마주하는 첫 번째 유적으로 현무암을 다듬어 정사각형 형태로 쌓아올린 연대煙臺가 있는데 망루望樓 역할과 함께 이름으로 보아 봉화대로도 사용했음을 알 수 있다.

서쪽으로 출발한 자전거 여행의 첫 기착지는 애월 이호테우해변이다. 제주도 어민들이 예전에 사용하던 뗏목으로 엮은 배를 일컫는 테우 체험이 가능한 곳이다. 멀리 방파제에는 빨간색과 흰색으로 두 마리 동물 형상 구조물을 설치해놓았는데 '이호二虎'라는 지명으로 추측해볼 때 아마도 호랑이가 아닐까 생각해보기는 하지만 마치 트로이 목마 형상으로 보이는 것은 나만의 느낌일까?

이호테우해변 모래사장으로 들어서 자전거를 끌며 통과하면 잠시 후 구엄리가 나오는데 여기 구엄리 돌염전은 예전에 제주 사람들이 바다에서 소금을 얻던 곳이다. 제주도는 모래나 진흙이 거의 없어서 육지와 같은 대규모 염전을 만들 수는 없었고, 바닷가 평평하고 매끈한 돌 위에 낮은 테두리를 두르고 그 안에 바닷물을 가두어 증발시키는 방식으로 소금을 얻었다. 구엄리 돌염전은 염전이라고 하기에는 규모가 무척이나 작은데 그만큼 제주에서는 소금 생산이 어려웠고 또 귀한 생필품이었음을 잘 알려주는 유적이다.

구엄리 돌염전에서 애월항을 지나면 작고 아담한 해수욕장이 나오는데 바로 곽지해수욕장이다. 제주 풍경의 특징인 야자수가 몇 그루 해변에 서 있고 모래사장 끝에는 얕은 바닷물이 들어차 어린이들이 놀기 좋은데, 에메랄드빛 바다 색깔이 환상적이다.

곽지해수욕장을 지나면 길이 해변을 벗어나 도로와 만나는 지점에 곽지국시 식당이 있다. 작은 식당으로 그냥 지나치기 쉬운데 창에 붙여놓은 수많은 포스트잇이 눈길을 끌어 왠지 들러서 국수 맛을 보고 가야만 할 것 같은 느낌이 든다. 국숫집이니만큼 국수가 주 메뉴인데 특히 고기국수가 먹을만하다. 잘 낸 멸치국물에 국수를 말아내는데 서너 점 얹은 돼지고기는 비계와 살코기가 반반이다. 홀아비인지 총각인지 모를 40대로 보이는 주인이 퉁명스럽게 자기 할 말만 하며 서빙을 하는데 처음 맛보면 약간 비릿한 듯도 하지만 지날 때마다 먹고 가야 하는 이상한 매력이 있다.

곽지에서 국수를 맛봤으면 이제는 본격적인 제주 서부해안의 아름다운 풍경을 즐겨야 한다. 곽지 다음으로 나오는 한림에서는 한림공원을 들러볼 만한데 한림공원은 제주의 야자수림(워싱토니아)과 정성 들여 가꾼 분재盆栽 작품을 감상할 수 있다. 공원 끝에는 용암동굴인 쌍룡굴雙龍窟과 용암동굴이면서 석회암 종유석이 자라는 협재굴挾才窟도 돌아볼 수 있다.

한림을 지나면서 바다 한복판에 홀로 떠있는 비양도를 오른쪽으로 끼고 좌우로 돌면서 주행하다 보면 손바닥 선인장이라고도 하는 백년초로 유명한 월령리를 지난다. 멀리 바다 위 바람개비들이 줄을 서 있는 풍력단지와 해녀작업장을 지나 고산으로 들어서기 전 멀리서 보면 마치 고래 모양으로 보이는 차귀도와 기상관측소가 있는 수월봉을 향해 나아가는 이 길은 내가 제주도 자전거길(올레길) 중에서도 성산 종달리길과 함께 최고의 풍경으로 꼽는 길이기도 하다.

잠시 고산을 돌아 차귀도 앞 포구로 들어서면 여기서부터는 자전거길로 가지 말고 오른쪽 바닷가 절벽 아래로 난 사잇길로 들어서는 것이 좋다. 그리 멀지 않은 수월봉까지 이 길은 제주도에 화산 활동이 활발할 때 이 지역에서 있었던 화산 활동을 잘 보여주는 지질을 잘 감상할 수 있기 때문이다. 화산이 분화할 때 공중으로 솟아오른 화산재가 쏟아져 쌓이며 흐르는 현상을 화산쇄설류火山碎屑流라고 하는데, 이 길은 제주에서 화산쇄설류의 퇴적 현상을 가장 잘 보여주는 곳이다. 화산쇄설류가 켜켜이 쌓인 지층에 날아온 화산탄火山彈이 박혀 있는 모습에서는 화산탄이 날아온 방향까지 알 수 있도록 그 자취가 선명하게 남아 있다. 360개가 넘는다는 제주의 오름이 대개 기생화산(한라산이 분화한 중간중간 작은 분화를 일으킨 화산) 형태인데 반해 수월봉은 전체가 화산쇄설류 화산재가 쌓여 만들어진 봉우리로 특이한 지질학적 특성을 지녀 학술 연구를 위해 보호되고 있는 지역이다.

제주공항을 출발해 놀고 쉬면서 수월봉쯤 도착하면 저녁 무렵이 되는데 여기는 숙소가 없다. 더 주행해 모슬포로 갈 것인지 근처 한경면에서 숙소를 정할지 결정해야 고생을 안 한다. 나는 다행히 제작사를 운영하다 제주로 귀촌한 방송계 후배가 있어 그곳에 숙소를 정했다. 한경면 낙천리의 식당과 게스트하우스를 겸한 '연두'가 그곳인데 연두는 개犬 이름이기도 하다.

'연두'에서 하루를 잘 쉬고 여정을 이어가려면 두 길이 있는데 하나는 수월봉으로 다시 나가 해안 자전거도로를 따라 대정읍 모슬포로 내려가고 다른 한 길은 알뜨르비행장을 거쳐 송악산松岳山으로 향한다. 해안 자전거도로는 지금까지와 거의 같은 풍경이 반복되니 알뜨르비행장을 통과하는 길로 방향을 잡아보는 것도 좋다. 제주도 서남쪽 중국 방향에 상하이와 난징 등 중국 폭격을 목적으로 일제가 건설한 알뜨르비행장은 제주도에서는 보기 드물게 넓은 벌판으로 주로 마늘과 무, 감자를 재배한다. 넓은 벌판에 비행기를 넣어 둘 격납고를 만들었는데 세어보지는 못했지만 그 수가 꽤나 많다. 그리고 활주로도 만들었음직한데 활주로는 모두 파헤쳐 농지로 활용하는 것으로 보인다. 알뜨르비행장 끝 바닷가에는 모슬포를 돌아온 자전거길과 다시 만나는 지점에 세계평화공원이 있는데 '소녀와 새' 조형물을 비롯한 평화를 염원하는 조형물들이 몇 개 눈에 들어온다.

세계평화공원을 지나 오른쪽으로 송악산을 끼고 살짝 언덕길을 오르면 고개 정상에서 시야가 탁 트이며 산방산과 사계리해안과 멀리 용머리해안, 바다 한가운데 형제섬이 모두 한눈에 들어온다.

송악산도 한 번쯤은 돌아볼 만한데 여기서도 일제강점기의 잔재를 발견할 수 있다. 대포를 보관하려고 곳곳에 파놓은 굴과 절벽을 뚫어 만든 엄폐용 동굴이 그것이다.

송악산 인증을 마치면 사계리해안길인데 여기는 자전거를 끌면서 걸어보는 것도 좋다. 현무암이 부서진 검은 모래가 뒤덮고 있는 사계리해안을 지나면 자전거길은 산방산 안쪽으로 돌아 화순으로 향하는데 왼쪽으로 탄산수 온천장이 있어 잠시 쉬어가도 좋지만 나는 대개 산방산 앞으로 바닷가를 돌아 용머리해안을 거쳐 화순으로 나가는 길을 즐긴다.

용머리해안을 둘러보며 해녀들이 따온 해산물과 소주 한 잔을 곁들이는 것도 좋다. 또 이곳에는 하멜을 비롯한 네덜란드 선원들이 가파도에 표류하다 도착한 것을 기념하는 상선 모양의 하멜기념관과 산방산으로 오르는 언덕에 하멜기념비도 만나볼 수 있다.

제주도 화산의 대부분은 경사가 완만한 순상화산楯狀火山인데 비해 경사가 매우 급한(어떤 곳은 90도가 넘는 곳도 있다) 종상화산鐘狀火山인 산방산은 그 모양만큼이나 특이한 전설이 전하는데 제주도가 처음 생겨날 때 제주도의 모든 산과 돌과 들판을 만들었다는 한라산에 살던 설문대할망이 한라산 백록담에 꽂혀있던 봉우리를 빼어 던진 것이 산방산이라고 전한다.

제주를 여유롭게 즐기려면 한경면 정도에서 1박을 할 수도 있지만 대개 자전거로 제주에서 하루 동안 주행하면 모슬포나 화순에서 묵게 되고 아주 빡빡한 일정으로 진행하자면 중문이나 서귀포 정도에서 1박을 할 수 있다.

그중 화순을 지날 때는 안덕계곡으로 내려가 둘러보고 가도록 하자. 제주의 다른 하천들처럼 용암이 흘러 바다로 들어가는 과정에서 생겨난 안덕계곡은 풍광도 풍광이지만 아열대식물의 보고로, 주행으로 찌든 땀을 식히기에도 안성맞춤인 계곡이다. 안덕계곡을 구경하고 화순부터 중문단지까지 구간은 별다른 구경거리가 많지 않은데 이때는 자전거길을 벗어나 지도를 벗 삼아 해안선을 따라 난 길을 찾아가며 주행해보는 것도 좋다. 서귀포 법환바당인증센터까지는 인증할 필요도 없어 자전거길에서 벗어나도 문제가 없다.

리조트와 호텔이 즐비한 중문관광단지에서는 여미지식물원과 천제연폭포가 볼만한데 나는 이전에 몇 번 가본 적이 있어 그냥 지나쳐 가는 경우가 대부분이다. 중문단지를 벗어나는 지점에서는 오른쪽 길로 들어서 대포리주상절리대를 보고 가야 한다. 흘러내리던 용암이 급격하게 식으면서 육각형 기둥 모양으로 쪼개지며 발달하는 주상절리柱狀節理를 관찰하기 좋은 곳으로, 오목한 지형 안으로 몰아치는 거대한 파도가 부서지는 장관壯觀도 볼 수 있다. 2016년 두 번째 제주도환상자전거길 종주 때는 입장료 3,000원을 내고 대포리주상절리대 구경을 하러 들어갔다가 접힌 10,000원짜리 지폐를 주워 7,000원이나 이

득을 보는 행운도 있었다.

대포리주상절리대 관광을 마치고 잠시 주행하다 보면 왼쪽으로 대웅전 건물이 유난히 돋보이는 커다란 사찰을 볼 수 있는데 바로 서귀포 약천사藥泉寺다. 사찰 경내로 들어가보면 거대한 건물 규모에 압도되는 느낌을 받는다. 주차장도 매우 넓고 때때로 대형 관광버스가 들어오는 것으로 보아 규모만큼이나 유명한 사찰인 것은 분명한 것 같고 아마도 우리나라에서 가장 남쪽에 있는 사찰이 아닌가 싶다.

약천사를 지나 고개를 하나 넘으면 내리막길에 내를 건너 강정마을 표지석이 보이는데 해군기지 건설 문제로 논란이 일었던 바로 그 서귀포 강정마을이다. 해군기지가 완공되어 해군이 주둔하고 있으며 1만 톤이 넘는 해군 함정이 정박하고 있는 지금도 시위를 직업으로 하는 사람들이 주도하는 강정마을의 투쟁(?)은 계속되고 있다. 시위단체에서 설치한 각종 플래카드와 깃발이 휘날리고 구호가 난무했던 거리는 이제 많이 정리됐지만 직업시위꾼들은 여전히 노란 깃발을 꽂아 놓고 집회를 이어가며 해군 장병들의 출입을 방해하는 등의 방법으로 밥줄을 유지하기 위해 안간힘을 쓰고 있다.

2017년 종주 때 우리나라에서 가장 큰 전투함인 세종대왕함이 정박하고 있다는 뉴스를 보고 혹시라도 구경해볼 수 있을까 하는 생각으로 정문 위병에게 문의했지만 '군사 시설이라서 민간인은 출입할 수 없다'라는 짧은 대답만을 들을 수 있을 뿐이었다.

강정마을 언덕을 넘어 다시 해변으로 나서는 길목에는 홀로 핀 인동초 향이 진한데 잠시 후 최영장군승전비와 법환바당인증센터를 지나면 서귀포시내로 진입하게 된다.

위 – 한경면 바닷길 풍력발전단지
아래 – 송악산에서 바라본 사계리 해안과 산방산

위 - 가파도행 여객선(모슬포)
아래 - 화순 안덕계곡

바다와 바람의 제주

섭지코지

만약 1박 2일 제주도환상자전거길 종주를 목표로 한다면 대개 서귀포 정도에서 숙박을 하게 되는데, 숙박시설은 서귀포 포구를 지나 천지연天池淵폭포를 지나면 언덕길에 많이 있다.

서귀포나 중문에서 숙박을 하게 되면 근斤고기를 먹어볼 일이다. 근고기는 대개 돼지고기 한 근(인원에 따라 양은 달라진다) 분량의 덩어리를 종업원이 통째로 굽다가 먹기 좋게 잘라서 구워주는데, 석쇠에 함께 올려 끓이는 멜젓(멸치젓)을 살짝 찍어 먹으면 맛이 그만이다. 멜젓이 입에 맞지 않으면 굵은 소금을 살짝 찍어도 좋다.

서귀포에서는 제주 남부의 볼거리들이 다양하게 등장하는데 외돌개, 서복공원과 정방폭포, 범섬, 문섬, 섭섬, 쇠소깍 등이다. 외돌개는 오목하게 들어간 바다 한가운데 우뚝 솟아난 돌기둥으로, 높이가 20여 m나 된다. '쓸쓸하게 홀로 서 있는 돌'이라는 의미인 외돌개의 상단부에는 몇 그루 소나무가 자라고 있는데 주변의 맑고 투명한 바다 색깔이 인상적인 곳이다.

정방폭포로 떨어지는 물이 흘러내리는 내川를 건너면 서복기념관이 있는데 중국 진시황의 신하 서복(徐福, 또는 서불)이 불로초를 구하러 이곳 정방폭포를 다녀갔다는 내용의 '서불과차'라는 상형문자가 정방폭포 상단부에 새겨져 있다 하여 이곳에 기념관을 세웠다고 한다.

서복기념관을 지나 오른쪽으로 길을 따라 내려가면 높이 23m, 폭이 8m로 제주도 폭포 중 가장 크고 바다로 직접 떨어지는 정방폭포가 눈앞에 나타난다. 중문단지를 지나며 앞바다에는 범섬, 문섬과 새끼섬, 섭섬 순서로 섬들이 뒤를 잇고 섭섬을 돌아나가면 물이 맑아 투명한 카약을 타고 강바닥을 살피며 즐길 수 있는 쇠소깍이 있다.

쇠소깍 뱃놀이를 즐겼으면 인증센터 맞은편 마트에서 물과 간식을 마련해 가는 것이 좋다. 감귤로 유명한 위미를 지나 표선해변까지 마트나 편의점을 구경할 수 없기 때문이다. 노란 감귤상자를 가득 실은 트럭이 기다랗게 줄을 이루고 있는 모습은 늦가을이나 초겨울에 위미를 지나면서 볼 수 있는 독특한 풍경이다.

또 야자수가 빽빽하게 군락을 이룬 지역과 자전거 주행 중 내내 오른쪽으로 이어지는 왜구의 침입에 대비해 해안선에 쌓은 돌담 형태의 해안장성海岸長城도 한 번쯤 눈여겨볼 만하다.

표선의 해비치해변과 표선해수욕장을 지나면 다음 목적지는 성산일출봉으로 향하는데 먼저 섭지코지를 한 바퀴 돌아본 뒤 연결된 도로를 타고 성산포구로 들어가는 것도 좋다. 드라마 촬영 장소로 인기를 얻은 섭지코지는 1시간 정도면 충분히 돌아볼 수 있는데 리조트와 콘도 같은 숙박시설이 많아 섭지코지에서 1박을 하며 산책을 즐기기에도 안성맞춤이다.

성산이나 섭지코지에서 1박을 한 경우라면 가급적 성산일출봉을 올라본 뒤 성산포구에서 배를 타고 우도牛島를 일주하는 코스를 권한다. 한라산 백록담이나 산굼부리처럼 폭발성 화구화산火口火山인 성산일출봉은 계단이 제법 가파르지만 자전거를 탈 정도의 체력이면 걸어서 오르는 데 아무런 문제가 없다.

또한 소가 누워 있는 형상이라 해서 이름 붙은 우도牛島는 포근한 느낌만으로도 좋다. 성산일출봉과 우도 일주 후에는 아름다운 종달리길로 이어지는데 내가 가장 좋아하는 길이다. 성산포구를 나와 오조리 다리를 건너 오른쪽으로 들어서면 얼마 안 가 종달리길이 시작된다. 서귀포에서 중문을 거치는 제주올레길 7코스를 제주 최고의 길로 친다지만 나는 제주올레길 1코스 구간인 송난포구에서 신전동까지 종달리길을 최고로 꼽는 데 주저하지 않는다.

오른쪽 바다에는 우도가 편안하게 누워 있고 유려한 곡선의 호弧를 그리며 돌아가는 해안선을 따라가는 도로는 이 지역 출신 호국영웅인 강승우 중위의 이름을 붙여 부르는데, 이곳 종달리 해안도로는 지날 때마다 내 감성을 자극하고는 한다. 특히 소설 『어린 왕자』에 등장하는 중절모 모습을 하고 있는 '코끼리를 삼킨 보아뱀'처럼 생긴 지미오름을 앞에 마주하고 달릴 수 있다. 그 유려한 해변의 곡선과 잘 어울리는 중절모 모습 오름이 눈에 밟혀 매번 지날 때마다 '저 오름의 이름이 뭘까?' 궁금했는데, 제주도에 사는 밴드 친구가 오름의 이름이 지미봉이라는 사실을 알려주어 기분이 안 좋을 때 내뱉는 감탄사인 '지미!'를 떠올리며 다시는 잊지 않게 됐다.

종달리 해안도로 자전거길을 주행할 때마다 기분이 좋아지는 것은 서귀포 구간의 오르내리는 언덕길을 넘고 표선에서 성산까지 변화 없이 지루하게 달려와서일 것이다. 여기 종달리를 지나면서 땅의 풍경이 확 달라지는데 바람이 많이 부는 탓인지 아니면 동물들이 많아서인지 밭과 밭 사이에 돌담이 점점 높아지기 시작한다. 이렇게 조금씩 키를 높여가던 밭 사이 돌담은 하도리와 월정리를 지나 김녕金寧에 도착하면 어른의 키를 훌쩍 넘기는 경우도 흔하다. 또 이 지역에 바람이 많이 분다는 사실은 저 멀리 바닷가에 전기를 얻기 위한 풍력발전기 십여 기가 돌고 있는 것만 보아도 쉽게 알 수 있다.

종달리를 지나고 하도리에서는 별방진을 만날 수 있는데 현무암을 반듯하게 깎아 견고하게 쌓은 성벽으로 왜구의 침입에 대비하던 방어시설이다. 또 하도리에는 해녀상과 함께 불턱 유적지가 많은데 불턱은 해녀들이 물질을 할 때 추위를 이기기 위해 돌을 둘러쳐 바람을 막고 불을 피워 몸을 덥히던 시설이다. 그만큼 제주도의 동부 지역은 다른 지역보다 더 왕성하게 해녀들이 물질을 했고 그래서 하도리에는 해녀들의 물질 영역 다툼을 하던 풍속인 '바당(바다)빳기'가 전하는 곳이기도 하다.

하도리를 지나면 제법 넓은 월정리해변이 나오는데 여기는 해수욕장이 잘 발달돼 있다. 해수욕장 한 켠에는 갈매기들이 무리지어 서식하고 있는데 이 또한 독특한 풍경을 보여준다. 하도리와 월정리에서는 비빔국수에 몇 점 회를 얹어 내는 회국수를 잘하는 집이 많다.

김녕성세기인증센터를 지나면 세계에서 가장 긴 용암동굴인 만장굴萬丈窟에서 용암동굴을 구경할 수 있다. 용천동굴과 마찬가지로 용암이 흐르다가 빠져나가고 빈 자리에 동굴이 남았는데 만장굴에는 용암동굴의 생성과정이 곳곳에 남아 있어 학술적인 연구가치도 대단하다고 한다. 특히 관광객들이 관람할 수 있는 끝부분에 형성된 용암석주鎔巖石柱와 제주도와 한라산 모양을 그대로 빼다박은 거북바위는 그 신비로운 느낌을 더한다.

또 김녕사굴金寧蛇窟, 용천동굴龍泉洞窟 같은 화산동굴군群이 자전거를 맞는다. 몇 년 전 전신주를 세우기 위해 땅을 파다가 우연히 발견한 용천동굴은 흐르던 용암이 바다로 빠져나가며 생긴 동굴로 학술적인 연구가치가 높아 개방하지 않고 자물쇠를 채워 폐쇄했다. 김녕사굴에는 동굴에 사는 거대한 뱀을 죽여 마을에 평화를 가져왔다는 서련徐憐 판관의 전설이 전하는데 서련 판관의 고향이 내 고향인 홍성군이라는 사실도 반가웠다.

그런가 하면 조금 더 내륙으로 들어가면 비자림과 사려니숲 같은 원시림이 청량한 공기와 탁 트인 시계視界를 선사하기도 한다.

위 – 종달리 해안 자전거도로(호국영웅 강승우중위길)
아래 – 외돌개

제주의 수려한 자연과 고단했던 역사

함덕 돌하르방공원

월정리와 김녕 용암동굴지대를 살펴봤다면 다음 목적지는 제주시 조천읍 4.3기념관이다. 1947년부터 1948년을 거쳐 6.25 전쟁 이후까지 7년간이나 계속된 제주 4.3 사건은 제주도민에게 많은 상처를 남긴 사건으로 지금도 조천읍과 구좌읍에 그 흔적이 집중되어 있다.

애초 김달삼을 비롯한 공산주의자들이 시작한 무장 투쟁이었으나 진압 과정에서 무고한 민간인들도 많이 희생되었다. 이 아픈 역사를 기억하기 위해 무자비한 학살이 자행됐던 조천읍 북촌마을에 너븐숭이 4.3기념관과 위령비를 세우고 그 일대를 정비해 관리하고 있다.

이와 별도로 제주시내에 정부 차원에서 4.3평화공원을 조성하고 4.3 사건에 대한 연구와 추모 사업 등을 진행하고 있는데 제주의 아픈 역사를 되새겨보며 한 번쯤 둘러볼 만한 유산임에는 틀림이 없을 것이다.

이제 제주 일주는 막바지를 향하는데 앞에 보이는 서우봉을 오른쪽으로 끼고 돌아가는 길로 들어서면 마지막 열 번째(용두암 인증을 마치지 않고 출발했다면 아홉 번째다) 인증센터인 함덕해수욕장의 서우봉해변 인증센터가 기다리고 있다. 제주시내에서 그리 멀지 않은 함덕해수욕장은 리조트와 숙박시설들이 많고 제주의 맛을 느낄 수 있는 식당도 많아 여기서 1박을 하는 것도 좋다.

함덕해수욕장을 지나면서 자전거도로는 해변을 따라가다가 마을 어귀로 들어서기도 하고 해변 마을길을 통과하기도 하는 등 변화가 많아 주의를 기울여야 길을 제대로 잡아나갈 수 있다. 제주에 가까워지면서는 날씨가 좋으면 경사가 완만한 한라산의 전체적인 모습을 조망할 수 있는 사진을 찍을 수 있는 장소로도 제격이다.

구불구불한 마을길과 해변을 지나 오현고등학교 앞으로 올라서

도로를 따라가면 사라봉으로 향하는데 제주 일주를 마치는 마지막 오름 봉우리다. 서쪽으로 제주공항 끝 도두봉에서 출발해 사라봉에서 끝나는 것이다. 약간의 언덕길을 올라 사라봉 정상을 넘어서면 제주항이 한눈에 내려다보이는데 거대한 여객선과 크루즈선 같은 배들이 정박하고 있는 경우가 많다.

조금 가팔라진 내리막길을 지그재그로 내려서면 길은 제주항 앞길로 해서 용두암으로 향한다. 용두암 직전에 깊게 패인 자그마한 계곡이 있는데 바로 용연龍淵이다. 힘차게 하늘로 오르는 모습을 하고 있는 용두암의 용龍이 여기에서 살았던 것은 아닐까 싶을 정도로 용연은 물빛이 짙어 그 깊이를 가늠할 수 없게 한다. 용두암을 관람하며 사진을 찍는 계단으로 잠시 내려가면 해녀 할머니들이 채취해온 해산물과 함께 소주도 한 잔 할 수 있는데 제주 환상일주의 피로를 씻어주는 청량제처럼 시원하다.

제주의 섬섬섬

우도해녀항일운동기념비

단순하게 제주도를 한 바퀴 도는 환상일주에서 그치면 왠지 허전한 생각이 들기도 한다. 제주도의 다른 섬들을 간과했기 때문일 수 있는데, 제주도에서 사람이 살고 있는 섬인 국토 최남단 마라도와 청보리밭으로 유명한 가파도 그리고 우도 일주로 색다른 느낌을 간직할 수 있다.

우선 가파도와 마라도는 서남쪽 대정읍 모슬포여객터미널에서 여객선을 타고 갈 수 있다. 가파도까지는 20여 분, 마라도까지는 30여 분 정도가 걸리는데 바람이 많은 제주인 만큼 풍랑이 거세지면 운항하지 않는 경우가 많아 기상 상태를 확인하고 가는 것이 좋다.

가파도와 마라도는 걸어서 둘러보아도 충분할 정도로 작은 섬이지만 여객선에 자전거를 휴대하고 탈 수가 없어 자전거를 가지고 들어갈 수는 없다. 다만 섬에서 자전거를 빌릴 수 있는데 요금은 5,000원 정도이다.

가파도는 높낮이가 거의 없는 섬으로, 마라도를 가다가 바라보면 여객선 오른쪽 수면에 겨우 모습을 드러내고 있을 정도로 낮으면서도 평평한 섬이다. 섬 남쪽 어선들이 드나들 수 있는 포구와 북쪽 여객선 선착장 부근에 집 몇 채가 촌락을 이루고 있는데, 집과 도로 이외는 섬 전체가 청보리밭으로 덮여 있다 해도 과언이 아니다. 그래서 청보리가 익어가는 5월이면 온통 청보리로 뒤덮인 섬의 풍경이 이채롭기도 하다. 관광객들이 즐길 수 있는 먹을거리나 카페 같은 편의시설은 거의 없는데, 선착장 주변에 커피와 약간의 주류와 안주거리를 파는 곳이 있다.

이에 반해 마라도는 남쪽으로 갈수록 지대가 높아지는 비스듬하고 길쭉한 형태의 섬이다. 마라도 역시 자전거는 가지고 들어갈 수 없어서 빌려서 타야 한다. 마라도는 남쪽 끝에 국토최남단비國土最南端碑와 등대, 기상관측시설 등이 있고 관광객들이 많이 찾는 관계로 유명한 마라도 자장면과 해산물을 마음껏 즐길 수 있다.

가파도에 들렀다 마라도를 운행하는 선박이 없어 가파도와 마라도는 따로 여정을 짜야 한다. 즉, 가파도를 구경하고 다시 모슬포선착장에서 마라도를 가야 하는 방식이므로 두 섬을 모두 돌아보려면 시간을 충분히 두고 배 시간에 쫓기지 않도록 계획하는 것이 좋다.

우도에 가려면 동쪽 성산일출봉 앞 성산포구에서 출발하는 왕복 페리선을 타야 한다. 우도 페리는 자전거는 물론 자가용까지 싣을 수 있는데 운행에 20분 정도 소요된다.

자전거 정도야 간편하게 실을 수 있다지만 자동차를 가지고 들어가기보다는 우도에는 다양한 관광용 전기자동차나 전동기구 등이 준비돼 있으므로 이를 이용하는 것도 괜찮다. 다만 관광객이 많아 대단히 혼잡하므로 전동기구를 운행할 때는 항상 주의해야 한다.

우도 역시 화산섬으로 섬의 남쪽에서 화산섬의 특징을 관찰할 수 있고 섬에서 가장 높은 곳에 있는 우도 등대도 들러볼 만하며 우도의 넓은 초원에서는 승마 체험도 할 수 있다. 우도는 중간중간 카페와 식당이 많이 있고 해녀들이 따온 해산물을 맛볼 수도 있다.

제주 일주와 섬 여행을 마쳤다면 여유를 가지고 산간도로를 이용한 라이딩도 괜찮아 보인다. 516도로나 1100도로를 이용해 한라산을 종단할 수도 있고, 중산간 지역의 사려니숲이나 비자림, 에코랜드, 서귀포 돈네코유원지, 산굼부리 등은 어렵지 않게 다녀올 수 있다. MTB를 이용하면 거의 해발고도 1,900m에 가까운 윗세오름까지 오르는 것도 가능하다.

제주도 환상자전거길

코스정보 [출발] 용두암 – 이호테우해변 – 애월해안도로 – 한림공원 – 신창풍차해안도로 – 수월봉 – 모슬포 – 송악산 – 중문관광단지 – 법환 – 정방폭포 – 쇠소깍 – 남원 – 표선해변 – 성산 – 김녕성세기해변 – 함덕서우봉해변 – [도착] 용두암
전체거리 234km
예상시간 15시간 30분
난이도 ★★★★☆

유네스코 문화유산으로 지정된 제주도의 아름다운 자연을 만끽할 수 있는 해안도로 구간이다. 특히 남원-김녕해변 구간은 바다와 인접해 색다른 라이딩의 묘미를 경험할 수 있다. 시계 반대 방향으로 이동하는 것이 좋으며, 제주시내 구간은 차량이 많아 안전에 유의해야 한다. 제주도관광협회 공항안내소, 제주항안내소 등에 인증수첩이 비치되어 있으며, 용두암 관광안내소에서 종주 스티커 발급이 가능하다.

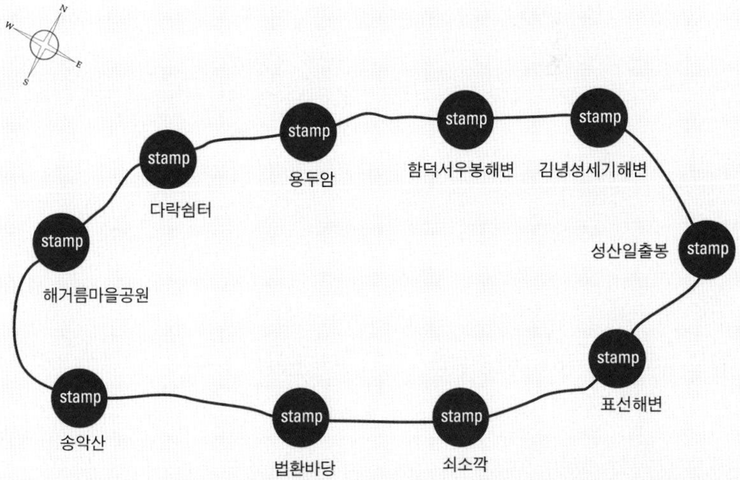

사진 및 동영상 잘 찍는 법

자전거로 국토종주나 4대강종주, 국토완주 그랜드슬램에 도전하다 보면 자연스럽게 명승지나 아름다운 경치를 촬영하게 되는데 사진(동영상) 촬영과 관련한 기본적인 화면 구성에 대해 알아본다. 대개 사진의 기본적인 구도와 TV 화면 구도는 거의 일치하기 때문에 몇 가지 유의사항만 기억하면 멋진 사진과 동영상을 찍을 수 있다.

사진 구도의 기본 원칙 중 첫 번째는 '수평(horizontal)과 수직(vertical)을 잘 맞추는 것'이다. 수평과 수직이 맞지 않는 사진은 왠지 불안정해 보이며 사진을 보는 시선도 사진을 따라 기울어지기 마련인 반면 수평과 수직이 잘 맞는 화면은 기본적으로 안정감을 주게 된다.

두 번째 원칙은 '상하와 좌우를 동일한 비율로 분할하지 않는 것'이다. 이 원칙은 중심이 되는 피사체를 정중앙에 두지 말라는 얘기인데 일출 사진이나 일식, 월식 사진처럼 단 하나의 피사체(사람의 경우 1인 사진)만을 찍을 때 적용하는 원칙이다. 상하좌우 비율이 동일한 구도는 매우 답답한 느낌을 주기 때문에 주변 지형지물이나 반영(그림자)으로 부족한 부분을 보완하는 구도로 약간 변형을 주면 좋다. 동일한 원리로 인물 사진은 증명사진(명함판, 반명함판 등)을 제외하고 정면으로 찍지 않는다.

세 번째는 '사람 위주의 사진을 찍는 것'이다. 배경이나 주변의 경치가 아름다운 경우 그 배경이나 경치 앞에서 포즈를 취하는 경우가 많은데 이때 사진의 주인공은 배경이나 경치가 아닌 사람이어야 한다는 뜻이다. 즉, 촬영하고자 하는 배경이나 경치의 범위를 먼저 정한 후 피사체가 될 인물의 위치를 정하는데 이때 주의할 것이 피사체(사람)의 크기이다. 풍경사진에서 사람의 크기는 반드시 그 사진의 1/2 이상을 차지해야 어색하지 않다. 이때 피사체가 중앙에 있지 않도록 인물의 위치를 조정한다.

함덕 서우봉해변 황혼

산방산에서 바라본 화순과 한라산

그땐 미처 보지 못했던 것들

바다를
따라
또다시
길 위로

추억을 되새기며 소래포구 가는 길

소래포구

1년에 1회씩 완주하는 국토완주 그랜드슬램 12개 코스 이외에도 뭔가 의미가 있는 자전거 여행 코스를 고민하다가, 2017년에는 우리 국토의 동, 서, 남해안을 자전거로 돌아보자는 계획을 세웠다. 동해안 종주 시 동해안은 수시로 가보니 인천 정서진에서 출발해 서해안과 남해안을 돌아 부산 태종대까지 돌아보기로 했다. 첫 출발 날짜는 2017년 3.1절과 창사기념일인 3월 3일 사이에 끼여 있는 3월 2일로 잡았는데, 3월 1일은 휴일이지만 맡고 있던 프로그램인 〈2TV생생정보〉 방송일로 부득이 출발하는 날짜를 2일 오후로 잡을 수밖에 없었다.

마침내 D-day인 3월 2일, 만반의 준비를 갖추고 자전거를 타고 출근해 전날 방송 결과를 정리해 제작진에게 통보하고 오후 3시쯤 여의도 방송국을 출발해 대여정의 첫 페달링을 시작했다.

우선은 한강자전거길과 아라뱃길을 따라 인천 정서진正西津까지 주행을 마치고 잠시 휴식을 한 다음 첫날 목적지인 인천 연수동 이학갈비를 향해 다시 출발했다. 이학갈비 윤희원 회장은 나와 절친했던 성우 故 박상훈이 암 투병 중일 때 만난 분이다. 박상훈 성우를 돕던 일은 물론 지역사회를 위해서도 많은 봉사를 하는 입지전적인 사람이다. 해안선 종주를 하는 첫 기착지를 이학갈비로 잡은 것은 그동안 만나보지 못했던 인천의 아는 얼굴들을 보고자 하는 생각도 있었는데, 역시나 기대를 저버리지 않는 저녁이었다.

그런데 정서진에서 연수동까지 가는 과정이 무척이나 험난했다. 정서진에서 남쪽으로 직진하면 인천공항고속도로 밑을 통과해 청라국제도시로 들어서는데, 신도시라서 그런지 초입에는 그런대로 자전거도로가 잘 갖춰져 있었지만 그 이후는 왠지 어수선하고 정리되지 않은 느낌이었다. 하천을 따라 개설된 자전거도로는 비교적 깨끗했지만 도로 옆에 개설된 자전거도로는 보도블록으로 대체되기 일쑤였고 도로에서 오르내리는 지점의 턱이 너무 높아 위험하기도 했다.

청라국제도시를 지나 계양구로 들어서면서 자전거도로 사정은 더욱 열악해졌다. 특히 현대세철 인천공장 앞과 인하대병원을 지나는 구간이 최악이었다. 자전거도로 표시는 돼 있으나 폭이 좁아 자전거 한 대가 주행하기에도 좁았고, 도로와 인도 분리대에 막혀 비좁은 도로에 북적이는 차들과 거의 닿을 듯이 주행하는 경우도 다반사였다.

인하대병원을 지나면서는 자전거도로 사정이 조금 좋아지긴 했지만 인천시내는 아직도 자전거로 주행하기에는 위험한 구간이 너무나 많았다. 그런 와중에 송도신도시는 그런대로 자전거길이 잘 갖춰져 있어 조금 안심이 되기도 했다. 송도신도시를 지나면서는 다시 자전거길이 형편없어진다. 자전거길 중간에 방치된 적재물도 많고 도로가 패이거나 갑자기 끊기는 경우도 비일비재했다.

그렇게 어렵게 어렵게 시내 구간을 주행하고 원인재고개를 넘어서면 옛날 연수구청이 있던 자리에 목적지로 정한 이학갈비가 나타난다. 이학갈비에서는 윤희원 회장을 비롯해 인천의 아는 얼굴들 몇 명이 나를 기다리고 있었다. 회장님이 한턱내는 갈비와 소주 한 잔으로 저녁을 마치고 나니 2차로 노래방을 가잔다. 다음날 주행을 생각하면 일찍 잠자리에 드는 것도 좋겠지만 오랜만에 만난 지인들을 서운하게 할 수가 없어 가까운 노래방에 피곤한 몸을 내맡겨야만 했다.

이학갈비에서 하루를 잘 먹고 푹 쉰 다음 이틀째 일정을 시작하기 위해 소래포구로 향한다. 소래포구는 아침이라서 그런지는 모르겠으나 얼마 전 화재의 여파가 그대로 남아 있어서인지 문을 연 식당이 하나도 없어 보였다. 소래포구에서 아침을 해결하려던 계획은 수포로 돌아가고 주행을 계속할 수밖에 없었다.

이곳 소래포구는 어렸을 적 큰외삼촌이 살던 곳으로 더욱 정이 간다. 초등학교 6학년 겨울방학 때 외할아버지 손에 이끌려 광천에서 장항선 열차를 타고 수원역에서 내려 협궤열차로 갈아탄 뒤 사리, 야목, 군자, 소래를 거쳐 큰 염전鹽田이 있는 남동역에 내려 10분 정도를 걸어가면 일제강점기 목조가옥인 큰외삼촌 댁이 있었다.

우리가 보던 표준궤철로에 비해 레일의 폭이 반도 안 돼 보이는 수인선과 수려선(수원과 여주 간 운행하던 철도) 협궤철로도 무척이나 생소했지만 기차 양 편으로 길게 놓인 의자에 마주보고 앉으면 앞 사람과 무릎이 닿을 정도로 좁은 열차 안이 신기하기도 했다. 또한 기관차도 장항선에서는 좀처럼 볼 수 없었던 시커먼 차체에 하얀 수증기를 내뿜으며 달리는 증기기관차나 소음이 없는 동차(動車, 디젤 기관차나 전기를 사용하는 기관차가 아닌 아마도 배터리를 사용했던 차가 아니었나 싶다)였던 점도 신기했다.

이렇게 옛날 생각을 되새기며 소래포구를 지나고 옛날 수인선 협궤철로로 사용하던 철교를 인도교로 개조한 다리를 건너면 안산시로 들어서게 된다. 우선 월곶을 지난 뒤 갯골 건너 인천 송도신도시를 오른쪽으로 끼며 해안선을 따라가는데 초입인 배곧에는 대형 아파트단지 공사가 한창이었다. 이전 〈영상앨범 산〉 프로그램을 제작할 때 전남 담양 강천산 편에 출연했던 여성 타워크레인 기사 3명(129쪽 참조)이 일한다는 현장이었는데 '안산을 지날 때 연락을 하면 밥을 사겠다'던 말이 생각나 전화를 해봤더니 아쉽게도 "타워크레인 운전 중이라서 내려올 수가 없고 지금 타워크레인 운전석에서 지나가는 것이 내려다보인다"는 대답이 돌아왔다.

갯골 건너 저편 인천 송도신도시의 마천루 스카이라인을 바라보며 달리다 보니 어느덧 지하철 4호선 종착역인 오이도에 도착한다. 이름으로 보아 분명 섬이었음직하지만 섬으로 생각되지 않는 것은 대부도와 안산을 연결하는 시화방조제를 건설하면서 간척지로 육지화되었기 때문일 것이다.

빨간 등대가 특징인 오이도에서 잠깐 휴식을 취하며 아침 요기를 할 식당을 찾으나 아직 시간이 일러서인지 문을 연 식당이 없다. 할 수 없이 간식으로 간단히 허기를 달래고 오이도를 돌아나와 대부도로 들어가기 위해 시화방조제를 건너간다. 시화방조제는 서해안 종주 내내 주행해야 할 방조제 중 첫 번째 방조제이다.

다행이 시화방조제 초입 제방에서 요깃거리를 파는 매점을 만나 토스트와 음료로 요기를 하며 스마트폰을 보니 '마라톤클럽밴드' 회원으로부터 '시화방조제를 지날 때 전화해달라'는 메시지가 들어와 있는데 나보다 한 살인가 적고 시화방조제에서 근무하는 박창준 씨였다.

시화방조제 중간 작은가리섬 홍보관에 도착해 전화를 하니 반갑게 맞아주는데 전망대에 올라 주변을 조망하고, 바닷물의 흐름을 이용해 발전을 하는 조력발전潮力發電 시설 구경은 물론 따뜻한 커피까지 한 잔 대접받고 한동안 휴식을 취했다.

작은가리섬 홍보관을 지나고 다시 방조제를 건너 들어선 대부도는 자전거길이 없고 도로를 따라 주행해야 하는데, 인근 화성시나 안산시 대부도 등에 공사가 많아서인지 대형 덤프트럭이 많이 다녀 조금은 위험한 길이었다.

이런 위험한 도로를 주행할 때면 나는 안전에 주의를 많이 기울이는데 가급적 해가 진 뒤에는 주행하지 않고 낮에도 둘러멘 배낭의 차로 쪽 왼쪽 포켓에는 경광봉을 끼우고, 또 밝은 라이트를 양쪽에 매달아 깜박거리게 하고 후미등도 역시 빈번한 깜박등으로 바꾸어 최대한 차량 운전자의 주의를 환기할 수 있도록 하며 가급적 차로에 들어서지 않고 갓길을 이용해 달린다. 갓길이 좁은 도로에서는 차량과 함께 달리지 않고 잠깐 멈췄다가 가는 것도 한 방법이다.

대부도에서도 점심을 해결하기 위해 식당을 찾았으나 대부분이 횟집 일변도라서 식사를 해결하기 어려웠는데, 다시 화성시로 들어가는 전곡항 조금 전에서야 칼국수와 파전으로 식사를 해결할 수가 있었다.

전곡항은 매년 요트와 관련한 축제가 열리는 곳으로 수도권에서 가까워 축제가 열릴 때면 한 번 들러볼 만도 하다. 요트 체험과 승선은 물론 다양한 해물요리도 맛볼 수 있는 곳으로 잘 알려져 있다.

화성시 전곡항과 궁평항을 지나면서는 이제부터 기나긴 방조제를 건너가는 일이 남았다. 우선 화성방조제(이전엔 화옹방조제라 불렀다)를 건너면 평택시로 들어서게 되고 다시 남양방조제와 아산만방조제를 지나면 충청남도 아산시를 통과하고 삽교천방조제를 건너면 당진시로 들어서게 된다.

방조제 하나의 길이만 해도 대개 10km를 넘는 규모인데 나는 차량이나 자전거를 타고 방조제나 거대한 다리를 지날 때면 인간의 무한한 능력에 대해 다시 생각해보게 된다. 아주 오래전 대전방송총국에 근무할 때 방조제와 관련된 문제로 새만금방조제 건설현장을 취재할 기회가 있었는데 방조제 공사의 방대한 규모에 대한 설명을 들은 적이 있다.

방조제 공사는 방조제가 유실되지 않도록 우선적으로 기초공사부터

하는데 25톤 트럭에 서너 개 실릴 만한 큰 돌을 강철 그물로 엮어서 너비만도 500m가 넘도록 기초를 다진다. 그렇게 다져진 기초 위에 방조제와 도로를 건설한다. 대부분의 방조제는 왕복4차로의 도로가 건설되고 그 옆으로 다시 왕복4차로 두께의 제방을 쌓아올려 바닷물과 파도를 막는다.

여기에 동원되는 중기는 대개 25톤 덤프트럭인데 트럭 한가득 돌과 흙을 싣고 와서 건설 중인 방조제 둑 끝에 부으면 표시도 나지 않을 정도로 흔적도 없이 사라지곤 하는 것을 봤다. 물 흐름이 센 지역이라면 집채만한 돌들이 맥없이 조류에 쓸려나가기도 한다. 그럼에도 이런 작업을 끝없이 반복해 그 거대하고 긴 방조제를 완성해내는 것을 보면 과연 사람의 능력이 어디까지인지를 다시 한번 생각해보게 되는 것이다.

요즘 개설하는 고속도로 등의 다리도 마찬가지인데 서해대교의 경우 7km가 넘는 바다 위에 교각을 촘촘히 세우고 교각마다 경간徑間을 들어올리고 또 거기에 도로를 깔아놓은 것이다.

당진唐津은 본래 중국 당나라와 왕래하던 포구라는 의미에서 붙은 지명이다. 멀리 서해대교와 아산만이 펼쳐져 있는 풍광이 좋은 한진항漢津港에서 둘째 날 여정을 풀었다.

위 – 소래포구 옛 기차길(인도교)
아래 – 삽교천 국민관광지 함상공원

방조제를 따라
이어지는 서해의 매력

서산A지구방조제

평택에서 아산만방조제를 건너 아산 쪽 끝 나들목을 벗어나면서 정면으로 보이는 언덕 위에 고풍스런 성당을 볼 수 있는데 바로 아산시 인주면에 있는 공세리성당이다. 1890년 내포(예산, 홍성, 보령, 당진, 아산, 서산 지역을 일컫던 지명) 지역의 세곡을 실어가던 공세곶串 언덕 위에 성당을 세웠고 지금의 고풍스런 건물은 1922년에 세웠다고 전한다.

근처에 아산시 방향으로 염치읍 백암리에는 충무공 이순신 장군을 모신 현충사가 있고, 인근 당진시 송산면에는 우리나라 최초로 사제 서품을 받고 순교한 김대건 신부의 출생지인 솔뫼松山 성지가 있으며 심훈의 장편소설 『상록수常綠樹』의 주된 무대도 이곳 당진이다.

아산만방조제와 이어지는 삽교천방조제는 슬픈 현대사의 현장이 되기도 했는데 1979년 10월 26일 서거한 박정희 전 대통령의 마지막 공식 일정인 삽교천방조제 준공식이 열렸던 곳이다. 지금 그 자리에는 삽교천방조제 준공기념탑과 함께 퇴역 해군 함정을 개조해 만든 함상공원이 있어 삽교호 관광지로 오가는 사람들의 발걸음을 붙잡고 휴식을 제공하고 있다.

한진항漢津港은 이름에서 알 수 있듯이 당진唐津이라는 이름과 함께 이 지역이 아주 오래전부터 중국과 관련이 있다는 사실을 알려주는데 지금은 한적하기만 한 항구다. 한진항을 지나면서 오른쪽으로 거대한 당진국가산업단지와 현대제철 공장 지대를 따라가게 된다. 본래 현대제철은 현대그룹의 일원이 아닌 한보철강으로 시작했다. 짧은 시간에 그룹을 일군 한보그룹 정태수 회장이 당진 석문방조제로 생긴 간척지에 두 아들 이름의 첫 자를 따서 이름지어 건설했다는 한보철강은 결국 정 회장의 몰락과 함께 현대에서 이어받아 지금은 포스코에 버금가는 거대한 제강공장製鋼工場으로 자리매김하고 있다.

10여 km에 이르는 현대제철 당진공장을 지나면 자전거길은 오른쪽으로 꺾어 성구미포구를 지나 석문방조제로 이어지고 장고항을 거쳐 매년 12월 31일 해넘이와 1월 1일 해돋이를 함께 볼 수 있다는 왜목마을을 지나고 당진화력을 거쳐 대호방조제로 들어서게 된다. 길이만 해도 10km가 훨씬 넘는 석문방조제와 대호방조제는 당진의 굴곡이 많던 해안선을 단순화하고, 간척지에 공단을 조성했으며, 육지와 연결된 도비도와 인근 난지도는 육지와 연계해 관광지로 개발되었다. 앞으로 당진 발전에 많은 기여를 할 것으로 기대되는 지역이기도 하다.

대호방조제의 끝 물골 맞은편 서산에는 한 번쯤은 들어봤음직한 항구인 삼길포가 있다. 예전 인적조차 드문 작은 어촌이었던 삼길포는 대호방조제 공사로 도로가 뚫리며 인근 당진과 서산 등지에서 많은 사람들이 찾는 관광지가 됐는데, 특히 바다 위에 큰 인공 구조물을 띄워놓고 그곳에서 어민들이 직접 잡아온 싱싱한 횟감을 제공하는 것으로 유명하다.

삼길포를 지나면 대산읍을 거쳐 서산 근처까지는 국도를 따라가야 하는데, 바닷가로 난 길이 없을 뿐만 아니라 대산면 끝에 있는 석유화학단지 외에는 특별히 구경할만한 것도 없다.

서산瑞山은 충남의 큰 도시로, 볼 것도 많은데 충청도에서는 대개 '스~산'으로 발음한다. 우선 백제의 미소라 불리는 마애삼존불이 운산면에 있고 해미에는 해미읍성과 해미성지, 단아한 개심사開心寺와 김종필JP 씨가 조성했다는 광대한 해미목장도 있다.

서산의 관광지를 두루 살펴봤다면 다시 두 방향으로 나누어 라이딩을 선택할 수 있다. 첫 번째는 가로림만의 끝인 태안군 이원면 만대항을 출발해 꾸지나무골해수욕장을 지나고 안면도 끝 영목항까지 해안도로와 오솔길과 국도로 주행하다가 대천항으로 배를 타고 건너가는 방법이고, 다른 하나는 서산시 부석면 창리를 거쳐 천수만 A지구(간월호)방조제를 거쳐 홍성군 서부면 남당항과 보령시 천북면 굴구이단지와 오천을 거쳐 대천해수욕장으로 나가는 방법이다.

태안 해안선과 안면도로 주행하면 태안반도의 다양한 해수욕장들과 신두리 사구, 남면 튤립과 백합 축제장, 남면 드르니항과 안면도 백사장항, 매년 꽃 박람회가 열리는 꽃지해수욕장, 안면읍내 안면송림과 도립수목원 등 태안군과 안면도를 상징하는 모든 것을 볼 수 있다. 안면도 남쪽 끝 영목항에는 대천항을 연결하는 여객선이 있어 배 여행도 즐길 수 있다.

현대건설 정주영 회장이 건설한 천수만 A지구방조제를 이용한다면 주꾸미와 새조개, 대하축제로 잘 알려진 홍성군 남당항을 지나 보령 천북면 굴구이단지에도 들러봄직하다. 시간을 잘 맞추면 굴구이단지 뒤편에 있는 고등학교 선배가 운영하는 뷰View 리조트에서 서해로 저무는 낙조落照를 감상할 수 있는데, 이 서해안 낙조는 KBS 2TV 〈1박 2일〉 프로그램에서 소개한 적이 있을 정도로 안면도 너머로 떨어지는 멋진 해넘이를 구경할 수 있다. 해가 저물면 바로 밑 굴구이단지에서 다양한 굴 요리를 맛볼 수도 있고, 10여 km 떨어진 남당항에서 다양한 제철 해물요리를 즐길 수도 있다.

남당항이나 굴구이단지에서 1박을 하고 잠시 주행해 짧은 방조제를 건너면 오천항에 들어서기 직전 충청수영忠淸水營 성터와 누각을 볼 수 있는데, 조선시대 바다로 침공하는 외적으로부터 충청도를 방어하기 위해 태안 안흥항과 함께 수군水軍이 주둔하던 곳이다.

오천항을 지나 잠시 해안도로로 주행하면 천주교 성지인 갈매못

성지에 도착한다. 서산의 해미성지처럼 이곳도 천주교 박해 때 순교한 초기 천주교 신자들의 독실한 신앙심이 진하게 배어 있는 곳임을 잘 느껴볼 수 있다.

갈매못성지를 지나고 주행하다 보면 앞쪽에 화력발전소가 보이는데 바로 보령화력이다. 보령화력이 있는 주포면 고정리는 우리나라에서 가장 맛있는 김이 나오던 곳이다. 이곳 고정리 김과 굴구이단지가 있는 천북 장은리 김은 '광천김'이라는 상표를 달고 전국으로 팔려 나갔다.

또 인근에는 『토정비결』의 저자인 토정 이지함 선생의 가족묘가 있다. 이 지역 태생인 이지함 선생이 '만대를 이어 평안하게 보전할만한 곳이다'라는 의미로 만세보령萬世保寧을 얘기한 것만 보아도 보령이 얼마나 길지吉地인지를 알 수 있다 하겠다.

토정 선생의 묘를 한 번 찾아보고 주행을 해나가면 다시 자전거길은 방조제를 따라가게 되는데 바로 대천방조제다. 옛 이름이 한내(큰내)인 대천은 인근 도서 지방을 연결하는 여객선이 드나드는 교통의 요지이며 일제강점기부터 개발해 전국적으로 유명해진 대천해수욕장과 무창포해수욕장이 있다. 특히 대천해수욕장은 백사장이 모래가 아닌 조개껍데기가 부서진 가루라는 사실도 흥미롭다. 보령시는 특별히 대천해수욕장 인근 신흑동에서 채취한 갯벌을 원료로 다양한 머드제품을 생산하는데 해수욕장이 문을 여는 6월 초순이면 머드축제와 임해마라톤이 열린다.

대천해수욕장을 지나면 다시 방조제가 나타나는데 무창포해수욕장으로 가는 남포방조제다. 남포방조제 중간에는 섬이었던 죽도를 개발한 죽도 관광지가 있고, 방조제 남쪽 끝에는 울창한 송림 사이로 캠핑을 할 수 있는 아담한 용두리해수욕장이 있다. 용두리해수욕장은 갯벌을 뒤집어 맛조개를 비롯해 다양한 조개를 잡을 수도 있는데, 이곳은 여름 해수욕철이면 바닷물이 빠르게 빠지는 이안류가 자주 발생하는 곳으로 주의가 필요하다.

용두리에서 고개를 하나 넘으면 무창포해수욕장인데 무창포 역시 다양한 즐길거리가 있다. 우선 봄 주꾸미철에는 주꾸미축제가 펼쳐지고 뒤를 이어 갑오징어축제와 광어축제도 열린다. 또 하나 맛볼 수 있는 별미로 가오리 새끼인 간자미를 일컫는 충청도말인 '갱개미'를 사용하는 갱개미회무침과 담백한 맛을 자랑하는 갱개미탕도 맛볼 수 있다.

특히 백사장을 마주하고 있는 석대도는 사리(보름과 그믐에 간만의 차가 가장 큰 시기) 때면 바다가 갈라져 바닷길이 드러나 백사장과 연결되는 모세의 기적을 연출하는 곳이다. 바닷길이 드러나면 석대도까지 걸어갔다 오며 해산물을 줍기도 하는 등 다양한 체험을 할 수 있는데, 바다가 갈라지는 시기는 보령시청에 문의하면 친절하게 알려준다.

무창포를 지나면서 행정구역은 보령시에서 서천군으로 바뀌는데, 부사방조제 초입에서 갯벌 겉흙을 걷어내고 길쭉한 맛조개 구멍에 소금을 뿌려 잡을 수 있는 소황리해변을 지난다.

부사방조제를 지나면 충청남도의 마지막 춘장대해수욕장이 나오는데, 춘장대는 갯벌이 많이 섞인 백사장으로 바닷물에 진흙 성분이 많아 해수욕을 하면 피부 미용에 도움이 되고, 이곳에서 잡은 아주 작은 새우로 담근 엷은 보랏빛을 띠는 자젓이 특산품이다.

이후 홍원항을 거쳐 비인면 마량리 마량포구와 동백정으로 길을 잡는데, 동백나무가 뒤덮인 넓은 동산의 정상에 있는 동백정冬栢亭에서 서해로 떨어지는 낙조를 조망할 수도 있고, 인근 마량포구와 홍원항에서 열리는 다양한 해산물축제도 즐길 수 있다. 마량포구에서는 연중 다양한 축제가 계속되는데 봄철 주꾸미축제에 이어 4~5월에는 꼴뚜기와 갑오징어가 주인공인 쏠갑축제, 5~6월에는 자연산광어도미축제도 이어진다.

마량포구에서 다양한 축제를 즐겼으면 장항을 둘러보아야 한다. 일제강점기 충청남도에서 생산되는 쌀을 수탈하고 구리를 비롯한 비철금속(철이 아닌 금속)을 가공생산하던 장항제련소에 원료를 수송하기 위해 개설한 장항선의 종점으로, 금강 건너 군산과 마찬가지로 일제강점기 건물들이 많이 남아 있는 곳이다.

여정을 마치는 서천역이나 금강하굿둑을 건너 군산으로 넘어가기 전 반드시 들러볼 곳을 추천한다면 단연 한산면 지현리에 있는 한산모시관과 한산소곡주韓山素穀酒 주조장이다. 서천의 대표적인 특산물인 한산모시를 연구하는 한산모시관 관광은 그렇다 치더라도, 흔히 앉은뱅이술로 일컬어지는 한산소곡주는 반드시 맛보아야 하는 이 지역의 특화된 술이다. 민물과 바닷물이 만나는 기수지역에서 봄에만 잡히는 우여(웅어를 부르는 충청도 말)회무침을 안주로 한산소곡주 잔을 기울이다 보면 이 술을 왜 앉은뱅이술이라 하는지 알 수 있다.

위 – 용두리해수욕장

아래 – 충남의 마지막 부사방조제

변산반도의 아름다운 자전거길

변산 내소사

서해안 종주 두 번째 코스는 군산에서 출발해 전라북도와 전라남도 해안선을 따라가다가 연륙교連陸橋로 연결된 압해도를 거쳐 목포로 들어가는 여정으로 설계했다. 우선 대전 신탄진 대청댐인증센터를 출발해 서천 조류생태전시관까지 금강종주를 마친 뒤 이어가는 전라도 해안선 종주는 시대가 과거로 돌아간 군산에서 출발한다.

일제강점기 호남평야의 쌀과 자원을 수탈하기 위해 개항한 군산항에는 일제의 잔재가 지금까지도 진하게 남아 있다. 이제는 그런 잔재들이 관광상품이 됐는데 바로 근대화거리다. 근대화거리를 돌아보고 새만금방조제를 향해 가다 보면 금강을 가로지르는 거대한 다리가 건설 중인 것을 볼 수 있는데, 바로 금강 건너 충청남도 장항읍과 연결하는 동백대교이다.

최근 군산은 조선소가 문을 닫은 데 이어 GM자동차 공장마저 문을 닫아 경기가 말이 아니다.

금강 하구의 군산 쪽 금강하굿둑인증센터에서 새만금방조제가 시작되는 지점까지는 자전거도로가 잘 개설돼 있는데 거리는 꽤나 먼 편이다. 새만금방조제는 고군산군도群島의 한 섬인 신시도를 징검다리로 군산과 부안을 연결하는 방조제인데, 그 길이만도 거의 40km에 달해 규모를 실제로 체감하기에는 벅찬 느낌도 있다.

방조제를 건넌다는 생각보다도 그저 끝없이 바다로 뻗어 있는 도로를 통해 바다로 들어간다는 느낌만이 들 뿐이다. 그래도 방조제의 자전거도로에 갖가지 바다와 관련한 그림들을 일정한 거리를 두어 그려놓아 지루함을 달랜다. 두어 시간 주행을 하다 보면 중간 지점인 신시도가 나타난다.

신시도에서 잠시 휴식을 취하고 또다시 끝이 없는 방조제를 따라가면 수문水門이 있는 가력도가 나타나는데, 여기 가력도는 옛날 방조제 건설 과정을 취재할 때 와봤던 곳이다.

군산에서 신시도와 가력도를 거쳐 변산반도의 끝인 부안군을 연결하는 새만금방조제는 이곳 새만금으로 흐르는 동진강과 만경강 수위를 조절해 호남평야의 생산력을 높이고 새로 생긴 간척지를 이용하기 위해 건설됐는데, 아직은 개발 청사진조차 제시하지 못하고 있는 상황이다.

가력도에서 다시 한숨을 돌리고 주행하면 새만금홍보관이 있는 곳에서 변산반도로 들어서는데 차량은 드물지만 도로 폭이 좁고 오르내림이 많아 주의할 필요가 있다. 그렇게 한참 동안 변산반도를 외곽으로 돌아 서해를 구경하며 가다 보면 격포항에 도착하는데, 격포해수욕장 한 켠에 있는 채석강을 둘러보며 하루 숙박을 하고 가는 것도 좋다.

수만 권 책이 층층이 쌓여 있는 것처럼 보이는 퇴적암층 층리를 관찰할 수 있는 채석강彩石江은 이태백이 술에 취해 물속 달을 잡으려다 빠져 죽었다는 채석강처럼 경치가 아름다워서 붙은 이름이라는데, 매년 12월 31일에는 해넘이축제가 열리는 곳으로도 이름이 높다.

격포에서 많이 생산되는 모시조개(이곳에서는 생합이나 죽합이라고 부른다)는 변산반도 주변에 넓게 발달한 모래갯벌에 사는 조개로, 회나 찜, 탕처럼 다양한 요리를 맛볼 수가 있고 가격이 비싸다고 생각되면 바지락으로 대체해 주문해도 가성비가 좋다.

변산반도는 산세와 바다가 잘 어우러져 호남에서도 사람이 살기에 적당한 곳이라 하는데, 내 눈에는 산들만 보여 먹고사는 것이 녹록지 않아 보이는 것은 내 무식의 소치인지도 모르겠다.

젓갈이 유명한 곰소를 지나면 단아한 절집으로 잘 알려진 내소사가 기다리고 있다. 주차장에서 절까지 양 옆으로 펼쳐지는 편백나무 숲과 내소사 대웅전 앞의 배롱나무(목백일홍이라고도 부르는 선비를 상징하는 나무)가 상징인 내소사에 들기 전, 왼쪽으로 올라가면 나오는 직소폭포 역시 빼놓을 수 없는 변산반도의 풍광이다. 여느 관광지가 그렇듯 내소사도 자전거를 휴대할 수 없는데 매표소 옆에 묶어놓을 곳이 있다.

아담하고 절제된 내소사를 즐겼으면 자전거길은 고창으로 향한다. 고창 방향으로 도로를 따라 주행하다 보면 해안선으로 자전거길이 나 있는데, 바다를 사이에 두고 멀리 펼쳐지는 변산반도가 한눈에 들어오는 지점에 판소리 명창인 김소희 명창 생가와 미당 서정주 시인의 미당시문학관이 있다.

아담한 초가를 머리에 인 미당 생가에는 서정주 시인의 대표작인 '국화菊花 옆에서', '선운사 동구洞口', '동천冬天' 같은 시를 초가 황토벽에 써놓았는데, 고등학교 때 기억이 새롭다. 생가 옆 담쟁이덩굴로 뒤덮인 미당시문학관에는 서정주 시인과 관련한 다양한 전시와 행사를 진행하고 있고 지금도 시인을 추모하는 많은 문학인들이 찾는 것을 쉽게 볼 수 있다.

미당시문학관을 지나면 길은 내川를 건너며 T자형 도로와 마주하는데, 오른쪽으로 틀면 고창군을 바닷가로 돌아가는 길이고 왼쪽은 선운사를 거쳐 고창읍성으로 향하는 길이다. 나는 선운사와 고창읍성을 들를 요량으로 왼쪽으로 방향을 잡았는데, 방금 건넌 내川로 선운사 입구까지 왼쪽을 따라오는 긴 물골이 바로 유명한 고창 풍천장어가 나는 풍천楓川이다. 풍천이란 본래 바다로 흐르는 물골이 육지까지 길게 들어온 하천을 말하는데, 밀물 때면 민물과 바닷물이 섞이는 기수

지역으로 장어와 같은 기수지역에 사는 민물고기가 많은 곳이다. 특히 이곳 고창 지역에는 갯벌이 넓게 펼쳐지고 길게 발달한 풍천을 볼 수 있다. 그래서 고창 복분자주와도 잘 어울리는 풍천장어는 고창을 대표하는 고유명사가 됐다.

선운사는 입구 도솔천에 양쪽으로 피어나는 꽃무릇(상사화라고도 부른다)과 대웅전 뒤편의 동백나무 숲으로 유명한데, 가수 송창식은 '선운사'라는 노래도 불렀다. 선운사는 또 특이하게도 대웅전 앞에 커다란 강당을 지어놓았는데, 관광객들은 이곳에서 대웅전을 바라보며 땀을 식히기도 한다. 선운사를 구경했으면 그 아래 식당가에서 산채비빔밥으로 식사를 하거나 풍천장어를 구워놓고 복분자주를 한 잔 맛보는 여유를 즐겨도 좋다.

선운사에서 고창읍성에 가는 길은 고개를 하나 넘고 고인돌유적지를 지나서 갈 수 있다. 고창은 강화도, 전라남도 화순과 함께 우리나라 3대 고인돌유적지이다. 근처의 하천을 생활터전으로 삼았던 선사시대 조상들이 남긴 거석巨石 문화 유적을 천천히 돌아보아도 좋을 만큼 편의시설이 잘 갖춰져 있다.

고창읍에는 온전한 형태의 읍성邑城이 잘 보존되어 있고 판소리 12바탕을 정리한 신재효 선생의 집터에 판소리박물관도 조성해놓아 남도南道의 풍취를 느껴보기에도 그만인 곳이다.

위 – 부안의 미당 서정주 생가
아래 – 고창 선운사 대웅전과 동백나무 숲

볼 것도 맛볼 것도 많은 고창

고창읍성

고창은 수박으로도 유명하다. 고창 수박은 그동안의 명성에다 연구를 거듭해 최근에는 네모난 수박이라든지, 속이 노란 황금수박 등으로 품종개량을 통해 그 명성을 유지하고 있다.

고창 하면 빼놓을 수 없는 것이 복분자覆盆子인데, 복분자는 술뿐만 아니라 과실 자체를 날로 먹어도 손색이 없는 자양강장제이다. 그런데 고창을 지나면서 복분자 줄기나 과실을 보지 못한 것은 내가 관심이 부족해서였을까?

그리고 판소리를 정리한 신재효 선생 얘기가 나왔으니 판소리에 대해 잠깐 살펴보기로 한다. 판소리의 기원을 알 수는 없으나 마당이나 대청마루에서 소리 공연을 하던 것이 발전한 것으로, 고수의 북 장단에 소리꾼이 음악(소리)과 해설(아니리)과 몸짓(발림)으로 전하는 종합예술인데 『춘향가』, 『심청가』, 『흥보가』, 『수궁가』, 『적벽가』를 판소리 다섯마당(바탕)이라 한다.

판소리 하나하나의 곡을 '마당(또는 바탕)'이라 하는데, 신재효 선생은 당시 대중적으로 많이 공연되던 다섯 곡 판소리에 일곱 곡을 더해 판소리 열두마당을 수집해서 정리했다. 일곱마당 중에는 『변강쇠타령』도 있었다. 지금은 대개 사랑(춘향가)과 효심(심청가), 형제간 우애(흥보가), 해학과 기지(수궁가), 의리와 충성(적벽가) 다섯마당이 주로 불리는데, 한 마당을 완창하는 데만 4~7시간까지 걸리는 경우가 많아 판소리 완창은 명창名唱으로 인정받을 수 있는 조건이 되기도 한다.

고창을 지나면 전라남도로 행정구역이 바뀌면서 영광에 들어서는데, 영광은 서해안에서는 유일하게 원자력발전소가 있는 고장이기도 하다.

영광은 조기를 잘 말린 굴비屈非로 유명한데, 본래 굴비는 고려시대 이자겸의 난亂이 평정되고 이곳으로 귀양을 온 이자겸이 조정에서 주는 양식을 거부하고 이곳에서 많이 잡히는 조기를 말려서 식량으로 삼으면서 '(자신의 뜻을) 굽히지屈 않겠다非' 라며 이름을 붙였다 하는데, 그 유래가 분분한 것도 사실이다.

굴비로 잘 알려진 영광 법성포는 영광 앞바다 칠산도 주변에서 많이 잡히던 조기 집산지로 파시(波市, 특정 물고기가 많이 잡히는 계절 그 장소에 임시로 서던 장)가 성했던 곳이다. 칠산도의 조기철 파시가 끝나면 조기떼가 전라북도 위도와 황해도 연안인 연평도로 이동해 위도와 연평도에서도 대규모 파시가 열렸다고 한다.

고창을 출발해 법성포를 거쳐 영광읍내로 주행하는 동안 잘 차린 굴비 밥상을 기대해봤으나 법성포에서는 일몰이 임박해 들를 시간이 없었고, 영광에서는 생각보다 굴비를 메뉴에 올린 식당을 발견하기가 힘들어 아쉽게도 이번 여정에서 영광 굴비를 맛볼 수는 없었다.

고창을 지나 영광에 들어서며 양파밭이 자주 나타나기 시작한다. 검붉은 남도의 황토에 뿌리를 박고 줄지어 덩어리를 키워가는 양파밭의 풍경이나, 수확해서 줄지어 세워놓은 양파자루의 풍경은 거의 목포에 도착할 때까지 무한정 계속된다.

영광을 출발해 목포로 가는 길에는 할 수 있다면 아침식사를 할 수 있는 곳을 찾아 든든히 배를 채우고 출발하는 것이 좋은데, 시골 면소재지 지역이나 바닷가로 길을 잡다 보면 너댓 시간 동안 주행을 하더라도 변변한 식당을 발견하기가 어려운 경우가 많기 때문이다.

비로소 밥다운 밥을 찾아

무안군 현경면에서 비로소 마주한
6,000원 한정식 밥상

굴비의 고장 영광에서 굴비 대신 돼지고기 김치찌개를 안주 삼아 소주 한 잔으로 저녁을 때우고, 아침 일찍 일어나 출발을 하려니 마땅하게 아침식사를 할 곳이 없었다. 해안선으로 방향을 잡고 주행을 시작하니 주행 초기부터 인가가 드문 곳으로만 골라서 가게 되는지, 도대체 식당이라곤 구경조차 할 수 없고 가끔 나타나는 면소재지에서도 마찬가지다.

지도에서 봐둔 함평군 돌머리해수욕장을 찾아 길을 나서는데, 아침 10시가 한참 넘은 시간에 소금산이 있는 염산면鹽山面 소재지에 도착하니 달랑 농협과 몇몇 공공기관 건물 밖에 없고, 문을 연 식당이라고는 찾아볼 수도 없었는데, 토요일인 이유도 있었으리라 생각된다.

식당 찾기를 포기하고 다음 목적지인 함평을 향해 가로지르는 길로 향하는데, 길가 타이탄 트럭 위에 간단한 조리도구를 갖춰놓고 뭔가를 파는 아주머니가 눈에 뜨였다. 다가가보니 이게 웬 떡? 순대를 비롯한 내장과 같은 돼지부산물 고기를 파는 게 아닌가? 평소 좋아하는 순대와 허파를 많이 달라고 주문을 마치고, 막걸리를 한 잔 곁들이려니 술은 팔지 않는다 했다. 면소재지임에도 불구하고 식당 같은 시설이 부족하다 보니 이곳 농협 앞에서 이렇게 트럭에 좌판을 벌여도 의외로 장사가 잘되는 편이라고 했다. 내가 허겁지겁 배를 채우고 있는 동안에도 공사장에서 찾아온 인부나 면소재지로 일을 보러 나온 주민들 서너 명이 순대를 썰어 포장해가는 광경을 볼 수 있었다.

염산면에서 트럭에서 파는 순대로 겨우 허기를 면하긴 했으나 제대로 된 식사를 하기까지는 또 한참의 시간이 지나야만 했다. 함평에서는 마침 나비축제도 다 끝난 만큼 들를 일이 없어 해변을 따라가기로 했는데 그 길이 만만치 않았다.

지도를 참고해서 폐염전을 향했다가 도로가 끊어지는 바람에 제방을 한참 헤매다가 다시 출발점으로 돌아올 수밖에 없었다. 시간이 촉박해 경치가 좋다는 돌머리해수욕장을 건너뛸 수밖에 없었는데, 얼마 뒤 〈2TV생생정보〉 방송 시간에 '미스터 리의 사진 한 컷' 코너에서 돌머리해수욕장 풍경사진을 보는 것으로 만족할 수밖에 없었다.

그리고 여전히 계속되는 양파밭은 압해도로 건너가기 위해 거쳐야 하는 무안군 현경면 소재지까지 이어졌는데, 여기에서야 비로소 밥다운 밥을 먹을 수 있었다. 삼거리 압해도 방면은 중식당 한 곳과 그 옆에 별다른 특징이 없어 보이는 한식당이 하나 있었는데, 함평군 방향으로 조금 올라가니 의외로 식당들이 많이 있었다. 그중 한 곳을 찾아 들어가니 한정식 가격이 6,000원인데 무려 반찬이 15가지가 넘도록 한 쟁반 가득히 나와 반찬을 모두 먹기 위해 밥을 맞추어 먹느라 애를 써야만 했다.

압해도는 무안군 해제반도와 다리로 연결됐는데, 다리를 건너 이름을 보니 '김대중대교'로, 김대중이라는 이름이 호남지방 특히 광주와 전라남도에서 차지하는 위상을 잘 엿볼 수 있었다.

압해도에는 지금까지와는 또 다른 풍경이 펼쳐지는데 함평에서부터 드문드문 눈에 뜨이기 시작하던 무화과나무가 압해도에서는 어디서나 흔히 볼 수 있는 과실수로 재배되고 있었다. 주변 해안의 섬들은 다음에 돌아보기로 하고 목포종합버스터미널에서 서해안 라이딩을 종료했다.

명량해전의 격랑지 울돌목을 건너

해남 쪽 울돌목 입구

2017년 해안선 일주는 대개 국토완주 그랜드슬램 코스의 연장으로 이어갔는데, 인천 정서진正西津부터 목포까지 서해안 일주를 한강종주와 금강종주의 연장선상으로 이어갔다. 목포에서 부산 낙동강하굿둑까지의 남해안 종주도 마찬가지로 영산강종주와 섬진강종주의 연장선상에서 이어갔는데, 그중 강진에서 여수(순천)까지 코스는 별도로 남해안 종주로만 이어갔다.

우선 그 첫 번째, 목포에서 출발한 남해안 1차 종주에는 광주 승촌보 인증을 마친 후 잠시 광주와 목포 사이에 있는 화순군을 들렀는데 화순에도 명소들이 많다. 우선 화순에는 40여 년간 상수도보호구역으로 묶여 들어갈 수가 없었던 동복호와 적벽이 있다. 광주광역시 상수원을 마련하기 위해 댐을 쌓아 생긴 동복호에는 중국 양자강 중류에 있다는 적벽赤壁만큼이나 풍경이 수려한 절벽이 있다 하여 이곳 이름도 그대로 적벽이 됐다.

동복호와 적벽을 지나는 길에 들르고자 했으나, 운이 나쁘게도 거센 빗줄기가 쏟아져 사고 예방을 위해 출입을 통제하는 통에 갈 수 없었다. 동복호 주변에는 옛날 빨치산이 발호했을 정도로 험한 백아산과 옹성산이 있는데, 위험한 경우도 있을 수 있어 이 지역을 찾으려면 일기를 잘 살펴보고 맑은 날을 고르는 것이 좋다.

인근 광주호 옆에는 호남 정자亭子와 정원庭園의 백미白眉라 할 수 있는 식영정息影亭과 소쇄원瀟灑園도 있어 도시의 번잡한 일상생활에서 탈피해 마음을 비우고 갈 수 있다.

화순에는 또한 누워 있는 불상인 와불臥佛과 천불천탑千佛千塔으로 유명한 운주사運舟寺가 있는데, 와불은 운주사가 있는 지형의 뱃머리에 해당하는 지점에서 볼 수 있다. 운주사의 누워 있는 불상이 일어나는 날에 후천개벽後天開闢이 일어난다고 전하는데, 그날이 언제일지는 우리 중생들은 걱정하지 않아도 될 일처럼 보인다.

화순에는 또 조선 말기 전국을 떠돌던 방랑시인 김삿갓(김병연)이 숨을 거둔 곳도 있는데, 시신은 아들이 거두어 영월로 이장했고 지금은 그 터만 남아 있다고 한다.

화순을 돌아봤으면 남평읍과 드들강을 거쳐 다시 영산강자전거길로 주행할 수 있는데, 종주 인증(죽산보와 느러지전망대 두 곳)이 필요치 않다면 국도를 따라 화순에서 목포로 직행해도 좋다.

남해안 종주의 시작은 영산강하굿둑을 건너 목포에서 영암군으로 진입하면서 시작된다. 영산강하굿둑을 건너면 영암군 삼호읍인데, 이곳은 중공업단지가 조성된 지역이다.

영산강종주를 마친 뒤에는 인증센터에서 영산강하굿둑으로 연결되는 도로를 건너 하당지구나 이곳 삼호읍에 숙소를 정하는 것이 좋은데, 해남 우수영 이전까지는 군데군데 숙소가 있긴 하지만 애써 찾기도 어렵거니와 딱히 묵을만한 곳이 마땅치 않기 때문이다. 삼호읍을 벗어나기 전 끝부분에 숙소가 서너 개 있는데, 넓은 방에 비해 가격은 싼 편이다.

영암군에는 월출산이라는 뛰어난 관광지가 있지만 자전거길에서 벗어나 굳이 찾아보기는 어렵고, 대신 인양된 세월호가 거치된 목포신항이 있고 근처에 F-1 자동차경주장도 있다. 방조제로 막은 영암간척지에 건설한 F-1 경주장은 우리나라 실정에는 다소 맞지 않는다고 하지만, 주말에 시간을 잘 맞추면 F-4 정도 수준으로 진행되는 자동차 경주를 관람할 수도 있다.

다음 목적지인 울돌목부터 본격적인 이순신 장군의 전적지가 시작된다. 해남 우수영右水營은 임진왜란 당시 전라우수사가 주둔하던 군항軍港이다. 이순신 장군이 쓴 『난중일기亂中日記』에 보면 당시 전라우수사는 이억기 장군이었는데, 이순신 장군보다 연배가 많았지만 나중에 연합 함대를 구성해 왜군을 물리치는 데 큰 공을 세운다.

우수영은 명량해협鳴梁海峽을 일컫는 울돌목이 끝나는 지점에서 육지로 오목하게 들어온 호리병 형태의 만灣 안쪽에 있어 파도와 풍랑에서 안전할 수 있었다. 우수영에는 큰 바위 언덕 위에 비각碑閣을 세우고 이순신 장군의 명량대첩비를 모셔놓았는데, 현재의 자리는 울돌목 쪽으로 500여 m 떨어진 원래 자리에서 옮겨온 곳이라고 한다.

영화로도 만들어진 명량해전鳴梁海戰은 정유재란丁酉再亂 때 재침공한 왜수군장 도도 다카토라의 함대 330여 척에 맞서 울돌목의 빠른 조류를 이용해 13척에 불과한 전함戰艦 판옥선板屋船으로 왜선 130여 척을 격침하고 대승을 거둔 역사상 유례가 없는 해전이었다. 지금도 역사의 현장인 울돌목 진도해안에는 울돌목으로 진격 명령을 내리는 이순신 장군의 동상이 높이 세워져 있어 그날의 승전을 생생하게 증명하고 있는 듯하다.

이렇게 빠른 조류가 흐르는 울돌목에는 1970년대 진도대교를 건설해 진도를 육지와 연결하고, 지금은 제2진도대교까지 나란히 놓아 자전거로 진도를 여행하는 데도 지장이 없게 됐다.

이곳 울돌목에는 명량해전의 현장인 울돌목 관광과 함께 진도대교 밑으로 통과해서 갈 수 있는 명량해전 전승지인 우수영관광지에서 이순신 장군 당시와 관련한 다양한 역사 체험도 하고 한 켠에 있는 명량주막에서 식도락도 즐길 수 있다. 명량주막 주인장은 해마다 5월쯤 숭어 중 가장 실하다는 보리숭어가 울돌목을 타고 올라올 때 큼지막

한 뜰채로 숭어를 건어내는 특이한 어업면허를 가지고 있는 분으로, 이렇게 잡은 숭어로 회도 뜨고 숭어전이나 숭어튀김을 만들어 팔기도 하는데, 음식장사를 한다기보다는 뜰채 숭어잡이를 더 즐기는 낭만적인 분으로 보여 사진을 함께 찍지 않을 수가 없었다. 내가 명량주막을 찾기 얼마 전 담당하고 있던 〈2TV생생정보〉에도 이 분이 출연해 "얼마 전 방송된 KBS 〈2TV생생정보〉 담당 PD가 나였다"라며 소개해도 '방송에 하도 많이 나와 언제 촬영했는지 기억도 안 난다'며 손사래를 치는 양반이기도 하다.

여기서 진도대교를 건너 진도를 한 바퀴 돌아볼 수도 있으나, 다음의 섬 자전거 여행을 위해 미뤄두고 땅끝土末마을이 있는 해남군을 향해 자전거를 밟아나간다. 전라남도에서도 땅이 넓은 것으로 유명한 해남은 간척지에 재배하는 벼농사를 빼고는 대부분의 땅에 고구마를 재배하는데, 마침 이곳을 지나던 때가 고구마가 한창 자라는 8월이었다. 눈에 보이는 밭이란 밭에는 온통 고구마순으로 뒤덮여 있는데 가끔씩 옥수수도 눈에 뜨인다. 검붉은 남도의 황토를 이불 삼아 살을 불린 해남 고구마와 옥수수는 따로 말하지 않아도 유명하다.

해남의 특징을 또 하나 꼽으라면 도로변에 심은 무궁화를 들 수있다. 무궁화의 기본 품종인 홍단심계(紅丹心系, 연분홍 꽃잎에 중앙 부분이 붉은 동심원 형태인 품종)는 물론 흰 꽃잎에 단심을 품고 있는 배달계倍達系와 연보랏빛을 띤 아사달계阿斯達系 품종이 골고루 잘 어울려 군락을 이루고 있어, 무궁화가 우리나라 꽃이라는 것을 자랑이라도 하는 듯 보기만 해도 기분 좋고 화사한 무궁화 꽃길이 해남 국도에 펼쳐진다.

울돌목에서 도로를 따라가다가 해남의 공룡 화석 산지를 지나면 멀리 기가 막히게 아름다운 연봉連峯으로 이어지는 바위산이 눈에 들어오는데 바로 달마산達摩山이다. 기기묘묘한 암석과 암봉들이 산 정상 부근을 줄줄이 이어나가는 달마산은 그냥 바라보기만 하더라도 뭔가를 느낄 수 있는 선경仙境이다.

미황사는 해남에서 약 30km쯤 떨어진 달마산의 북쪽 산록에 위치하고 있는데, 미황사를 들르기 위해서는 화산면을 지나면서 해남 방면으로 방향을 틀었어야 했다. 그러나 그때는 템플스테이로 유명한 미황사의 존재를 몰라 무심결에 지나쳤다. 땅끝마을에 도착해서야 소셜미디어 친구가 미황사를 지나쳤다는 사실을 알려줬고 미황사 탐방은 다음 기회로 미루는 수밖에 없었다.

2018년 봄에 보성 녹차마라톤을 마치고 자전거로 정남진正南津과 완도를 거쳐 미황사와 대흥사를 가고자 했으나, 비 예보로 완도에서 해남으로 점프하며 또다시 후일을 기약할 수밖에 없었다.

비록 나와는 그동안 인연이 닿지 않았지만, 이 다음 미황사에 들르게 된다면 절제된 대웅전 용마루 너머로 올려다 보이는 달마산의 이어지는 연봉連峯의 선경에서 기나긴 고행 끝에 얻는 해탈의 경지를 느껴볼 수 있지 않을까 하는 생각이 들기도 한다.

달마산의 길게 이어진 연봉이 겹쳐지며 하나의 봉우리로 보이게 될 때쯤이면 자전거는 한반도의 최남단 땅끝土末을 향해 나아간다. 대개의 길이 그렇듯이 숨겨둔 비경을 보여주기 전에는 반드시 큰 고갯길(분수령分水嶺이라 한다)을 넘어야 하는데, 고갯길 초입에는 해변 경치가 그만인 송지면 송호리가 있다. KBS 2TV 〈1박 2일〉에서도 소개했던 이곳은 점점이 떠 있는 다도해의 섬들과 함께 썰물 때면 바닷길이 열리는 섬도 있어, 여름철 이곳을 찾는 관광객들에게 특별한 바다 체험도 선물한다.

위 - 해남 우수영 항구

아래 - 진도대교와 제2진도대교

한반도 최남단 땅끝마을에서의 감회

해남 땅끝탑에서 바라본 남해 풍경

송호리에서 땅끝마을로 넘어가는 조금 가파른 고개 정상에 이르면 왼쪽으로 갈라진 도로를 가로지르는 구름다리길이 있는데, 처음 이곳을 찾는 분들은 이 구름다리로 건너가는 게 좋다. 바로 그 끝 동산 정상에 땅끝광장과 땅끝전망대가 있기 때문이다. 넓은 전망대에서 다양한 사진을 찍을 수도 있는데, 이곳을 그냥 지나쳐온 나처럼 나중을 기약한다고 하지만 내려갔던 언덕길을 자전거로 다시 올라오기는 생각보다 쉽지 않다.

땅끝전망대에서 멋진 포즈로 사진을 찍었으면, 다음은 내리막길을 달려 땅끝마을로 들어선다. 숙박시설이 제법 많고 식당들도 잘 갖춰진 땅끝마을에서는 1박쯤 하며 즐겨보는 것도 좋다. 한반도의 최남단 땅끝탑은 10여 분 정도 오솔길과 데크로 만든 길을 걸으면 만날 수 있다. 땅끝탑은 삼각형 첨탑으로 삼각형의 남쪽 꼭지점이 한반도의 최남단이다. 그리고 땅끝탑을 온전히 촬영할 수 있도록 데크를 만들어놓았는데, 완전히 몸을 제친 뒤 사진을 촬영해도 사진을 화면에 꽉 차게 찍을 수 없을 정도로 여유가 없었다.

그리고 유감스럽게도 식당에 1인 메뉴가 없어 할 수 없이 3~4인분 해물탕으로 대신해야 했는데, 덕분에 이 지역의 술 잎새주를 세 병씩이나 마셔 지역 경제 활성화에 기여하기도 했다.

우리 한반도의 남쪽 끝 땅끝마을의 땅끝탑 앞에서 느끼는 감회는 새로웠다. 우선은 여기까지 온전히 나의 두 발로 자전거를 타고 왔다는 자부심이 있었고, 이렇게 땅끝까지 올 수 있도록 평소에 체력을 쌓아온 내 자신이 대견스럽기까지도 했다.

35살 때 담배를 끊으며 불어나는 체중을 줄이기 위해 학교 200m 트랙 다섯 바퀴(1km) 달리기를 시작했는데, 거리를 점차 늘려나간 결과로 마침내 48살이 되던 2007년 11월 4일 서울중앙마라톤 풀코스를 3시간 50분 05초에 완주하면서 마라톤의 달콤한 열매를 맛보기도 했다. 그리고 지역방송국장으로 내려갔던 원주에서 만난 제1군수지원사령부 김진준 부사령관의 국토종주와 4대강종주 소개로 인해 국토완주 그랜드슬램 도전은 물론, 해안선을 따라 국토를 한 바퀴 돌아보겠다는 무모한 도전까지 할 수 있게 된 것에 감사할 따름이다.

땅끝마을에서 억지로(?) 마신 잎새주 세 병의 효력은 그리 길지 않았다. 아마도 맑은 남해의 공기와 차질 없이 국토완주 그랜드슬램과 해안선 종주를 진행해나가고 있다는 안도감 때문인지는 모르겠지만, 다음날 아침에도 이상하리만치 머리가 말짱했다.

다음 목적지는 다산茶山 정약용 선생의 고장 강진이다. 강진을 목적지로 해남 땅끝마을을 출발해 10여 km를 주행하다 보면 첫 번째로 사구미해수욕장이 나오는데, 사구미해변은 두 얼굴을 하고 있다. 우선 땅끝마을 쪽 진입로부터 맑은 모래사장이 시작되다가 백사장 중간 지점부터 온통 검은 색깔로 바뀌기 시작하는데, 갯벌이 아닌 검은 자갈과 돌이 모래를 대신하고 있기 때문이다. 검은 자갈이 들어차 있는 과학적인 이유가 있겠지만 이색적인 풍경임에는 틀림이 없다.

해남 땅끝마을을 출발해 국도를 따라가다 보면 왼쪽으로 앞에서 언급했던 산 정상부가 기암괴석으로 이어지는 달마산達摩山을 따라가게 되는데, 달마산은 해남의 또 다른 명산 두륜산頭輪山처럼 한 무더기의 산군山群이라기보다 줄지어선 연봉連峯으로 이어지는 특징이 있다. 해남 땅끝마을부터 솟아오른 달마산은 완도로 들어가는 길목인 북평면까지 이어지는데, 두륜산을 분수령으로 불쑥 솟아올랐다가 주작산朱雀山으로 이어져 강진에 이르기까지 마치 남해안 갯벌을 앞마당으로 하고 뒤편에 병풍을 두르는 모습을 하고 있어 이채롭다.

북평면에서는 완도와 고금도를 거쳐 마량포구를 통해 강진으로 주행하는 경로를 생각해보기도 했으나, 완도 경로는 다음에 지나기로 작정하고 만덕산 다산초당으로 페달링을 이어간다.

북평면에서 강진에 이르는 구간은 강진만 해변으로 자전거길이 조성돼 있다는 소식을 들은 것 같긴 한데 길을 찾을 방법이 없어 국도를 따라 주행했다. 새로 업데이트된 네이버지도로 검색해보니 주작산이 시작되는 북일면부터 해변으로 자전거길이 나 있는 것을 알 수 있었다.

강진에서 20km 정도 거리에 있는 다산초당은 석문공원캠핑장 조금 못 미치는 곳에 표지판으로 안내가 잘 돼 있는데, 고갯길을 하나 넘어가면 다산기념관이 있고 여기 기념관이나 초당 입구에 자전거를 보관하고 30여 분간 울창한 산림을 벗 삼아 산책하다 보면 다산초당에 도착한다. 초당草堂이라는 이름에 걸맞지 않게 기와를 얹고 있는 다산초당은 머지않아 갈대나 억새 또는 볏짚 이엉을 얹은 초당으로 본래 모습을 찾을 예정이라고 한다.

다산초당 산책을 마치고 20여 km를 더 주행하면 강진읍에 도착하며 강진버스여객터미널에는 서울행 고속버스가 수시로 있다.

위 – 송지면 송호리 땅끝탑
아래 – 강진 만덕산 다산초당

아기자기한
남해 라이딩의 고된 여정

여수엑스포장

국토종주의 남해안 코스 중 강진에서 여수에 이르는 구간은 아기자기하면서도 참으로 볼 것도 많은 지역이다. 우선 우수영 울돌목부터 충무공 이순신 장군의 나라 사랑하는 마음을 전하는 전적지가 도처에 자리잡고 있고, 유려한 여수 밤바다와 순천만 국가정원과 갈대습지도 펼쳐져 있다.

순천 낙안읍성樂安邑城에서 조선시대 우리의 생활상을 살펴볼 수 있고, 승보사찰僧寶寺刹이라는 순천 송광사에서는 정진에 힘쓰는 승려들의 나직한 염불이 울려퍼지며, '주먹자랑 하지 말라'는 벌교에서는 득량만 갯벌에서 알을 키운 꼬막이 입맛을 유혹한다. 보성 회천면 차밭에서 날로 향을 더해가는 찻잎의 향긋한 냄새와 짙푸른 녹차밭의 시원한 시야를 즐길 수 있고, 다향을 머금은 도자기 찻잔은 강진 청자 도요지에서 구워낸다.

남해안의 목포나 해남, 강진, 장흥, 고흥, 순천, 여수, 광양, 하동, 통영 등지는 서울에서 너무나도 먼 느낌이 들지만, 그래도 넉넉잡고 고속버스로 너댓 시간이면 도착할 수 있다. 강진에서 장흥과 보성을 거치는 이 길을 이번에는 역순으로 여수부터 거슬러 올라가본다. 서울에서 여수를 가는 여정은 고속버스가 많아 비교적 수월한 편이다.

이번 여정은 서울에서 새벽에 버스를 타고 아침 10시쯤 여수터미널에 도착하며 시작한다. 여수에 도착하자마자 우선 가까운 엑스포장으로 향한다. 엑스포는 이미 끝났지만 엑스포장을 둘러보고 수막을 이용한 영상쇼인 '빅O쇼'는 낮인 관계로 그냥 지나치고 방파제로 연결된 오동도를 향한다.

오동도는 정상부의 등대와 함께 동백꽃이 유명한데, 이번 여정은 철이 맞지 않아 동백숲을 걸어보며 여수를 한눈에 조망할 수 있는 방파제 끝까지 갔다오는 것으로 만족한다.

오동도를 돌아서 나오다 보면 왼편으로 난 작은 터널을 통과해 거북선대교를 통해 돌산도로 건너갈 수 있는데, 돌산도의 끝 지점에 있는 향일암向日庵으로 향한다. 돌산도에 들어서면 섬은 온통 갓김치를 담그는 '갓'으로 뒤덮여 있는데, 나는 특별히 갓김치를 좋아하지도 않거니와 특별하다는 생각은 들지 않고 그냥 무덤덤하게 왼쪽으로 펼쳐지는 바다 풍경을 감상하며 작은 오르내림을 반복하며 달린다. 그리고 돌산도 끝에서 해가 돋는 동쪽바다를 향해 서 있는 작은 암자 향일암을 만날 수 있다.

향일암을 한 바퀴 돌아본 뒤 돌산읍을 들러 돌아오려 했으나, 여름철 더위와 여수로 들어가서 모텔을 잡아야 하는 빡빡한 일정 탓에 다시 오던 길을 달려 여수로 들어온다. 여수에 해가 진 뒤 도착해 진남관 광장 옆 시장 골목에 있는 모텔을 찾았는데 성수기라서 7만 원이나 한다기에 인근 게스트하우스를 검색하니 전라좌수영(진남관) 너머에 3만 원짜리가 있단다. 더운 느낌은 있지만 4만 원이나 아낄 수 있다는 생각에 좀 더 이동했다. 숙소에 짐을 풀고 샤워를 마친 뒤 아까 들른 시장 골목을 다시 찾았는데, 보랏빛으로 빛나는 여수 밤바다의 풍경이 거의 예술이었다.

내가 맡고 있던 〈2TV생생정보〉 프로그램에서 얼마 전에 소개한 시장 골목 대성식당을 찾아 삼치회를 주문하니 여수가 아니면 맛보기 어렵다는 삼치회를 듬뿍 담아 내온다. 또다시 잎새주를 벗 삼아 여수 밤바다를 음미하며 남도의 음식을 즐기니 더 부러울 것이 없다.

여수 대성식당에서 삼치회를 먹은 얘기를 소셜미디어에 올렸더니 고등학교 선배로부터 댓글이 달렸는데, "〈2TV생생정보〉 담당 PD

면 소개한 식당의 음식 값은 공짜인가?"라는 내용이었다. 아마도 그런 오해를 할 수도 있겠다 생각되는데, 요즘이 어느 때인가? 거기에 단 내 답글은 "담당 PD가 아니라 PD 할애비라도 돈은 메뉴판의 가격으로 다 냅니다. 다만 주인이 상에 올리는 음식의 질과 양은 달라지겠지요?"였다.

다음날 일정은 여수반도를 오른쪽으로 돌아서 올라가 순천왜성과 순천만습지를 거쳐 낙안읍성에서 민박을 해보기로 계획했다. 그런데 여수반도를 오른쪽으로 도는 이 여정은 풍광을 즐기기보다는 산업단지를 견학하는 코스였다.

맨 처음 나타나는 원유하역시설부터 시작해 화학제품과 원료를 생산하는 우리나라의 저명한 기업들이 꽉꽉 들어차 있었고, 여수화학공업단지는 가도 가도 끝이 보이지 않을 지경이었다. 중간에 보이는 현수교인 이순신대교를 통해 광양으로 건너갈 수 있는지 알아보니 이순신대교는 다리가 높고 위험해 자전거나 사람의 통행이 금지된 다리였다.

여수반도를 완전히 돌아 도착한 순천왜성倭城에는 많은 이야기들이 기다리고 있었다. 순천왜성을 쌓은 사람은 1592년 임진왜란 당시 조선을 침공하는 데 선봉에 섰던 고니시 유키나가小西行長라고 했는데, 정유재란이 끝나던 1598년 무술년 11월 고니시 군軍이 최후까지 주둔하다가 철수한 곳도 이곳 순천왜성이라 했다. 순천왜성에서 부산으로 가는 지름길인 노량(지금의 남해대교 부근) 앞바다에서 벌어진 최후의 해전인 노량해전에서 이순신 장군이 전사하는데, 그 왜군들의 퇴각 거점이 순천왜성이었다.

남아 있던 성벽을 토대로 왜성의 일부를 다시 쌓았는데, 그 맞은편 갯골 앞에 왜군이 가장 무서워하던 이순신 장군을 모신 충무사忠武祠를 세워 왜성에서 죽은 귀신들이 주민들의 꿈에 출몰하는 것을 경계했다고 전한다.

순천왜성을 천천히 살펴본 다음 순천만습지로 향했는데, 도중에 순천시내를 관통해서 가야 했다. 시내를 주행하며 신호를 기다리고 있는데, 뒤편 차에서 무슨 소리가 들려 뒤돌아보니 부모님과 휴가를 왔는지, 어린 남매가 창을 열어젖히고 나를 바라보며 손을 열렬히 흔든다. 음악을 듣던 이어폰을 빼고 들어보니 아기들이 외치는 소리가 "할아버지 파이팅!"이었다. '그래 나도 할아버지이긴 하지! 조카딸이 결혼을 해 아기를 둘이나 낳았으니!' '할아버지'라는 소리가 그리 듣기 싫지는 않았다.

순천시내에서 순천만습지까지는 10km 정도 되는 거리인데, 입구와 연결되는 다리가 한글 자모로 아름답게 장식돼 있는 순천만국가정원부터 자전거도로가 잘 닦여져 있다. 순천만국가정원과 순천만습지를 보려면 통합 입장권을 한 번만 끊어도 된다는 점을 미리 알았더라면, 순천만국가정원을 구경한 뒤 모노레일을 타고 습지로 갔다 왔으면 됐는데, 괜히 자전거로 열심히 왕복하는 수고를 더해야만 했다.

위 – 여수국가산업단지 원유하역시설
아래 – 순천왜성

비가 그치고 나면
찾아오는 것들

순천만습지

순천만습지를 향하는 도중에 점심을 위해 맛집을 검색해 다락원식당을 들렀는데, 순천만에서 잡은 꼬막비빔밥이 대표 메뉴라고 해서 꼬막비빔밥을 시켰더니 그야말로 꿀맛이었다.

순천만습지는 주차장에 자전거를 묶어두고 입장해야 했는데, 장애인을 위한 휠체어 이외에는 어떤 탈것도 입장이 금지돼 있었다. 맞은편 용산전망대 아래까지 갯벌에 무한정 넓게 펼쳐진 갈대밭이 바람에 따라 일렁이고 사각사각 갈대 부딪는 소리가 들리는 데크길을 걷노라면, 자연이 인간에게 제공하는 혜택이 얼마나 큰 것인지를 느낄 수 있었다.

용산전망대 왕복에 1시간 30분이나 걸린다는 말에 다음을 기약하며 발길을 돌려야만 했다. 숙소를 정하기로 한 낙안읍성까지 들어가려면 길을 재촉해야 했기 때문이다. 순천만습지에서 낙안으로 향하는 길은 커다란 고개를 하나 넘어야 했다. 여름철이라서 땀은 흐르고 고갯길이 녹록지 않아 끌바로 넘는데, 웬 놈의 날파리떼가 고글 주변과 이어폰을 낀 귀 주변에서 성가시게 성화를 부린다. 물을 많이 준비한다고 했지만 연신 들이키는 바람에 몇 m도 못 가 금방 바닥이 나고, 이제 소나기라도 내리려는지 습도도 높아 정말 죽을 지경이다.

간신히 고갯길 정상에 올라 간식으로 양갱을 먹고난 뒤, 사탕을 두어 개 입에 물고 한숨을 돌리니 이제 내리막길만 남았지만 서서히 땅거미가 밀려오기 시작한다. 지난 봄 안동 하회마을에서 풍산으로 가던 야간주행 길에 고라니와 충돌할 뻔한 기억이 떠오르고, 산이라서 야생동물과 조우할 우려도 있어 페달링에 박차를 가해 낙안으로 들어섰다.

낙안읍성에 들어서자 빗방울이 떨어지기에 우선 식당으로 피신하는데, 〈2TV생생정보〉에 소개됐다고 플래카드를 건 식당이 있어 반가운 마음에 들어갔더니 오늘은 영업이 끝났단다. 다시 찾아 들어간 조그만 식당에서는 허술해 보이는 남성이 혼자서 주방일과 서빙을 하는데, 제육볶음 한 접시와 순대국을 시키니 맛이 그런대로 괜찮았다. 이런저런 얘기를 물어오기에 자전거 여행을 하는 이유를 설명하고 〈2TV생생정보〉 담당 PD라고 했더니 불쑥 자기 식당을 소개해달라며 매달린다. 나이를 물어보니 나와 동갑이었는데, 나보다 너댓 살은 더 들어보이는 것은 나만의 느낌일까?

요기를 마치고 나서 두어 곳 모텔에 연락을 해보니 방이 다 나갔다는 답이 돌아왔다. 숙소를 걱정하고 있는데, 이 동갑내기 식당 주인이 마침 읍성 안 민박집을 소개해주겠단다.

낙안읍성 안에는 예전에 살던 그대로 민속마을을 조성하고 보존을 위한 목적으로 건립한 건물(가령 옛 동헌 건물이나 임방울 명창 기념관과 판소리 전수관 등)도 있고, 실제로 주민들이 거주하며 생활하는 집들도 있었는데, 민박집으로서는 조금 부족한 점이 있었다. 샤워시설은 있지만 수건도 달랑 한 장, 마실 물도 준비되지 않은 잠만 잘 수 있는 곳이었다.

사진에서 보던 봄꽃이 활짝 핀 화사한 낙안읍성의 느낌보다는, 편의시설이 부족해 불편하다는 생각이 앞서는 것은 어쩔 수 없었다. 다음날 아침 자전거로 돌아보며 '낙안읍성은 봄에 오면 좋겠다'는 생각만이 머리를 맴돌았다.

낙안읍성에 들어갈 때도 그랬지만 송광사를 목적지로 낙안을 떠날 때도 커다란 고갯길을 넘어야 했는데, 아마도 그래서 낙안樂安이라는 이름이 붙게 된 것이 아닌지 궁금했다. 낙안은 남쪽 벌교 방향을 제외하고 삼면이 높다란 산으로 둘러싸여 있는데, 그래서 외부세력의 침입이나 약탈에서 비교적 자유로울 수 있었고, 또 그런 이유로 '편안하게安 즐긴다樂'는 마을 이름이 붙었던 것은 아니었을까?

아침부터 땀으로 목욕하면서 끌바로 넘어가는 송광사 가는 길은 고행과 다름이 없었다. 마지막에 다시 한번 자전거를 타고 넘기 좋을 만한 얕은 고개를 넘어 오른쪽으로 갈라지는 길에 웅장한 일주문이 나타나는데, 여기서부터 송광사 지경地境이라는 것을 알리고 있다.

송광사는 낙안의 진산인 조계산 북쪽 사면에 자리하고 있는데, 승보사찰로 잘 알려져 있다. 불가에서 말하는 불보(佛寶, 석가모니 등 부처를 중히 모시는 사찰로 양산의 통도사)와 법보(法寶, 불경을 보배에 비유한 말로 합천의 해인사)와 함께 승보(僧寶, 계율을 지키고 불도를 닦아 실천하는 승려를 보배로 비유하는 말로 순천의 송광사) 사찰로 흔히 우리나라 삼보사찰三寶寺刹 중의 하나로 일컬어진다.

비교적 최근에 세운 것으로 생각되는 일주문一柱門은 거창했지만, 본격적인 사찰 경내로 들어서는 것을 알리는 절寺의 일주문은 지리산 자락 화엄사와 같이 사찰의 규모에 비해 아주 소박한 것도 송광사의 특징이다.

일주문을 들어서기 전 일주문 정면으로 높이가 5~6m쯤 되는 말라죽은 나무를 볼 수 있는데, 고려 보조국사 지눌대사가 자신의 불멸을 증명하기 위해 심은 나무로 지눌대사가 환생해 송광사로 돌아오는 날 다시 살아난다는 얘기가 전하는 고향수枯香樹라는 나무이다. 그리고 왼쪽 회랑으로 내를 건너면 모습을 드러내는 대웅전도 웅장하다기보다는 소박한 모습이었고 훨씬 관람하기에도 편한 사찰이었다.

송광사 관람을 마치고 보성으로 향하는 길은 주암댐을 끼고 돌아가는 길을 선택했다. 이 지역에는 주암댐 수몰지에서 자리를 옮긴 고인돌박물관이 있고, 특히 구한말 민중 계몽과 독립운동에 앞장선 서재필 선생의 생가도 우연히 발견하고 돌아볼 수 있어 유익했다.

주암댐부터는 보성강 물줄기를 벗 삼아 따라서 내려가는데, 복내면부터 국도에 메타세쿼이아로 가로수를 조성했고 길가에는 보성녹차마라톤 풀코스 구간이라는 것을 알리는 표지판과 거리 표시가 있어 꼭 한 번은 달려볼 만한 아름다운 길로 기억해두었다.

보성읍내를 우회하는 외곽도로를 따라가다 보면 장례식장을 지나면서 길이 왼쪽으로 꺾이며 회천면으로 들어서는데, 바로 유명한 보성 차밭이 줄지어 있는 지역이다. 남쪽으로 향한 산비탈에 굽이치는 차나무 이랑과 고랑이 겹겹이 포개진 모습이 아름다운 대한다업 차밭에는 이전에 들른 적이 있어, 이번에는 사진만 한 장 찍고 곧장 율포로 향한다.

율포에는 본사 후배 PD의 연락으로 나를 기다리는 보성군청 Soo 계장이 나와 있었다. 얼마 전까지 사무실 옆 자리에 앉아 있던 Joo PD가 국장으로 임명된 후에도 만남을 가져왔는데, 내가 고향인 보성에 들른다는 소식을 듣고 '꼭 보성에서 1박을 하고 가라'며 군청의 고향 후배 공무원에게 연락해서 전어축제가 열리는 회천면 율포에서 1박을 하게 된 것이었다.

율포에서 강진 가는 길목의 차茶문화관 한 켠에 숙소를 정하고 대충 빨래와 샤워를 마친 후 내려오니, 율포로 저녁이나 먹으러 가자는 말과 함께 새로 개발한 녹차라며 한 세트를 건네는데, 내가 즐겨 마시던 우전雨煎과 견주어도 손색이 없을 정도였다. 여기서 우전이란 24절기 중 곡우(穀雨, 4월 20일 경) 이전에 새로 나는 찻잎만으로 만든 최고급

차의 하나이다. 나는 개인적으로 전어는 회로 먹기보다는 구워서 한 두 마리 먹는 것을 즐기기 때문에 전어보다는 자전거 주행 시 체력 보강에 도움이 되는 삼겹살을 안주 삼아 서로 간 친분을 쌓았다.

송광사에서 보성을 거쳐 율포까지 내려오는 동안 대한다업 녹차밭을 그냥 지나친 것이 아쉬워 강진으로 갈 때는 다시 돌아서 가볼까 생각도 했지만, 이전 〈퀴즈! 대한민국〉 프로그램을 제작할 때 들러본 기억도 있고, 후일 보성녹차마라톤에 올 때를 기약하며 뒤로 미루기로 했다.

다음날은 율포를 출발해서 해안선을 따라 서쪽으로 달리다가 장흥군 안양면에서 왼쪽으로 방향을 틀어 장흥반도 남쪽에 있는 천관산과 정남진을 지나고, 마량포구와 고려청자 도요지를 들러 강진까지 주행하는 일정이었으나, 안양면에서 예기치 않은 억수같은 장대비를 만나면서 부득이 일정을 변경할 수밖에 없었다.

안양면에서 좌회전해 10여 분을 주행하고, 고갯길을 돌아나가면서 바라본 정면 천관산 방향 하늘에는 시커먼 먹구름이 밀려오고 바람도 점점 세기를 더해가는 것이었다. 지도를 검색해보니 정남진과 천관산 인근 관산읍까지는 갈 길이 멀기만 한데, 도중에 마을이나 인가도 거의 보이지 않는 무인지경無人之境이나 다름없는 길로 보였다. 핸들을 돌려 출발했던 안양면으로 돌아오나 비바람이 점점 심해지는 것이 딱히 대책이 없다. 이 비를 맞으며 장흥반도를 돌아 정남진과 천관산, 강진 마량포구와 고려청자 도요지를 거쳐서 돌아가는 애초의 일정을 강행했다가는 비 맞은 생쥐 꼴이 되기 십상이었다.

부득이 다음을 기약하며 장흥을 거쳐 강진으로 가는 지름길을 선택할 수밖에 없었다. 그런데 장흥에서 자전거로 1시간이면 갈 수 있는 강진까지 가는 것도 쉬운 일은 아니었다. 비는 점점 거세져 폭우 수준으로 내리는데 안양면에서는 변변하게 피할 곳도 마땅치 않았다. 비가 잠시 뜸한 틈을 타 주행을 강행하다가 다시 출발한 지점으로 돌아오기를 두세 번 반복하다가, 아예 비가 그치면 주행하기로 작정하고 임시로 들어간 시설물 밑에서 비가 그치기를 기다리니 하염없이 시간만 흘러가고 있었다.

그러기를 두어 시간, 서서히 서남쪽 하늘부터 구름이 걷히며 밝아오기 시작한다. 이러면서 또 하나를 배운다. '화무십일홍 권불십년花無十日紅 權不十年'이라 하지 않았던가? 과거의 나를 다시 한번 돌아보며 좋은 자리에 있을 때(당시나 지금이나 좋은 자리에 있었는지는 모르겠으나...) 주변 사람들에게 잘 대해주어야 하겠다는 마음을 되새겨본다.

이후 강진까지 주행해 집으로 돌아오는 길은 비교적 수월했지만, 폭우 속을 헤매던 기억은 또렷하기만 하고 그때 가보지 못했던 장흥반도 길을 2018년 4월 말 보성녹차마라톤과 함께 다녀왔다.

위 – 순천 송광사 대웅보전
아래 – 보성 회천면 녹차밭

판소리성지를 지나 정남진 전망대로

장흥 정남진 전망대

2018년 4월 29일 일요일과 5월 1일 근로자의날을 맞아 샌드위치 월요일인 4월 30일 하루 휴가를 내고 전라남도 보성녹차마라톤 풀코스를 달린 뒤, 2017년 남해안 2차 종주 때 건너뛴 장흥반도에 있는 정남진正南鎭과 마랑항을 거쳐 완도를 연륙교로 건너고, 미황사와 대흥사를 들른 다음 해남까지 주행하기 위해 토요일 아침 보성행 고속버스에 몸을 실었다.

서울에서 보성까지는 고속버스나 열차 모두 오전과 오후 딱 두 편의 교통편만 있는데, 목적지는 보성이 고향인 회사 후배 PD가 예약해 둔 회천면 율포의 보성다비치콘도이다.

그런데 가는 날이 장날이라고 주말이어서인지 고속도로 사정이 장난이 아니다. 천안을 지나고 공주 정안휴게소까지 거의 3시간이 더 걸리다니 화장실이 대단히 급하다. 그리고 6시간이나 걸려 보성에 도착하고 자전거로 율포에 가서 여장을 푸니 벌써 저녁이다.

4월 29일 아침, 빵과 우유로 가볍게 요기한 뒤 일찍 군내버스로 마라톤이 시작되는 종합운동장에 도착했다. 오늘 목표는 4시간 이내로 완주하기. 3시간 45분 페이스메이커를 따라 10여 km를 달리니 한결 발걸음이 수월해지고, 메타세쿼이아 가로수가 10여 km 넘게 줄지어 있는 주로의 풍광도 그만이다. 그런데 기온이 점점 오르면서 생각을 바꿔 4시간 30분 안으로 놀면서 쉬면서 달리기로 한다.

무사히 4시간 19분 55초에 달리고 나니 몸에 별다른 이상도 없고, 자전거 주행도 문제가 없을 것 같아 후배가 식당에서 주문해놓고 간 삼겹살로 기력을 보충하고 샤워한 뒤 한잠을 청한다.

4월 30일 아침, 어제의 풀코스 완주로 양 다리가 조금 꿉꿉하지만 자전거 타기로 풀 것을 작정하고, 작년 남해안 종주 때 건너뛴 장흥반도를 돌아 해남을 목적지로 길을 나선다. 우선 숙소가 있는 회천면 율포에서 4~5km 거리에 있는 판소리성지에 들른다. 현대 판소리의 시작이 구한말 보성의 소리꾼 박유전에서 시작됐다고 하는데, 박유전의 출생지에 조성한 판소리성지는 판소리진수관 이외에도 뜰에 판소리 다섯마당인 『흥보가』, 『춘향가』, 『수궁가』, 『심청가』, 『적벽가』의 캐릭터를 아기자기하게 꾸며놓아 구경할만하다.

박유전의 판소리를 강산제江山制라 하는데, 박유전의 호號인 강산江山에서 따온 것이다. 판소리는 주로 불리는 지역을 중심으로 서편제西便制, 동편제東便制, 중고제中高制로 구분하는데, 보성을 비롯한 호남의 서남쪽에서 불리던 소리는 계면조로 꺾어주고 애절하게 심금을 울리는 서편제로, 박유전을 비롯해 정정렬, 김소희, 조상현 등이 명창으로 꼽힌다. 우리가 일반적으로 접하는 판소리는 『춘향가』나 『심청가』를 부르기에 적합한 서편제가 대부분인데, 이는 오정해와 김명곤이 주연을 맡아 청산도 돌담길에서 한바탕 소리를 펼치던 영화 〈서편제〉의 영향도 컸을 듯하다.

서편제에 비해 소리의 선이 굵고 장쾌한 동편제는 남원을 중심으로 발달했는데, 강도근이 명창이며 『흥보가』와 『적벽가』를 부르기에 적합하다. 중고제는 서편제와 동편제의 중간쯤에서 상세한 해설(아니리)이 발달한 충청도와 경기도에서 불리던 소리인데, 판소리 다섯마당을 모두 부르기에 적합하나 특히 『수궁가』와 『적벽가』를 부른 박동진이 대표적인 명창으로 꼽힌다.

보성 회천면 판소리성지를 지나 10여 km를 장흥 방면으로 주행하면 장흥군 안양면이 나오는데, 사거리에서 좌회전하면 정남진正南津과 마량항으로 가는 방향이다. 안양우체국이 있는 운정사거리에서 왼쪽으로 방향을 잡고 국도를 따라가다 보면, 다시 왼쪽으로 상발리 표지판을 따라 좌회전을 하면서 국도를 벗어나 바닷가로 주행할 수도 있다.

갈림길에서 얼마 주행하면 넓은 벌판이 온통 초록색으로 덮여 있는 것을 볼 수 있는데, 한우韓牛로 유명한 장흥군의 특색을 잘 보여주는 풍경이다. 이 풀은 소에게 사료로 먹일 목초牧草로서, 아르헨티나의 드넓은 초원에서 기르는 알팔파다. 질 좋은 한우를 키우기 위해서 풀을 대규모로 재배하고 있는 것이다. 평평한 땅에는 알팔파를 심어 목초로 사용하며 말려서 건초乾草로 사료를 충당하고, 또 그 목초밭 옆에는 한우 사육시설이 자리잡고 있는 것은 장흥에서 흔히 볼 수 있는 풍경이다.

다시 길이 국도와 합류하는 용산면을 지나가다 조선백자 도요지 표지판이 있어 따라가 보니, 저수지를 지나 다른 시설은 없고 그저 백자 가마터를 발굴해놓은 곳이었다.

도요지를 지나서 다시 길을 재촉해 정남진을 향하는데, 삼산면 소재지를 지나 넓은 들판을 가로지른 끝에 정남진 표지석이 하나 외로이 서 있고, 표지석 오른쪽 방조제 끝에는 돛단배의 돛 형상을 한 전망대 시설이 멀리 보인다.

정남진에 도착할 때까지 요기를 못해 힘이 점점 달리는데, 표지석 왼쪽으로 정자를 돌아가는 사금리 방향으로 가봤지만 식당이 있을 리 없고, 무조건 전망대까지는 가봐야 할 모양이다. 물을 한 모금 마시고 힘을 다해 4~5km나 되는 방조제를 건너 전망대 아래에 있는 식당을 들어갔더니, 주인인 듯한 여인이 "1인분은 메뉴가 없다"는 매정한 소리에 정나미가 뚝 떨어진다. 수족관에서 헤엄치고 있는 갑오징어나

한 마리 썰어 막걸리 안주 삼아 요기를 하고 가려던 생각이 싹 가시며 '저런 사람 장사시켜줄 필요가 없다'는 오기도 덩달아 발동한다. 이제 희망을 거는 건 지도에 보이는 전망대 커피숍인데 역시나 월요일이라서 휴일이란다. 왜? 슬픈 예감은 틀리지 않는지...

그래도 정남진 전망대에는 볼 것이 많았다. 서울을 거쳐 내려오는 자오선(동경 127.5도) 위에 전망대를 세우고, 자오선 끝 지점에 직경이 7m인 원형 구조물을 만들어놓아 태평양으로 뻗어나가는 우리나라의 기상을 표현했단다. 전망대 앞에 12지신상이 조성돼 있었고 이곳의 뜻있는 분이 안중근 장군을 모시는 사당이 우리나라에 없는 것을 아쉽게 생각하고 사당을 만든 것을 기리는 안중근 장군 동상도 있었다.

전망대 내리막길에 조각상이 놓인 공원 같은 곳이 있어 들러보니 마침 갤러리를 겸한 카페다. 메뉴에 있는 조각케이크를 달랬더니 유효기한이 다해 배탈이라도 날까봐 팔 수가 없단다. 지나는 객의 배탈까지 걱정하는 주인장 마음 씀씀이가 고맙긴 하나 야속한 마음이 더 앞선다. 하는 수 없이 설탕을 듬뿍 넣은 커피로 식사를 대신하고, 거의 다 온 강진 마량으로 향한다.

위 – 메타세쿼이아길

아래 – 안양면 목초 알팔파 재배지

예기치 못한 일들이 주는 여행의 낭만

장흥군 정남진 전망대에서 10여 km 떨어진 곳에 있는 마량항은 강진군이다. 강진에 들어서자마자 고개 하나를 넘어서면서 표지판을 보니 이순신 장군이 뿔뿔이 흩어진 조선의 수군을 다시 불러모아 재건하며 행군했다는 조선수군 재건로다.

거제도부터 울돌목이 있는 명량까지 남해안에는 이순신 장군과 관련한 유적들이 곳곳에 있고, 모든 바닷길과 물골이 이순신 장군의 전적지로 승전을 이뤄낸 곳이다. 고갯길을 넘어서자 저 앞으로 빨간색으로 칠한 다리가 공중에 떠있는데, 마량항과 고금도를 연결하는 연륙교인 고금대교다.

본래 마량은 남도의 섬들을 육지인 강진과 장흥으로 연결하고, 또 제주도까지 사람들을 실어 나르는 여객선이 활발하게 운행하던 강진군의 중요한 항구였다. 그렇지만 고금대교로 고금도가 연결되고 신지대교로 신지도가 완도에 연결됐고, 2017년에는 신지도와 고금도가 장보고대교로 연결되면서, 이제 섬 주민들은 자동차로 육지를 찾을 수 있게 됐고, 가끔씩 옛 추억을 되새기는 관광객만이 어쩌다가 찾는 항구가 되고 말았다.

간신히 국밥집을 찾아 배고픔을 채우고 있는데, 식당 주인 아주머니 말이 어판장에 연락을 하면 아까 "1인 메뉴가 없다"던 식당 수족관에서 봤던 갑오징어를 썰어 배달해줄 수 있단다. 5월 초순 한창인 갑오징어를 그냥 지나칠 수 없어, 한 마리 썰어 배달을 부탁한다는 주문에 잠시 후 가져온 갑오징어회가 꿀맛이었다. 남은 것을 저녁 때 술안주로 쓸 요량으로, 데치고 포장해서 길을 나서니 발걸음이 가볍다.

예전에 마량에서 완도나 해남을 가려면 배를 타고 가거나 강진만을 빙 돌아가야 했으나, 지금은 고금대교를 건너 고금도를 종단하고,

장보고대교를 건너 신지도를 가로지른 후 신지대교를 건너면 바로 완도에 도착한다. 자전거로도 1시간이면 족하니 아마 차량으로는 15분 정도면 충분할 것이다. 비록 다리를 놓고 섬을 육지와 연결해 교통은 많이 편리해졌지만 낭만은 많이 사라진 셈이다.

1981년 대학교 3학년 때, 제주도 수학여행길에 쾌속선을 타기 위해 들렀던 자그마한 시골 읍내였던 완도는 언뜻 보기에도 큰 도시가 되어 있었다. 완도 하면 통일신라시대 청해진 대사로 임명된 장보고 장군의 주된 활동 무대인 청해진淸海鎭이 우선 떠오르는데, 현재는 김과 전복 양식으로 유명세를 치르고 있다.

하루쯤 완도를 둘러보며 즐길거리와 주변 섬들도 찾고 싶지만 다음을 기약하는 수밖에 없다. 저녁 6시경이라고는 하나 아직도 해가 남아 숙소를 정하기도 이른 듯한데, 아까부터 자전거 체인에서 나는 '사각사각' 소리에 신경이 거슬린다. 지도를 검색해보니 자전거 수리점이 두 곳 있는데, 한 곳은 아예 문을 닫았고, 다른 한 곳을 찾으니 사장님이 "고급자전거는 손을 못 본다"며 손사래를 친다. 체인 윤활유가 부족한 것 같다는 내 말에 거기 윤활유가 있으니 직접 기름칠을 하란다. 체인에 기름을 반복해서 듬뿍 올리니 어쨌든 소리도 없어졌고, 힘도 훨씬 덜 드는 느낌이다.

완도의 밤은 아름다운 항구에 어울리는 조명과 풍부한 먹을거리가 있어 즐기기에 좋다. 그렇지만 홀로 여행에 나선 내가 즐기기에는 결코 만만치가 않은데, 우선 먹을거리로 바닷가 숙박이 가능한 지역의 식당 대부분의 메뉴에는 1인분이 없다. 지난 해 당진 한진항과 변산반도 격포항, 해남 땅끝마을에서도 그랬다. 대개 2인분 이상 주문이 필요했고, 땅끝마을에서는 3~4인분 해물탕 덕에 포식을 해야만 했다.

이번 완도는 다행히 부대찌개 1인 메뉴가 있었는데, 주인장 눈치를 보느라 전복부대찌개를 시켰더니 싱싱한 전복 한 마리를 얹어서 내오는데, 이 전복 한 알 가격이 3,000원이었다. 어쨌든 저녁을 먹고 숙소로 돌아오니 아까 마량항 식당에서 데쳐 싸온 갑오징어 생각이 난다. 근처 편의점에서 맥주를 하나 사가지고 돌아와 마시다 보니 그대로 잠이 들었다.

다음날 아침 '오후 늦게부터 비가 온다'는 예보가 있었지만 하늘을 보니 잔뜩 흐린 것이 금방이라도 비를 쏟을 것 같다. 서둘러 여장을 갖추고 숙소를 나서 완도대교를 목표로 주행을 하다 보니 길을 잘못 들었는지 출발한 완도항에서 200~300m도 떨어지지 않은 곳으로 다시 돌아왔다. 네이버지도를 검색하다 보니 50m 정도 거리에 버스터미널이 있는 게 아닌가? 하늘도 꾸물꾸물하며 어두워지고 안개비처럼 비도 내리는 느낌에 해남행 버스에 몸을 실었다.

자전거를 타고 왔으면 한참을 왔을 것이다. 얼마 되지 않아 완도 입구인 완도대교 남쪽 원동과 해남 쪽 육지 북평면에서 사람들이 버스에서 타고 내린다. 애초 첫 번째 목적지로 정했던 미황사로 가기 위해 가까운 곳에 차가 정차할 때 내리면 되겠구나 생각을 하고 있는데, 검색을 하고 있는 동안에 월송리정류장에 멈췄다가 출발한다. '이렇게 중간 중간 정차를 하는 줄 알았더라면 애초 월송리를 머릿속에 입력하고 버스를 탔어야 했는데...' 생각을 하는 사이 버스는 어느덧 해남 터미널에 도착했다.

시계를 보니 8시 40분, 미황사행 버스는 20분 전에 출발했고, 다음 버스는 11시에나 있었다. 거리를 계산해보니 왕복 약 56km, 미황사와 대흥사를 돌아보고 오려면, 해남에서 고속버스를 예약해놓은 오후 3시 30분까지는 시간이 있다고 하나 조금 불안한 마음이 앞선다. 하는 수 없이 멀리 달마산에 있는 미황사는 다음 기회로 미루고, 해남 읍내에 있는 고산윤선도유적지를 거쳐 비교적 가까운 거리에 있는 대흥사까지만 다녀오기로 결정을 했다.

해남읍에서 5km 정도에 있는 고산윤선도유적지는 해남에 정착한 윤선도의 4대조부터 증손자인 윤두서 형제들과 그 후대까지 해남 윤씨 집안의 모든 것을 보여주고 있었다. 효종이 하사했다는 녹우당綠宇堂은 물론 재실齋室과 후대에 건립한 기념관과 시비詩碑 등이 조선시대 최고의 문인으로 일컬어지는 고산 윤선도의 풍모를 잘 보여준다.

호남의 명산이라는 두륜산 자락에 자리한 대흥사는 전각의 배치가 특이했다. 대부분 석가모니불을 모신 대웅전(대웅보전)이 절의 중심인데 비해, 대흥사는 북쪽 끄트머리에 내를 건너 아담한 모습으로 자리잡고 있었다. 서산대사를 기리는 표충사와 조선의 다도茶道를 완성했다는 초의선사 좌상도 있었다. 두륜산의 절묘한 풍경과 잘 어울린다는 대흥사의 선경은 산허리의 구름으로 볼 수가 없었다.

위 – 완도 장보고대교
아래 – 해남 고산윤선도유적지 녹우당

용산재를 넘어 대황강을 따라

신숭겸 장군 동상

2015년 시작한 자전거 국토완주 12개 코스를 주행하며 섬진강을 갈 때면 매번 찜찜한 마음을 품고 내려가는 구간이 있는데, 바로 보성강이 섬진강으로 합류하는 압록 구간이다. 비교적 평온하게 흐르던 섬진강이 깊게 패이고 물이 제법 많이 흐르는 지역이다. 압록에서 잠시 자전거길을 벗어나서 다리를 건너고 보성강(이 지역에서는 대황강이라 부른다)을 거슬러 올라가면, 목사동면 구룡리에 저 멀리 비래봉을 진산으로 신숭겸 장군의 탄생지를 알리는 용산단龍山壇이 있고, 재를 올리는 용산재龍山齋와 사당인 덕양사德陽祠가 있다. 압록에서 16km 정도 대황강을 거슬러 올라야 하는 용산재까지 왕복 30여 km를 갔다오는데 거의 2시간 이상이 걸려 매번 지나치곤 했다.

이번에는 일정도 조금은 한가한 만큼 시조 할아버지께 인사를 드리고 가기로 했다. 목사동면에 들어서고 비래봉 언덕길을 오르면서 바라본 용산재 맞은편 산록 오목한 곳에 내려앉은 하얀 안개구름은 신비로움을 더 하는 듯하다. 장군의 탯줄이 묻힌 용산단과 장군의 시호인 장절공壯節公 비각 앞에는 용산재龍山齋와 덕양사가 있고, 입구에 있는 장군의 동상 뒤편에는 장군의 순절도殉節圖와 기러기를 활로 쏘는 그림인 사안도射雁圖가 양각되어 있어 장군의 충성된 마음을 잘 전하고 있다. 용산재를 들러 대황강을 내려오다 보니 아침에 일찍 출발해서인지 배가 고파오는데, 다행이 길가에 아기자기하게 꾸민 식당이 눈에 띄어 들렀더니 지리산과 주변의 경치 좋은 곳을 찾아 사진을 촬영하는 아마추어 사진작가의 아틀리에 겸 식사를 할 수 있는 돈가스 전문점이다. 인근에는 최근에 건설한 대황강출렁다리도 있어 보성강 경관을 즐기기에도 좋았다. 섬진강을 따라 내려가다 보면 자전거길 중간중간에 특이한 모양을 한 구조물을 볼 수 있는데, 커다란 장구통와 우체통 모양으로 화장실을 지어놓았다. 대황강 출렁다리 앞에는 달팽이 모양의 화장실이 있고, 섬진강 하구 광양만의 망덕포구 선소船所에는 이순신 장군이 타고 지휘했음직한 판옥선板屋船 모양의 화장실도 있다.

자전거로 해안선을 따라 국토일주 계획을 세우고 길을 나선 2017년 3월 2일 이후, 인천 정서진에서 충남 서천까지 서해안 1차 종주에 이어 군산에서 목포까지 서해안 2차 종주, 목포에서 해남 땅끝마을을 거쳐 강진까지 남해안 1차 종주에 이어 여수에서 순천을 거쳐 강진까지 남해안 2차 종주를 마치고, 광양에서 통영까지 남해안 3차 종주는 국토종주 코스 중 섬진강자전거길에서 남은 구간인 남원에서 광양까지 주행을 마친 뒤 이어가기로 계획을 세웠다. 지금까지 한 번도 가보지 못했던 남원을 들러 광한루에 전하는 이몽룡과 성춘향의 이야기도 들어보고, 통영이 낳은 문학가 박경리 선생이 쓴 대하소설 『토지土地』의 주무대인 하동군 악양면 평사리와 구례 화엄사 등을 둘러보는 일정으로 계획을 짰다. 이번 일정에는 특히 중앙대학교 후배인 김리한 시인과 최인규 후배가 평사리 토지마을 한옥체험관에서 하루를 묵을 수 있도록 주선했는데, 그래서 전체 일정은 조금 여유가 있었다.

첫날 회사 일을 정리하고 고속버스로 남원에 내려갔는데, 도착한 시각이 오후 4시가 넘었다. 서둘러 광한루를 둘러보고 바로 옆의 춘향테마공원에는 들를 생각도 하지 못한 채 숙소로 삼을 곡성까지 20여 km 주행을 시작하는데, 이미 날이 어둑어둑해지기 시작한다.

위 - 남원 광한루
아래 - 화개장터

삼천포에 빠져 이순신 장군을 만나다

섬진강 하구 다도해

초가을이라고는 하지만 아직도 낮의 열기가 식지는 않았는데, 저녁나절 자전거길을 주행하다 보면 따뜻해진 아스팔트나 시멘트 도로에서 노숙을 하려는 뱀을 만나기도 한다. 남원에서 곡성을 가는 길에도 느닷없이 눈에 띄는 뱀들을 몇 번 만나고 기겁한 적도 있었다. 우여곡절 끝에 곡성에 도착해 오일장 앞 이모네집에서 돼지국밥으로 요기를 하고 숙소를 잡으니 한결 여유를 찾을 수 있었다.

다음날 구례구역과 사성암인증센터를 지나면서 잠수교를 지나 구례읍내로 향했는데, 이전부터 가보고자 했으나 인증센터 도장을 찍으며 지나기에 바빠 지나친 화엄사를 들르기 위해서다. 구례에서 멀지 않은 곳이지만 들르기가 쉽지는 않은데, 화개장터 근처 쌍계사도 마찬가지다. 이번에는 큰맘 먹고 화엄사를 향해 달려가는데 생각보다는 훨씬 수월한 길이었다. 유명한 화엄사 복사꽃은 다음 해 봄을 기약하고 화엄사 대웅전과 각황전, 절 마당의 탑을 중심으로 인증 사진을 촬영한 뒤 다시 길을 잡았다. 이번에는 사성암으로 돌아나가지 않고 평사리를 목표로 화개장터 방향 섬진강 좌안左岸의 자전거길 겸용 국도를 따라 내려간다.

평사리로 주행하면서 대학 후배에게 전화로 숙박 문제를 확인하는 한편 요기를 할 수 있는 식당을 찾는데, 화개장터 아래에는 또 마땅한 식당이 없다. 가는 길에 하동 대봉시를 내어놓은 길가에 임시로 개설한 가게 간판에 '막걸리, 라면'이라고 적혀 있어 요기를 하려고 들렀더니, 예전 가게 주인이 써놓은 것이라서 지금은 메뉴가 없단다. 그래도 먹을 것을 부탁하니 자기들 몫인 막걸리 한 병에 피꼬막 데친 것을 안주로 하란다. 거기에 잘 익은 대봉시와 옥수수와 고구마 삶은 것을 곁들이니 비로소 견딜만해진다. 요기를 마치고 돈을 내려니 안 받겠다는 통에 실랑이 끝에 겨우 3,000원을 주고 일어섰다.

평사리에 이르기에 앞서 요기를 한 탓에 평사리에는 해가 거의 떨어져서야 도착할 수 있었다. 서둘러 평사리 언덕길을 오르고 매표소에서 문학관 관장님을 찾으니, 관장님과 통화를 마친 직원이 오늘 하루를 묵을 최참판댁 위쪽에 있는 한옥체험관 방으로 안내를 해준다. 평소 문인들이 머물며 창작 활동을 하는 공간이지만, 오늘은 특별히 대학 후배인 김리한 시인이 부탁을 드렸고, 또 다행히도 빈 방이 있어 내가 묵어 갈 수 있게 된 것이었다.

조금은 불편한 점도 있었는데, 우선은 수돗물이 아주 가늘게 나와 샤워하기가 어려웠고, 결정적으로 TV가 없고 근처 편의점도 해만 떨어지면 문을 닫아 긴 긴 밤 소일거리가 없었다. 고즈넉한 분위기의 평사리 한옥체험관에서 '쏴~ 쏴~' 울어대는 대숲의 외침과 함께 하는 낭만은 있었지만, 현대적인 생활에 익숙해진 나에게 평사리 하룻밤은 너무나도 길게만 느껴졌다.

다음날 일찍 소설 『토지』의 무대인 평사리를 한 바퀴 돌아본 뒤 소설에서 수없이 언급되는 최참판댁 담 너머로 내려다보이는 악양들 한가운데로 난 길로 자전거를 몰았는데, 아침 해를 받는 평사리의 평화로운 모습은 참으로 아름다웠다.

가을을 맞아 맛과 빛깔을 더해가며 지천에 널린 대봉시를 바라보며 발아래 하동을 향해 내려가는데, 어째 아침부터 불어오는 강바람이 심상치 않았다. 하동에서 광양 방향으로 건너는 하동교 아래에 있는 하동 섬진강솔숲을 한 바퀴 돌아보는데 이제는 강변의 모래가 날리고, 섬진강종주 광양매화마을 인증을 위해 광양 쪽에서 섬진강을 거슬러오르는 길에는 아예 자전거가 앞으로 나아가기가 어려울 정도로 바람이 세차게 불어댄다. 간신히 매화마을 인증을 마치고 광양 배알도수변공원을 향해 내려가는 길에도 돌풍이 몰아쳐 자전거가 휘청휘청할 정도였다. 광양 배알도 인증을 마치고 섬진대교를 건널 때도 바람은 거세게 불어 자전거를 타고 건너가는 것을 포기하고 끌바로 건너는데, 바람이 나를 차로로 몰아넣을 지경이었다.

이날의 때아닌 광풍狂風은 사천대교를 건너 목적지로 잡은 삼천포에 도착할 때까지도 불어댔는데, 바로 일본 남쪽으로 지나가는 태풍의 영향권에 들어 불어오는 바람이라 했다. 바람과 사투를 벌이며 하동에서 해안선으로 난 지방도를 따라 마을을 통과하다 보니, 이쪽 남해안은 이전에 거쳐왔던 진도와 해남 사이 울돌목에서부터 이순신 장군과 관련한 전승지戰勝地가 줄을 잇는다.

이번 여정 중 섬진강 하류 망포해변에는 이순신 장군이 전함을 건조한 조선소 유적지가 있었고, 또 남해도를 연결하는 남해대교 직전에는 노량露梁이 있는데, 이순신 장군이 전사한 정유재란의 마지막 전투인 노량해전露梁海戰이 펼쳐졌던 지역이다.

하동과 고성군을 지나 사천시에 들어서면서 사천을 들러 가야 할지 아니면 사천대교를 건너는 지름길을 선택할지를 결정해야 하는데, 시간의 제약으로 사천대교를 건너기로 했다. 바람에 날려 차로로 밀리는가 하면 길이가 2km가 넘는 다리에서 난간에 부딪힌 적도 있었는데, 사천대교를 건너서는 비교적 편안한 주행을 할 수 있었고 삼천포까지가 평지였다. 폭풍에 밀려가며 사천대교를 건너서 따라갔던 사천만 도로가 임진왜란 때 이순신 장군이 거북선을 처음 출전시켜 사천해전에서 승리한 뒤 개선한 길이라는 사실은 다음날 알 수 있었다.

삼천포에서도 역시 저녁으로 1인 메뉴가 없어 마지못해 멸치쌈밥을 2인분이나 먹어야만 했다.

위 - 최첨판댁 사랑채 재현
아래 - 사천대교 휴게소에서 바라본 다도해

다도해의 풍경과 남해의 정

고성군 해변 다도해 원경

삼천포에서 하루를 지낸 다음날 아침식사를 하러 가기 전 밴드 앱을 훑어보니 1:1 대화창으로 대화가 들어와 있는데, 어떤 분이 '시간이 있으면 사천과 삼천포를 안내해드리겠다'는 내용이었다. 삼천포나 사천의 지리를 몰라 반가운 마음에 '오늘 통영까지만 가면 되니 시간이 있다'고 하자 이대복국 식당을 지목해 복국으로 식사를 하고 있으면 식당에서 만나 안내를 해주겠단다.

복국으로 해장을 마치고 나오니 천만 뜻밖에도 승용차가 비상등을 켜고 서 있는 것이었다. 영문을 몰라 물어보니 자전거 밴드가 아닌 여행 밴드에 올린 내 글을 읽었다는 것이었다. 지금은 사정이 있어 모두 탈퇴했지만, 당시 주행 상황을 자전거 밴드와 여행 밴드 두 곳에 올렸는데, 이 분은 여행 밴드의 내 글을 보고 내가 삼천포로 여행을 온 것으로 알았던 것이었다.

사천에서 문학과 관련해 활동을 하고 있다는 Coo 씨는 삼천포 주변의 관광 안내를 해주었는데, 주로 임진왜란과 관련한 유적지 중 이순신 장군과 관련된 장소가 많았다. 우선은 고려시대부터 전선戰船을 숨겨두기 위해 만들었으며, 이순신 장군도 해전 때 요긴하게 활용했다는 삼천포 대방진굴항掘港을 둘러보고 인근 사천 선진리왜성倭城에도 올랐다.

임진왜란 초기 승승장구하던 왜군은 명나라와 강화교섭이 진행되면서 우리나라 남부지방에 그들 방식으로 성城을 쌓고 농성籠城을 하면서 그 지역을 지배했는데, 이런 왜성은 지금도 순천과 울산, 진해, 그리고 이곳 사천처럼 남부지방 곳곳에 남아 있다.

선진리왜성 아래에는 거대한 사각형 무덤인 선진리조명군총朝明軍塚이 있었는데, 정유재란 때 이곳 선진리왜성 전투에서 전사한 조선과 명나라 병사들을 한데 묻고 장사지낸 것을 1983년 정비한 것이라 하며, 무덤의 한 변이 36m나 된다고 했다. 그리고 조명군총 옆에는 대한민국이 건국한 이래 각종 전쟁이나 전투에 참전해 숨을 거둔 장병을 추모하는 참전기념비도 서 있었다.

마지막으로 사천만을 한 바퀴 돌면서 어제 내가 사천대교를 건너와 주행했던 도로가 바로 이순신 장군이 거북선을 처음으로 이끌고 출전한 사천해전에서 승전勝戰한 뒤 개선한 길로 '거북선로'라는 이름이 붙었다는 설명을 들을 수 있었고, 한 켠에는 죽방렴도 구경할 수 있었다.

전혀 예기치 않았던 현지 주민의 친절한 안내에 삼천포와 사천에 대한 좋은 인상을 간직한 채 전화기에 전화번호를 입력하고 후일을 기약하며 삼천포를 떠나는데, 자전거를 타고 가다가 힘을 돋우라며 밤과 땅콩 삶은 것을 한 봉지 또 건네받으니 경상도 아지매의 섬세한 마음 씀씀이에 어찌할 바를 모를 지경이었다. 경상도 사람이 무뚝뚝하고 다른 사람에 대한 관심도 적다는 나의 개인적인 편견을 깨는 일은 이번 일정의 마지막 목적지인 통영에서도 있어 마음이 푸근한 여행이었다.

삼천포를 출발해 자전거로 30여 분만 주행하면 우리나라에 기초자치단체 행정구역으로는 동일한 이름이 두 개 존재하는 고성군으로 들어서는데, 고성군은 강원도와 이곳 경상남도에 있다. 강원도 고성군이 우리나라 최북단 접경지역接境地域이라면, 경상남도 고성군은 다도해에 양식업이 활발하고 공룡恐龍 발자국 화석 유적지가 많다는 특징이 있다. 중생대 백악기와 쥐라기 거대공룡의 발자국이 화석으로 남아 있는 경상남도 고성군 상족암床足巖공원은 잘 알려진 관광지는 아니지만 한 번쯤 들러볼 만한 곳이다.

하이면 소재지를 지나 잠시 주행하면 국도가 두 갈래로 갈라지는데, 초식공룡인 브라키오사우루스 캐릭터가 반겨주는 오른쪽 도로의 경사로를 올라 상족암공원 뒤편으로 이어지고, 평평해 보이는 왼쪽 도로도 고개를 넘으면 오른쪽으로 꺾어 들어가 상족암공원에 이르게 된다.

상족암은 언뜻 공룡을 생각하며 코끼리 발자국인 상족象足을 떠올리기 쉬운데, 밥상床의 다리인 상족암床足巖으로 바위가 상다리처럼 생겼다고 해서 붙은 이름이다. 여기는 공교롭게도 중생대 공룡 발자국 화석이 많이 있는데, 해변을 따라 데크를 설치해 자세히 관찰해볼 수 있도록 해놓았다.

상족암을 지나면서부터 국도는 해변을 따라가는데, 고성읍까지 오르막과 내리막을 반복한다. 마치 동해안 영덕군을 지날 때와 비슷한 정도의 오르내리막이 반복되는데, 그다지 어렵지 않은 언덕길을 오르고 나면 시야가 탁 트이며 짙푸른 남해의 물빛과 섬이 점점이 박혀 있는 다도해의 풍경이 눈을 시원하게 한다.

잠시 지나치는 고성군을 벗어나자마자 곧바로 통영시가 시작되는데, 해안도로를 따라가다 보면 점점이 섬들이 떠 있고 햇빛이 부서지며 반짝이는 바다의 윤슬이 또한 예사롭지 않다.

통영은 이름부터 이순신 장군과 연관이 깊다. 삼도수군통제영三道水軍統制營이 있었다 해서 붙여진 이름 통영統營의 옛 이름은 이순신 장군의 시호인 충무공忠武公에서 유래한 충무忠武였다. 이순신공원에서 내려다보이는 바다에 임진왜란 3대첩 중 한산대첩이 벌어진 한산도가 보인다.

통영은 또 문인과 예술가들이 많이 탄생한 도시로도 잘 알려져 있는데, 시내에 청마 유치환 시인을 기리는 청마문학관도 있고 대하소설 『토지』를 쓴 박경리 선생 생가와 묘도 있다. 그리고 벽화마을로 유명한 동피랑이 있고 맞은편엔 서피랑도 있다.

통영에서도 삼천포와 마찬가지로 현지 주민인 밴드 친구가 가이드를 자처해 도움을 받았다. 지금은 탈퇴한 '자.타.사'에서 ID '통통진우'를 사용하는 김진우 씨가 밴드로 연락을 해온 것이다. 애초 가이드를 해주겠다는 메시지를 내가 보지 못하고 이순신공원을 찾아 헤매던 중 청마문학관 인근에서 내가 입은 웃옷 색깔을 보고 알아본 김진우 씨는 통영 곳곳을 안내해주었다.

김진우 씨가 라이딩 복장으로 자전거를 타고 올 때까지 먼저 이순신공원에 올라 한산도와 앞바다 섬들을 구경하고, 김진우 씨 안내로 해저터널을 통해 미륵도로 건너가 케이블카를 타고 미륵산에 올라 그림처럼 펼쳐진 다도해를 조망할 수 있었다. 미륵산에서는 이순신 장군이 해전을 벌였던 당포와 박경리 선생의 묘도 조망할 수 있었다.

미륵산을 내려오며 비가 내리기 시작해 다른 일정을 포기하고 서울로 올라가기로 작정하고 점심을 먹으러 가자고 했더니 '손님이 밥을 사면 안 된다'는 주장에 또 밥까지 얻어먹게 됐다. 남원에서 출발해 악양 평사리를 거치고 하동과 삼천포, 고성을 거쳐 통영까지 이르는 이번 남해안 종주길은 친절한 우리나라 국민들의 정을 듬뿍 느낄 수 있었던 여정이었다.

위 – 사천만 죽방렴
아래 – 공룡발자국화석 관찰 데크

끝맺음을 잘하기 위해

고성군 한국의 아름다운 길

어릴 적 초등학교에 다닐 때 매 학기 말이나 학년 말이 되면 학급회의에서 결정하는 그 주의 급훈이나 주훈의 대부분은 '끝맺음(끝마감)을 잘하자'였다. 유식하게 '유종지미有終之美'로 표현하던 말인데 모든 일이 그런 것 같다.

이번 '해안선 따라 국토 한 바퀴 프로젝트' 역시 마찬가지다. 2017년 3월 2일 인천 정서진을 향해 출발한 이래 2017년 내에 서해안과 남해안을 돌아볼 수 있을 것으로 기대하지는 않았지만, 애초 계획대로 주행을 이어나가다가 통영에서 부산 오륙도공원에 이르는 마지막 구간은 부득이 해를 넘겨 2018년에 갈 수밖에 없었다.

출발할 때의 그 설레는 마음으로, 마지막을 완성하는 방점을 찍기 위해 부처님오신날 징검다리 연휴가 이어진 2018년 5월 21일과 22일에야 다녀올 수 있었다. 당시 맡고 있는 방송이 새 프로그램 기획 단계로 5월 21일 월요일 휴가를 내더라도 별 지장이 없었다.

자전거 국토완주나 해안선 종주를 하면서 그래도 다행으로 생각되는 것은 내가 맡고 있는 업무가 하루쯤 휴가를 내더라도 일의 연속선상에 지장이 없다는 점이다. 종주를 하면서 만나는 사람들마다 '아무 때나 시간을 낼 수 있는 참 좋은 직업을 가졌다'는 말을 해서, 어느 때는 부러워한다는 느낌도 들지만 그래도 다른 사람들보다는 일상생활에서 좀 더 여유를 가지고 건강이나 지식에 투자하려 하는 내 자신에 대한 자부심도 있다. 특별한 일이 없는 한, 아침 5시경 2시간 정도의 운동(달리거나 걷는다)으로 하루를 시작하는 내 생활도 이런 계획을 세우고 실행하는 데 일조하고 있음은 틀림이 없는 것 같다.

이번 마지막 여행의 출발은 하루를 벌기 위해 심야고속버스를 이용하기로 했다. 우연히 통영까지 가는 교통편을 검색하다가 발견한 심야고속버스편은 밤 11시 30분과 0시 30분에 서울고속버스터미널을 출발하는 두 편이 있었다.

일주일 전쯤 고속버스 좌석을 미리 구입하고 창원에서 이순신리더십국제센터 운영을 책임지고 있는 고등학교 동기인 강희승 예비역 해군제독에게 연락을 하니 흔쾌한 답이 돌아왔다. 강희승 제독은 제1함대 경북함 함장을 지낼 때, 당시 내가 맡고 있던 〈VJ특공대〉 프로그램에서 '전투함 경북함의 하루'를 주제로 소개했을 정도로 국가관이 투철한 군인이었다. 그 뒤 제1함대 참모장을 거쳐 장성으로 진급했고, 얼마 전 전역한 뒤에도 충무공 이순신 제독의 후예답게 이순신 정신을 계승하는 일에 전력을 다하고 있는 친구이다. 창원에 있는 또 다른 고등학교 동기생 정태기 이비인후과 원장은 자신이 하고 있는 '네팔 학교 지어주기'로 출국하는 바람에 함께 하지 못했지만 아무튼 기대되는 것은 마찬가지였다.

마침내 5월 20일 밤 서울고속버스터미널을 출발한 버스는 옆구리에 자전거를 싣고 통영으로 내달렸다. 애초 계획은 심야고속버스에서 잠을 충분히 잔 뒤 아침을 먹고 날이 밝아오기 시작하는 6시경 통영에서 주행을 시작할 계획이었는데, 통영에 도착하니 겨우 오전 2시 30분이다. 터미널도 문이 굳게 잠겼고, 밤을 보낼 곳이 마땅치 않아 근처 편의점에서 물어보니 다행히도 24시간 운영하는 식당이 있단다. 그래서 그날 아침은 모처럼 시간을 보내기 위해 밥을 2시간 동안이나 먹어야 했다.

식당에서 시간을 보낸 덕분에 여명이 밝아오기 시작하고, 4시 50분경 통영을 출발한다. 지도를 보며 해안선을 따라 주행하다 보니, 통영을 벗어나 고성으로 들어서면서 거대한 구조물들이 줄을 잇기 시작하는데, 배를 만드는 조선소造船所의 골리앗 크레인이라는 것을 알 수 있다.

조선특구로를 따라가다 보니 또 간간이 눈에 뜨이는 안내판이 공룡 발자국 화석 유석지다. 전에 삼천포에서 통영으로 달리던 중 들렀던 공룡 발자국 화석을 관찰할 수 있었던 고성 상족암공원뿐만 아니라 적어도 서너 번 공룡 발자국 화석 유적지 표지를 볼 수 있었는데, 고성군 지역 전체가 중생대에 공룡들의 집단 서식지 아니면 놀이터였던 듯하다.

또 얼마를 주행하다 보니 '한국의 아름다운 길' 표지판이 보이는데 해변을 따라가는 길이 제주도환상자전거길 중 성산포구를 지나 종달리길을 달릴 때의 분위기와 흡사하다. 마침내 도착한 곳이 다도해를 관찰하기 좋은 언덕길 시야가 탁 트인 전망쉼터였다. 숨을 몰아쉬며 야트막한 고갯길을 오르니 남해의 섬들이 그림 같은 풍경을 보여주는데, 승용차 한 대가 주차장에 서 있고 정자에서는 중년 남녀 한 쌍이 좋은 그림을 연출하고 있다.

그렇다고 해서 경치 좋은 곳에서 사진을 찍지 않고 통과할 수도 없는 노릇이었다. 자리를 선점한 중년 남녀에게 뒤늦게 도착한 내가 신경이 쓰이지 않도록 무심한 척 정자에서 멀리 떨어진 곳에서 다도해 풍경을 사진으로 담고 있는데, 자꾸만 신경이 쓰이는지 정자의 기둥을 방패 삼아 자리를 바꾸며 시선을 피하더니 종내에는 세워놓았던 차를 타고 공원을 떠나고야 만다. 그런대로 나만의 상상과 함께 보이는 재미있는 광경이긴 했지만, 괜히 자기들 좋아서 하는 일에 훼방을 놓은 것 같아 미안한 느낌이 들기도 한다.

주행한 지 너댓 시간이 지나 고성에서 마산으로 넘어가는 동진대교를 건너는데, 병목처럼 바다가 들어가는 왼쪽으로 '당항포전승지'와 '고성공룡엑스포장' 표지판이 보여 따라 들어가니 바다 건너편 고성군 동해면 지역이 길쭉한 자루 모양의 만灣을 이루고 있다. 그렇게 만을 따라가다 보니 옛날 내가 담당했던 〈VJ특공대〉 프로그램에서 소개했던 해상 펜션 세 채가 떠 있는데, 가족 단위로 바다낚시를 즐기고 있는 풍경이 무척이나 평화롭다.

새벽 3시에 밤참인지 아침인지 구분이 안 되는 밥을 먹고 일찍 주행을 시작해서인지 배가 살살 고파오는데, 당항포와 공룡엑스포장은 아직도 멀기만 하고 밥을 먹을 마땅한 식당이 보이지 않았다. 그런데 또 고갯길이 하나 있다. 고갯길 정상의 작은 터널을 지나고 나니 저 멀리 건물과 시설물이 보이는데, 그 어름이 당항포와 공룡엑스포장인 듯하여 페달을 밟는 다리에 기운이 솟는다. 그러나 가는 날이 장날이라고 애써 도착한 공룡엑스포장은 휴장일로 입장불가란다. 엑스포장 구경이 목적이 아니고 당항포전승지만 잠깐 둘러보고 오겠다는 나의 간청에도 관리인은 요지부동인데, 전형적인 완장 체질 말단 공무원의 갑질 느낌이 드는 것은 왜일까?

당항포와 공룡엑스포장 입장을 거절당하면서 허기를 면할 식당에 들를 기회도 사라져, 또다시 배고픈 주행이 이어져 마산 진북면에 들어서기까지 약 1시간을 더 달려야 했다. 이곳 마산 진북면은 당항포로 들어가는 만의 '목'에 해당하는 지역이다. 6.25 전쟁 때는 낙동강 방어선의 최남단 지역으로 국군 해병대가 방어선을 치고 마산으로 침입하려는 북한 인민군과 격전 끝에 대승을 거둔 곳이기도 하다. 그 전승을 기리기 위해 진북면 소재지로 넘어가는 고갯길 국도 옆에 해병대전첩비를 세웠다.

아침에는 조금 선선하고 구름도 많아 햇볕을 가려주어 주행하기에 좋았으나, 점심때가 지나면서 뜨거운 햇볕이 내리쬐기 시작하는데, 늦은 봄이라고는 하지만 제법 더운 느낌이 강하다. 갈증과 함께 배고픔이 밀려드는데, 고갯길을 넘어 진북면 소재지에 도착해 돌아보니 몇 곳 음식점이 눈에 뜨이지만 징검다리 휴일의 마지막 날이어서인지 찾는 곳마다 휴업이다.

두어 바퀴 돌다가 포기하고 조금 더 번화한 진동면으로 방향을 잡았는데, 100여 m도 가기 전에 눈에 보이는 순댓국집이 있어 들어가니 다행히도 영업 중이다. 막걸리 한 잔과 순댓국을 허겁지겁 흡입하고 다시 마산을 향해 길을 나서는데, 남해안 특유의 오르막과 내리막이 반복되는 고갯길이 애를 먹이다가 마지막으로 터널까지 통과해야만 했다.

길이가 거의 1km나 되는 긴 터널로 지도를 찾아보니 신동전터널인데, 마산에 공업단지가 많아서인지 대형트럭들이 쉴 새 없이 줄을 잇는 꽤나 위험한 상황이었다. 그래도 다행으로 터널 갓길로 사람이 통행할 수 있도록 1m 정도 높이로 보행로를 만들어놓았고, 길 넓이도 자전거를 끌고 갈 수는 있을 정도로 확보돼 있어 안심이 된다. 배낭 왼쪽 차로 쪽 경광등과 자전거 후미등을 점멸상태로 켜며 운전자의 시선을 최대한으로 끌 수 있도록 조치하고 터널에 들어섰는데, 지나는 트럭의 굉음으로 귀가 얼얼할 정도였다.

그렇게 터널을 무사히 통과해 도로를 따라 내려오면서 갈림길이 나오는데, 진해 방향 도로표지판을 따라가다 보니 갓길이 없어지며 자동차전용도로로 들어서는 것이 아닌가? 황급히 자전거를 되돌려 갈림길로 되돌아와서 마산항 방향으로 주행하는데, 이번에는 자전거에서 사각거리는 소음이 들리고 잘 나가지를 않는다.

체인에 문제가 있는 것 같아 근처에 보이는 자전거숍으로 들어가 점검을 부탁하니 그동안 윤활유를 발라주지 않은 까닭으로 체인이 많이 늘어나 교체해야 힘이 덜 들 것이란다. 그동안 3년이나 자전거를 타면서도 바퀴에 바람 넣을 줄도 잘 몰랐는데, 젊은 샵 주인이 체인을 교체하더니 윤활유 바르는 방법을 실기로 보여주며 자세한 설명도 곁들인다. 이번에 남해안을 따라가면서 펑크난 튜브를 예비튜브로 교체하는 법과 펌프 사용법, 그리고 체인에 윤활유 바르는 방법까지 가장 기초적인 정비 요령을 함께 체득할 수 있었다.

한참 자전거를 정비하고 있는데, 저녁에 만나기로 한 강희승 제독에게서 전화가 왔다. 정비를 마치고 진해를 향해 길을 나서는데, 나머지 15km 정도 거리가 또 장난이 아니다. 심하지는 않지만 오르내리막이 여전히 반복되고, 아까와 같은 긴 터널이 또 앞을 가로막는다. 또다시 터널을 통과해 해군의 도시 진해로 들어서면서 고된 첫날 주행이 끝을 맺었다.

익숙함에 미처 보지 못했던 것들

진해해양공원

통영에서 강연을 끝내고 부랴부랴 달려왔다는 고등학교 동기 강희승 예비역 제독을 만나는 것은 또 하나의 즐거움이었다. 아직 체계를 갖추기 이전인 이순신리더십국제센터 센터장으로 강희승 제독은 안성맞춤이었다. 센터 이곳저곳에 이순신 장군이 『난중일기』에 남긴 명언으로 가득했고, 세미나실도 이순신 장군이 승리를 거둔 주요 해전의 이름을 따서 붙여놓았다.

이곳 진해만은 해군의 중요한 모항이기도 하지만, 임진왜란 때 조선수군이 유일하게 치명적인 패배를 당한 칠천량해전이 벌어졌던 칠천도와 칠천량이 코앞에 있다. 역사의 치욕을 잊지 않고자 함이라는 강 제독의 설명도 숙연했다.

그동안 서해안, 남해안 일주의 대미를 장식하는 마지막 날인 5월 22일도 여전히 새벽 일찍 출발을 서두르는데, 강 제독이 부인과 함께 아침식사를 준비해왔다. 길은 바쁘지만 성의를 뿌리칠 수 없어 늦은 아침을 먹고 9시경 길을 나서는데, 오늘 가야 할 길이 90km가 넘고 또 부산역에 예매해놓은 열차 시간에도 맞춰야 해 마음이 급하다.

지도와 대조하며 진해해양공원을 넘어서고 작은 바닷가 마을을 돌고 돌아 나아가다 보니 웅천에 도착했다. '웅천왜성' 표지판을 찾아보니 분명 웅천교회 뒤편에 있는데 보이지를 않는다. 어제 저녁 친구와 얘기를 하느라 과음을 했는지 뱃속이 마침 꾸륵꾸륵 하기에 잠시 웅천교회 화장실 신세를 지고 산에서 내려오는 분께 웅천왜성의 위치를 물으니 산꼭대기에 있단다.

하는 수 없이 '갈 길이 바쁘다'는 핑계를 대며 웅천왜성 오르기를 포기하고 다시 페달을 밟아 맞은편 언덕길을 오르는데, 길 오른쪽 '웅포해전' 안내판이 나를 반긴다. 여기서 못 올라가본 웅천왜성도 조망해보고 안내판의 안내에 따라 그날 해전을 상상도 해보는데, 바로 이순신 장군이 휘하 장병들을 유일하게 육지로 상륙시켜 왜군이 노략질한 물건과 포로로 잡힌 양민들을 되찾아온 해전이라는 것을 알 수 있었다.

웅포해전이 벌어졌던 그 물골을 돌아 다시 시원한 내리막길을 달리다가 사거리에서 지도를 확인해보니, 직진하면 부산신항만으로 가는 길이고 오른쪽은 안골포를 거쳐 가는 길이었다. 이왕이면 역사의 현장을 둘러보고 가자는 판단으로 오른쪽으로 방향을 꺾었는데, 아쉽게도 여기 안골포에는 승전기념비나 시설물을 볼 수는 없었다(아니면 내가 못 보았을 수도 있다). 갯가 철조망 너머 서 있는 '안골포'라 적힌 작은 비석 하나밖에는 뚜렷한 유물이나 유적지가 없는 것이 아쉽기는 했지만, 바로 이곳에서부터 우리나라의 힘을 보여주는 부산신항만이 시작된다는 것에서 위안을 삼을 수 있었다.

주거지를 지나고 다시 오른쪽 해안선을 따라 안골포를 돌아나오자 해변에 공장들이 죽 늘어서 있는데, 자전거길이 있을 것 같지 않은 길이었다. 다시 자전거를 멈추고 지도를 검색해보니, 그 공장지대 끝으로 부산신항만이 연결되고 부산신항만을 따라가는 자전거길도 선명하게 표시돼 있다. 그러나 실제로 부산신항만 자전거길은 관리가 잘 안 돼 불편했는데, 그래도 다행인 것은 편도 4차로의 마지막 차로는 컨테이너 트럭이 다니지 않아 자전거도로로 손색이 없었다.

그렇게 부산신항만을 거쳐 마침내 부산 강서구 을숙도로 들어섰다. 을숙도에 있는 낙동강하굿둑인증센터와 낙동강문화관은 나에겐 그리 낯설지 않은 곳이다. 이전에 낙동강종주와 국토종주 주행을 마치는 최종 목적지가 을숙도였기 때문이다. 이곳 을숙도에 도착하면 우선 낙동강종주 표지석과 준공탑을 배경으로 종주를 완료했다는 인증 사진을 몇 장 촬영하고 문화관 편의점에서 목을 축이며 시급한 문제를 해결했는데, 이날은 편의점이 문을 닫아 그렇게 할 수가 없었다. 무슨 연유인지는 모르겠으나, 대개 유인인증센터가 휴일로 삼는 월요일도 아닌데 편의점 출입문과 창에는 야속하게도 '사정으로 문을 닫았다'는 안내문만 붙어 있다. 편의점에서 목을 축일 수 있다는 기대로 이전 쉬는 곳에서 모든 물을 다 마시고 왔건만 주변에 다른 가게도 없어 아쉬운 발길을 돌릴 수밖에 없다.

오던 길을 돌아가 육교를 건너고 하단으로 들어서기 전 우회전을 하면 잘 닦인 해변 자전거도로를 따라 다대포쪽으로 내려가는데, 이 길은 한강자전거길만큼이나 멋진 자전거도로다. 낙동강 하구에 넓게 펼쳐진 습지에서는 무리지어 자라난 풀들이 섬을 이루며 이곳을 찾는 새들이 평화로운 걸음을 하고 있고, 또 자전거도로와 산책길은 정겨운 연인들이 유유자적하는 발걸음으로 현재의 여유를 즐기고 있다.

다대포까지 15km가 넘는 이 자전거길은 또 다른 차원의 자전거길을 보여주는 데 충분하다. 그리고 도착한 다대포 역시 내 기대를 저버리지 않았다. 내 기억 속에 남아 있는 다대포는 1980년대 부산 다대포 간첩사건으로 침투하던 간첩 2명이 총격전 끝에 생포된 조금은 살벌한 장소였는데, 현재의 다대포는 모든 부산시민이 즐겨 찾는 휴식의 장소가 되어 있었다.

다대포에서는 바닷가로 나 있는 길을 따라 자전거를 끌고 들어갔다가 나오는 길에 분수대공원으로 들어갔는데, 관리인으로부터 '여긴 들어올 수 없다'는 경고를 듣고 당황하기도 했다. 어쨌든 다대포 관광을 마치고 인근 식당에서 추어탕으로 늦은 점심을 먹는데, 부산에 와서는 꼭 먹어봐야 한다는 돼지국밥이 메뉴판에 없어 아쉽기도 했다.

다대포에서 점심을 먹고 다시 힘을 내 태종대를 향해 페달을 밟아나가는데, 송도를 지나가자니 예전에 벽화로 유명한 감천2동 외갓집에 갈 때 지나가넌 그 송도해수욕장이 아니었다. 아주 오래전 송도해수욕장이 태풍의 피해를 입었다는 뉴스를 본 기억이 있었는데(왜 이런 기억들은 오래가는지 모르겠다!), 아마도 그 이후 송도를 재건하기 위해 이런 위락지구로 다시 태어났는지도 모르겠다. 부산 시가지와 송도를 연결하는 해상케이블카가 빈번하게 오가고, 이를 즐기는 젊은 사람들로 북적이는 송도도 꽤나 유쾌한 부산 풍경 중의 하나였다.

송도를 지나 영도로 들어서는 남항대교는 꽤나 위험해 보이는 오른쪽 좁은 인도로 건너야 했는데, 다리를 건너며 건너편을 바라보니 널찍한 자전거도로와 인도가 잘 설치돼 있는 것을 보며 눈앞의 것에만 익숙하고 가까이 있는 더 좋은 것을 보지 못하는 나를 탓할 수밖에 없었다. 자전거 여행 중 이런 일들은 수시로 발생했는데 마지막까지도 교훈을 얻을 수 있었다.

신항대교를 건너 영도로 들어서며 우회전을 해 남서쪽으로 난 도로를 따라가면 오른쪽 바닷가 비탈길에 집들이 층층을 이루고 있는 마을을 볼 수 있는데 바로 흰여울문화마을이다. 산비탈에 공간이 허락하는 대로 첩첩이 작은 집을 짓고 집의 축대와 담을 벽화로 장식한 감천2동문화마을과 같이 이곳 흰여울문화마을도 6.25 전쟁 당시 피란민들이 해안가 비탈길에 작은 집들을 짓고 당시 모습을 지금까지도 유지하고 있어 문화마을로 보존되고 있다. 또 부산의 옛 모습을 보여주는 중요한 영화 촬영지로도 인기가 있다고 한다.

그런데 영도로 들어선 길도 부산의 여느 길과 다르지 않다. 산허리를 돌고 도는 길은 오르내림이 빈번해 자전거를 타고 통행하기가 쉽지 않다. 시간이 지나 지도를 다시 찾아보니 내가 따라갔던 도로 아래쪽 해변으로 산책길이 태종대 조금 못 미쳐 고갯길을 넘어가기 전까지 잘 나 있는데 자전거 통행이 가능한지는 잘 모르겠다. 다음 부산 여행을 할 때는 잊지 말고 이 길을 다시 답사해봐야겠다.

땅콩 모양으로 중간이 잘록하게 생긴 영도의 옛 이름은 절영도인데 1592년 4월 절영도로 사냥을 나갔던 부산첨사 정발이 왜군이 침입하는 것을 발견하고 파발을 띄우는 한편으로 부산진 방어에 나서 전사한 역사적인 현장이다.

영도의 끝에 있는 태종대로 가기 위해서는 잘록한 지역에서 고갯길을 넘어 반대편으로 넘어갔다가 다시 되돌아와야 하는데 고개가 많은 부산의 도로를 다시 한번 실감할 수 있었다. 마침내 도착한 태종대를 둘러보려 올라가는데 사람들이 길게 줄 서 있는 것을 볼 수 있었다. 태종대를 한 바퀴 제대로 돌아보려면 짧은 코스라도 1.2km 정도가 되는데 많은 사람들이 걷기에 부담을 느끼는지 순환열차를 타기 위해 기다리고 있는 것이었다.

부산역에 미리 사놓은 열차표를 확인하고 남아 있는 시간을 따져보니 이곳 태종대 역시 다음의 부산 여행을 위해 남겨두고 아쉬운 발길을 돌릴 수밖에 없었다. 태종대의 명칭에 대해 궁금하게 생각해왔는데, 조선의 3대 임금 태종이 아닌 백제를 정벌한 신라 태종 무열왕으로 인해 태종대라는 지명이 생겨났음을 확인한 것이 소득이라 할 것이다.

돌아오는 길은 반대편 북동쪽 해안으로 난 자전거길을 선택했는데 영도대교 옆에 있는 부산대교까지 자전거길이 잘 마련되어 있었다. 부산대교를 건너 부산역으로 향하자니 무언가 허전한 마음이 드는데 바로 피란민의 애환이 깃든 영도대교를 그냥 지나칠 수 없음이다. 열차 시간을 확인하고 자전거를 되돌려 바로 옆의 영도대교를 둘러보는데 6.25 전쟁과 관련한 피란민 조각상과 '굳세어라 금순아'를 부른 가수 현인 씨와 관련한 조형물들이 눈길을 끈다.

영도대교의 특징은 낮게 설계된 다리로 선박의 통항通航이 제한됨에 따라 하루 한 번씩 다리의 경간徑間 한쪽을 비스듬히 들어올려 배를 통행시켰다는 것인데, 지금은 배의 통항보다는 관광객들에게 볼거리를 제공하기 위해 다리의 경간을 들어올리는 것으로 알고 있다.

진해에서 부산역까지 자전거 남해안 종주의 마지막 여정은 국난을 극복한 우리 민족의 자긍심과 함께 무역입국을 통해 발전하는 우리나라의 모습을 볼 수 있었던 시간이었다. 시간에 쫓겨 스쳐 지나간 부산의 진면목을 살펴보는 여행 일정은 별도로 설계하기로 했다.

위 – 6.25 전쟁 피란민의 애환이 서린 영도대교 앞 유라리광장
아래 – 송도유원지 해상케이블카

자전거 핸들 파지와 브레이크 잡는 법

자전거를 탈 때 돌발상황에서 즉각 정지할 수 있도록 자전거 핸들 파지把持와 브레이크를 잡는 방법을 몸에 익혀 자동적으로 반응하도록 하는 것이 대단히 중요하다. 자전거 핸들과 브레이크를 잡을 때 엄지를 제외한 좌우 네 개의 손가락 중 몇 개로 핸들을 힘을 가할지와 앞뒤 양쪽의 브레이크를 순서는 물론 어느 정도의 힘을 배분해야 하는지도 중요한 사항이다.

먼저 주행 시 핸들과 브레이크에 얹는 손가락의 위치이다. 브레이크를 잡을 필요가 없는 평지 구간에서는 엄지와 나머지 네 손가락으로 가볍게 쥐되 힘이 들어가 핸들이 돌아가지 않을 정도로 가볍게 쥐어주면 된다.

브레이크를 잡아야 할 상황이라고 판단되면 미리 브레이크에 손가락을 거는데, 브레이크에 힘을 가하는 데는 검지 하나로도 충분한 경우가 대부분이고, 좀 더 힘을 가하려면 검지와 중지 두 개의 손가락으로 잡는 것이 좋다. 엄지를 제외한 네 손가락을 다 사용하는 것은 핸들에 불필요한 힘이 들어갈 수 있어 좋지 않고 안정적이지도 않다.

다음으로 브레이크의 위치를 명심해두는 것이 중요하다. 자전거의 앞뒤 브레이크는 과거에 왼손이 뒤 브레이크, 오른손이 앞 브레이크였으나, 현재는 왼손이 앞 브레이크, 오른손이 뒤 브레이크로 법률에 규정되어 있다. 우리 국민의 85% 이상이 오른손잡이이고 대개 비상 상황 발생 시 오른손이 먼저 반응한다는 과학적이고 통계적인 브레이크 설계이다. 그러나 과거의 습관이 몸에 굳어져 고치기가 힘들 경우 숍에서 앞과 뒤 브레이크를 바꿀 수는 있는데, 그렇다 하더라도 다른 자전거를 이용할 경우

사고의 우려가 있어 현재의 브레이크 위치를 따르는 것이 바람직하다.

브레이크를 잡는 순서는 어떠한 상황에서도 오른쪽(뒷바퀴)을 먼저 잡고 왼쪽(앞바퀴)은 잠시 시간차를 두고 곧이어 잡아야 한다. 아주 급박한 상황이 아니라면 우선 오른쪽 뒷바퀴 브레이크에 힘을 먼저 가하고 곧바로(아주 짧은 시간 간격을 두고) 왼쪽 앞바퀴 브레이크에 힘을 가한다. 만약 왼손(앞바퀴) 브레이크를 먼저 잡게 되면 자전거와 함께 공중제비를 하거나 앞으로 고꾸라지기 십상이며, 오른쪽(뒷바퀴) 브레이크를 먼저 잡고 앞바퀴 브레이크를 늦게 잡아주면 자전거가 미끄러져 넘어지게 된다.

특히 내리막길에서는 순서와 힘의 배분이 중요한데 오른쪽(뒷바퀴)와 왼쪽(앞바퀴)의 시차는 0.1~0.2초 정도의 짧은 시간으로 하고, 양쪽 브레이크에 가하는 힘은 오른쪽을 60%, 왼쪽을 40% 정도로 나누어주면 좋다.

알아두면 편리한 정보

주요 역과 터미널

자전거 국토종주 시 교통편 이용과 관련하여 출발지(도착지) 인증센터에서 가까운 역이나 고속(시외)버스터미널을 알아두면 편리하다. 국토완주 그랜드슬램 12개 코스의 연결 교통편(제주 환상일주의 경우 자전거를 대여하거나 운반해주는 서비스)을 정리한다.

1 한강자전거길

아라뱃길 정서진 아라서해갑문인증센터 – 남양주 밝은광장인증센터

- 정서진: 지하철 9호선 김포공항역에서 공항철도로 환승 후 청라국제도시역 하차 1km 지점
- 밝은광장: 전철 경의중앙선 운길산역 하차 후 100m 도보 이동
- 인증센터: 아라서해갑문, 아라한강갑문, 여의도, 광나루자전거공원(뚝섬 전망콤플렉스), 능내역

2 남한강자전거길

양평군립미술관인증센터 – 충주댐인증센터

- 양평군립미술관: 전철 경의중앙선 오빈역 하차 후 주행. 또는 양평역 하차 500m 후방
- 충주댐: 새재자전거길 출발점 탄금대인증센터까지 약 13km 주행 후 새재자전거길로 500m쯤 주행하면 왼쪽에 충주공영버스터미널, 오른쪽에 충주역
- 인증센터: 밝은광장(북한강종주 시), 양평군립미술관, 이포보, 여주보, 강천보, 비내섬, 충주댐

3 새재자전거길

충주 탄금대인증센터 – 상주 상풍교인증센터

- 탄금대: 시내 방향 500m쯤 주행하면 왼쪽에 충주공용버스터미널, 오른쪽에 충주역
- 상풍교: 상류(점촌), 하류(상주) 방향 10km 이내 점촌(상주)버스터미널. 상풍교 건너 풍양버스터미널(안동댐 등 인근 지역 점프 시)
- 인증센터: 탄금대, 수안보, 행촌교차로(오천종주 시), 이화령 휴게소, 불정역, 상풍교

4 낙동강자전거길

안동 안동댐인증센터 - 을숙도 낙동강하굿둑인증센터

- 안동댐: 버스터미널에서 13km, 안동역에서 10km 하상 자전거도로로 이동
- 낙동강하굿둑: 육교 건너 500m 부산지하철 1호선 하단역에서 부산역으로 이동. 낙동강하굿둑인증센터 상류 9km 부산서부시외버스터미널
- 인증센터: 안동댐, 상풍교(국토종주 시), 상주보, 낙단보, 구미보, 칠곡보, 강정고령보, 달성보, 합천창녕보, 창녕함안보, 양산물문화관, 낙동강하굿둑

5 북한강자전거길

춘천 신매대교인증센터 - 남양주 밝은광장인증센터

- 신매대교: 경춘선 춘천역 하차. 의암호자전거길 6km 상류
- 밝은광장: 전철 경의중앙선 운길산역 하차 후 100m 도보 이동
- 인증센터: 신매대교, 경강교, 샛터삼거리, 밝은광장

6 오천자전거길

괴산군 연풍면 행촌교차로인증센터 - 세종 합강공원인증센터

- 행촌교차로: 수안보에서 자전거. 또는 충주에서 문경행 시외버스 연풍면 하차
- 합강공원: 경부선 신탄진역 하차 상류 7km 지점 대청댐인증센터(금강종주 시) 인증 후 자전거로 금강자전거길 따라 주행. 유성고속버스터미널(대전지하철 반석역) 하차 후 17km 자전거 중앙전용차로 주행
- 인증센터: 행촌교차로, 괴강교, 백로공원, 무심천교, 합강공원

7 금강자전거길

신탄진 대청댐인증센터 - 군산 금강하굿둑인증센터(서천 조류생태전시관)

- 대청댐: 경부선(호남선) 신탄진역 하차 상류 7km 지점
- 금강하굿둑인증센터: 3km 군산역, 또는 4km 군산터미널, 서천 조류생태전시관은 2km 상류 서천역, 또는 서천터미널

- 인증센터: 대청댐, 합강공원(오천종주 시),
  세종보, 공주보, 백제보, 익산 성당포구,
  군산 금강하굿둑(서천 조류생태전시관)

8 영산강자전거길

담양 담양댐인증센터 –
목포 영산강하굿둑황포돛배인증센터

- 교통편: 강남 센트럴터미널(호남선)에서
  담양행 고속버스
- 담양댐: 담양시외버스터미널 10km 상류
- 영산강하굿둑황포돛배: 인증센터 10km 이내
  목포터미널 또는 목포역
- 인증센터: 담양댐, 메타세쿼이아길, 담양대나무숲,
  승촌보, 죽산보, 느러지전망대, 영산강하굿둑

9 섬진강자전거길

임실 섬진강댐인증센터 – 광양 배알도수변공원인증센터

- 교통편: 강남 센트럴터미널(호남선)에서
  순창행 고속 탑승 후 임실 강진면 하차
- 섬진강댐: 순창행(순창발) 고속버스 임실 강진면
  하차 후 1km, 임실역 및 임실터미널에서 19km
- 광양 배알도수변공원: 포스코 앞 경유
  13km 중마터미널
- 인증센터: 섬진강댐, 장군목, 향가유원지, 횡탄정,
  사성암, 남도대교, 매화마을, 배알도수변공원

10 동해안자전거길 강원 구간

고성 통일전망대출입신고소인증센터 –
삼척 임원인증센터

- 교통편: 동서울터미널에서 대진행 버스
  06:40경부터 수시 운행(3시간 소요)
- 통일전망대: 대진터미널(공터)에서 하차 후
  1km 마차진해수욕장 방향
- 임원: 임원인증센터 직전 임원항에서
  서울행 고속버스 수시
- 인증센터: 통일전망대, 북천철교, 봉포해변,
  영금정, 동호해변, 지경공원, 경포해변,

정동진 모래시계공원, 망상해변, 추암촛대바위, 한재공원, 임원

11 동해안자전거길 경북 구간

울진 은어다리인증센터 – 영덕 해맞이공원인증센터

- 교통편: 서울 고속버스터미널(경부) 울진(영덕)행 고속버스
- 은어다리: 울진버스터미널 남쪽 2km 오십천 하구
- 해맞이공원: 영덕에서 11km, 또는 강구항 1km
- 인증센터: 은어다리, 망양휴게소, 월송정, 고래불해변, 해맞이공원

12 제주도환상자전거길

제주 용두암인증센터 – 함덕 서우봉해변인증센터

- 교통편: 김포공항, 목포(페리선), 완도(쾌속선)
- 용두암: 제주공항에서 후방 2km, 제주항에서 서쪽으로 3km
- 자전거 대여: 제주공항 500m 바이크트립(회원가입 후 온라인 예약, 1일 25,000원 정도). 바이크트립에서 서울 천호지점과 자전거 운송서비스 (왕복 60,000원 정도)
- 인증센터: 용두암, 다락쉼터, 해거름마을공원, 송악산, 법환바당, 쇠소깍, 표선해변, 성산일출봉, 김녕성세기해변, 함덕서우봉해변

대천항 자전거길

맺음글

자전거로 둘러본
우리나라의 아름다움

한강, 남한강, 새재길, 낙동강(국토종주 633km), 금강, 영산강(4대강종주), 북한강, 오천, 섬진강, 동해안(강원), 동해안(경북), 제주도 환상일주 등 12개 구간 자전거도로를 모두 돌아보는 국토완주 그랜드슬램을 2015년에 시작해 매년 한 번씩 세 번째 완주하고 더불어 2017년 3월 2일 첫발을 내디딘 서해안과 남해안 일주(1820여 km)의 대장정을 해가 바뀌고 2018년 5월 22일에야 마칠 수 있었다.

수많은 자전거 동호인 중 국토종주 633km 완주가 소원인 사람도 있고, 4대강종주(국토종주+금강, 영산강)나 국토완주 그랜드슬램이 목표인 사람도 있는데 나는 다행히도 체력이 뒷받침돼 다른 사람들보다는 수월하게 나만의 프로젝트를 계획하고 실행해나갈 수 있었다.

그렇게 시작한 서해안과 남해안 일주가 이제 끝을 맺는 시점에 이르렀다. 인천 정서진부터 해안가로 자전거도로를 검색하며 따라 내려가고 자전거도로가 없는 곳은 국도와 지방도를 따라 처음 길을 나섰던 2017년 3월 2일부터가 힘든 여정의 연속이었다.

청라지구를 벗어나 인천시내로 들어서면서 차량들과 뒤섞이는 위험한 곡예 주행을 시작해야 했고 시화방조제를 건너 들어선 대부도에서 서산 삼길포까지는 기나긴 수많은 방조제에서 대형 덤프트럭과 경쟁을 하듯 위험하게 주행해야 했다. 배낭 왼쪽에 경광봉을 고정해 점멸 상태로 작동시키고 자전거 후미등도 두어 개를 장착해서 최대한 운전자의 시선을 붙잡아두려 노력하지만 대개의 트럭들은 사정을 봐주지 않았다. 그래도 최대한 안전주행으로 단 한 번의 낙차나 접촉사고 없이 안전하게 마칠 수 있었다.

여행의 가장 큰 행운은 아름다운 우리나라를 속속들이 들여다볼 수 있었다는 점이다. 우리나라의 구석구석을 거의 돌아볼 수 있었다는 것에 만족은 하지만 시간상의 제약으로 아직도 돌아보지 못한 지역이 많다는 아쉬움은 좀 더 내밀한 다음의 여행을 위해 남겨두려고 한다.

갖가지 핑계로 지나친 태안반도 해안선과 고창군 해안선, 고흥반도 해안선, 그리고 과거에는 섬이었으나 육지와 연결된 진도와 남해도, 거제도 일주도 역시 차후에 이어갈 예정이다.

이러한 일주의 연속선상에서 차후로는 자전거 섬 여행도 함께 이어가려 한다. 우선 인천의 강화도와 교동도, 석모도, 무의도와 신도, 시도, 모도 여행, 무안군 해제반도에서 증도까지 다리로 연결된 섬 여행, 신안군 안좌도, 팔금도, 암태도, 자은도, 비금도, 도초도, 하의도, 상태도 그리고 나아가서는 울릉도와 독도, 백령도까지 여행할 계획을 세워본다. 특히 2018년 8월에는 '육지 속의 섬 여행'으로 양평에서 출발해 강원도 원통을 거쳐 평창-진부-태백-영주-안동까지 백두대간 허리를 종주하는 계획도 세워 실행했다. 2019년 8월에는 강원도 태백의 금대봉 아래 검룡소에서 솟아난 한강물이 골지천을 따라 흘러내리다가 아우라지에서 구절천을 만나 조양강과 동강으로 흐르며 영월을 지나고, 충청북도 단양과 제천에 이르러 청풍호로 흘러드는 '남한강 따라 자전거 여행'도 마칠 수 있었다.

자전거 일주 여행을 통해 아름다운 우리나라의 풍광을 절실하게 느껴볼 수 있었고 곳곳에서 나그네에 도움을 주려는 푸근한 인심을 잘 느껴볼 수 있었다. 그런가 하면 문제점도 발견할 수 있었는데 대표적인 것이 성수기의 숙박업소 바가지 요금과 해안가 식당의 홀로 여행하는 사람에 대한 푸대접이었다. 돈이 안 된다는 이유로 해안가 식당엔 1인 메뉴가 없어 과식을 해야 하는 경우도 많았다.

하루 2,000톤의 물이 솟아 한강으로 흐르는 태백 검룡소

새재 자전거길